太多幸福

Too Much Happiness

艾莉絲・孟若
Alice Munro

祁怡瑋——譯

獻給大衛・康納利（David Connelly）

目次

次元

朵莉得轉三趟公車——先搭到金卡丁，在那裡等車去倫敦，接著等市公車去療養院。一百多英里的車程，因為候車時間的緣故，星期天早上九點出門，要到下午兩點才會抵達。她倒不介意久坐枯等，不管是在公車上，還是在公車站。平日的工作裡，她可沒有坐下來的時候。

她是藍雲杉旅館的房務員，負責刷浴室、換床單、鋪床、吸地毯、擦鏡子。她喜歡這份工作。體力活盤據她的心思也耗盡她的體力，到了夜裡，她才能好好睡上一覺。她很少碰到房裡一片狼藉的情況，雖然有些同事的遭遇你聽了都會寒毛直豎。這些同事比她年長，她們都覺得她應該力爭上游，趁著還年輕，趁著長相還過得去，上個課進修一下，找份坐辦公桌的工作。但她很滿意現況，她不想做必須跟人交談的工作。

同事們沒人知道她的事，又或者就算知道也不會說。報上刊了她的照片——他們用了他幫她和三個孩子拍的那張合照。她抱著剛出生的狄米崔，芭芭拉．安和薩夏一人站一邊，看著她懷裡的寶寶。那時的她頂著一頭咖啡色的長鬈髮，是他喜歡的自然鬈髮和天然的髮色。她臉上那副溫婉嬌羞的神態也是他想看到的樣子，不是她自己的意思。

發生那件事之後，她就把長髮剪短、染黃、抓成刺蝟頭。她也瘦了許多。現在，她還改用她的第二個名字：芙樂。此外，他們幫她找的工作在別座城鎮，離她本來的住處十萬八千里。

這是她第三次去療養院。前兩次他都拒絕見她。如果這次也一樣，她就不會再試了。就算這次他見她了，她可能也要過一陣子才會再來。她不打算太強求。事實上，她不知道自己到底有什麼打算。

搭乘第一段公車時，她還挺氣定神閒的。反正就是坐在車上，看著窗外的景色發呆。她是在海邊長大的，那裡有一種東西叫做春天；但在這裡，冬天幾乎是直接跳到夏天。一個月前還下雪，現在就熱到要裸著臂膀了。田野裡散布著一灘灘反光的水窪，陽光透過赤裸的樹枝傾瀉而下。

在第二段公車上，她開始有點忐忑不安了，也忍不住猜想周圍的女乘客有沒有人要跟她去一樣的地方。她們都是獨自搭車，通常在穿著打扮上費了點心思，或許是想裝成上教堂的模樣。年長一些的看似隸屬於嚴格的老派教會，上教堂得穿裙子和長襪，還得戴帽子。年輕一些的則像來自活潑一點的教會，她們要去的教堂可以接受褲裝、鮮豔的圍巾、耳環和蓬蓬的頭髮。

朵莉兩種都不是。自從有工作以來，整整一年半的時間，她一件新衣也沒買給自己。上班就穿制服，除此之外到哪都穿牛仔褲。她早就不化妝了，因為他不准。現在就算可以，她也不化了。黃澄澄的刺蝟頭跟她瘦骨嶙峋的素顏不搭，但那不重要。

第三段車程，她坐到一個靠窗的座位。為了保持情緒的平穩，她一路細看各種招牌——路邊的廣告看板和號誌都看。她玩了點小把戲來盤據自己的心思。不管什麼詞彙躍入眼簾，她就拆文解字一番，看看能用這些字造出多少別的詞。例如「咖啡」可以拆成「咖」和「啡」，由此衍生出「咖哩」、「嗎啡」，還有「腦內啡」；「館」可以拆成「食」和「官」，食物的食、官員的官……喔，等等，「館」還能拆出一個「良」，善良的良。出城的路上冒出來的字多不勝數，他們行經廣告看板、大型量販店、停車場，甚至還有空飄廣告氣球綁在待售屋的屋頂上。

朵莉沒有告訴沙老師前兩次探視不成的事，這次或許也不會告訴她。朵莉每星期一下午見沙老師一次，她老說人要向前看，但也一直強調這種事急不得，妳得給自己時間。她說朵莉做得很好，說她漸漸找到自己的力量了。

「我知道聽這些陳腔濫調煩死了，但聽起來很煩的老話還是有道理的。」她說。意識到自己說了「死」字，沙老師一陣臉紅，但沒道歉，否則只會更糟吧。

七年前，朵莉十六歲，每天放學後，她都去醫院看她媽媽。媽媽背部動了手術，在醫院休養，據說傷勢嚴重，但沒有危及性命。洛伊德是護理員，他和朵莉的媽媽都是老嬉皮——儘管洛伊德其實還小她媽媽幾歲。只要有時間，他就會到病房，跟她聊聊他們都參加過的音樂節和遊行、他們都認識的奇葩人物，還有他們都嘗過的、嗑藥嗑到輕飄飄的滋味……諸如此類的。

洛伊德很受病患歡迎，因為他的笑話，也因為他沉穩有力的手勁。他有著結實的身材、寬厚的肩膀，一副權威的模樣，有時會被誤認為醫生（倒不是說他喜歡這種誤會——他認為很多藥物都是騙人的玩意、很多醫生都是王八蛋）。他有容易泛紅的敏感肌、淡淡的髮色和大膽的眼睛。

他在電梯裡吻了朵莉，還說她是沙漠裡的一朵花，說完就笑了出來，自嘲道：「很沒創意吧？」

「你是詩人，只是你自己不知道。」她好意安慰他。

一天夜裡，她媽媽驟然過世，血栓的緣故。媽媽有很多女性朋友願意收留朵莉，她也在其中一位的家裡暫住了一段時日，但新朋友洛伊德才是朵莉心之所嚮。到她的下一個生日，朵莉已經懷孕了，接著就奉子成婚。洛伊德沒結過婚，雖然他至少有兩名下落不明的兒女，反正他們到這時都已長大成人了吧。他的人生哲學隨著年歲增長也變了——現在，他相信忠誠的婚姻，不信節育那一套。還有，他覺得他和朵莉當時住的瑟丘半島人太多了——太多的老朋友、老情人、一成不變的生活。很快的，他和朵莉就穿越國土，搬到他們從地圖上選中的一座小鎮：麥爾德梅鎮。他們沒住在鎮上，而是在鄉間租了一個地方。洛伊德在一家冰淇淋工廠找了一份工作。他們在自家種出一座花園。洛伊德是園藝高手，就像他也是木工高手、搞定火爐的高手和舊車維修高手。

薩夏出生了。

＊　＊　＊

「這也是很自然的事。」沙老師說。

「是嗎？」朵莉反問。

朵莉向來都不坐在有印花圖案和靠墊的沙發上，而是坐在辦公桌前的直背椅。沙老師把她的椅子挪到辦公桌側邊，她倆就不用隔著一道屏障說話。

她說：「我多少有點猜到了。我想，換作是我也會這麼做。」

沙老師一開始可不會這麼說。即使是在一年前，她都比現在更小心地措辭，深知朵莉想到天底下竟然有人自以為能站在她的立場，心裡一定很反感。但現在，她知道朵莉只會當這是旁人在試著將心比心，沒有自以為是的意思。

沙老師跟他們有些人不一樣。她不活潑，不瘦，不漂亮，也不太老。如果朵莉的媽媽還活著，她大概跟她差不多年紀，雖然她絲毫沒有當過嬉皮的痕跡。她那一頭灰白的頭髮剪得短短的，一邊臉頰有一顆痣坐落在顴骨上，穿的是平底鞋、寬鬆的褲子和印花上衣。就算是紫紅色或藍綠色的上衣好了，看起來也不像她有多在乎穿著打扮——比較像是有人跟她說妳好歹穿得用心一點吧，她才恭敬不如從命，買了件自認像是花了點心思的衣裳。那些衣服的輕佻與張狂全被她本人那副四平八穩的氣質吸收掉了。

「話說，前兩次我都沒見到他。他不肯出來。」朵莉說。

「但這次他出來了？妳見到他了？」

「是，見到了。但我簡直認不出他來。」

「他變老了？」

「或許吧。我猜他瘦了些。還有那身院服。療養院的衣服。我從沒看他穿成這樣過。」

「像是變了一個人？」

「倒也不是。」朵莉咬著上唇，苦思到底差在哪裡。他整個人很呆滯。她不曾看過他這麼失神。他甚至好像不知道可以在她對面坐下似的。她對他說的第一句話是：「你不打算坐下來嗎？」而他反問：「我可以嗎？」

她說：「他看起來很空洞。我在想他們是不是讓他吃了藥。」

「或許是鎮定劑之類的，不過我也不清楚就是了。你們有交談嗎？」

朵莉不知道那算不算交談。她問了一些尋常的蠢問題。他感覺還好嗎？（還好。）吃得夠不夠？（夠吧。）想散步的話，有沒有地方可以走一走？（有人監督的話，可以。算是有地方可以走一走吧。）

「你得呼吸一下新鮮空氣。」她說。

「沒錯。」他回答。

她差點問他有沒有交到朋友，就像問一個孩子學校怎麼樣了。如果你的孩子有在上學，你就會問這種問題。

「嗯哼、嗯哼。」沙老師邊說邊將一盒準備好的面紙往前推。朵莉不需要；她的眼睛是乾的。問題不在眼睛，而在她翻攪的胃。

沙老師只是在一旁等著，知道此時不該介入。

而洛伊德就像是察覺到她想問什麼似的，主動說有個心理師時不時就來跟他聊。「我告訴他這是在浪費他的時間。他會的我也會，他懂的我也懂。」洛伊德說。

這就像他會說的話。唯有這一刻，朵莉覺得洛伊德流露出他的本色來了。

整個探視過程，她的心臟都怦怦狂跳，跳到她覺得快暈厥或當場死掉了。她花了好大的力氣才能直視他，才能把眼前這個槁木死灰、冷淡怯懦、動作僵硬又不協調的男人看進眼裡。

這一切，她都沒告訴沙老師。要是說了，沙老師可能會旁敲側擊地問她怕的是誰——怕她自己，還是怕他？

但她並不害怕。

薩夏一歲半的時候，芭芭拉‧安出生了。芭芭拉‧安兩歲的時候，狄米崔出生了。薩夏的名字是他倆一起取的，後來他們就約好男孩由他取名、女孩由她取名。

三名子女中，狄米崔是第一個出現嬰兒腸絞痛的。朵莉心想或許是他奶喝得不夠，或許是她的奶不夠營養，又或者太營養了呢？反正就是哪裡不對勁。洛伊德找了國際母乳會的一位女士來跟她談。女士說，不管怎麼樣，妳都不能讓他喝配方奶，否則就回不去了。她說，要不了多久，他就一口母奶都不肯喝了。

她不知道朵莉已經讓他喝起配方奶了。而且，他似乎真的比較喜歡配方奶，母乳愈來愈難餵。到了三個月大時，他便完全只喝配方奶，這件事也瞞不住洛伊德了。她說她的奶乾了，不得不開始餵配方奶。洛伊德狂擠她的乳房，擠完一邊再擠另一邊，非擠出奶來不可。他成功擠出了幾滴看起來可憐兮兮的乳汁，罵她是騙子，兩人大吵一架。他說她就跟她媽一樣是個婊子。

所有的嬉皮都是婊子，他說。

他們很快和好了。但每當狄米崔鬧脾氣，每當狄米崔感冒著涼，或他竟然會怕薩夏的寵物兔子，或他到了哥哥姊姊已經會自己走路的年紀還只能扶著椅子走，沒餵他喝母乳的舊帳就要再重提一次。

第一次去沙老師的諮商室報到時，有個女人遞給朵莉一份傳單。傳單封面印了一個金色十字架，並以金字和紫字寫著：「當喪親之痛不堪負荷……」打開傳單則有一幅色調柔和的耶穌像，還印了一些更小的字，朵莉沒讀。

朵莉在辦公桌前的椅子坐下，抓著傳單發起抖來。沙老師得掰開她的手拿走傳單。

「有人給妳的嗎？」沙老師問。

朵莉朝關起的門歪歪頭說：「她給的。」

「妳不想要嗎？」

「妳一倒下，她們就全都撲過來了。」朵莉說完才意識到這是她媽媽說過的話，那時有一票女士跑來醫院對她傳類似的福音。「她們認為妳會跪下來禱告，然後就什麼問題都沒有了。」

沙老師嘆了口氣。

「哎，當然沒那麼簡單。」她說。

「哪有可能那麼簡單。」朵莉說。

「或許不可能吧。」

那些日子，她們從不提起洛伊德。只要可以，朵莉就不去想他。就算想起，也只當他是上帝失手造出來的怪物。

「就算我信那一套……」她指的是傳單上那一套。「那也只是因為……」她想說的是有這種信仰很方便，因為她就可以想像洛伊德在地獄受到火烤之類的。但她說不下去，因為這種話實在太蠢了。也因為那股熟悉的不適感，那股像是有榔頭捶她肚子的感覺，在胃裡阻止她把話說完。

* * *

洛伊德主張孩子應該在家自學。這倒不是基於宗教信仰的理由，反對孩子去學恐龍、山頂洞人、猴子什麼的[1]，而是他想把他們留在身邊，在父母的悉心呵護下循序漸進地認識這個世界，

1 此指西方基督教信仰相信上帝創造人類，不信演化論。（本書皆為譯註。）

不要把他們一股腦丟到外面的世界。他說：「我只是不巧覺得他們是我的孩子。我是說，他們是我們的孩子，不是教育部的孩子。」

朵莉沒把握她教得來，但沒想到教育部竟然備有一套自學指引，你還可以從當地的學校領教材回來用。薩夏是個聰明的孩子，他幾乎是靠自己摸索就學會認字了，另外兩個反正還太小，也學不了什麼。洛伊德利用晚上和週末教薩夏地理、太陽系、動物的冬眠和汽車運作的原理，看薩夏問到什麼，他就教到哪裡。薩夏很快超前學校的進度了，但朵莉反正還是會去學校領取教材，按時叫他完成該做的習題，以符合法定的標準。

這一區還有一位名叫瑪姬的自學媽媽，她有一輛休旅車。洛伊德上班要用車，而朵莉還沒學會開車，所以她很樂意一星期搭瑪姬的便車去一趟學校，交薩夏完成的作業，順便拿新教材回家。當然，她們把五個小蘿蔔頭都一起帶去了。瑪姬有兩個兒子。大兒子吃什麼都過敏，她得緊盯他吃進嘴裡的每樣食物——這也是他在家自學的原因。輪到老二的時候，她便覺得乾脆也讓他在家自學吧。老二想跟哥哥在一起，何況他也有氣喘的問題。

當時的朵莉是多麼感激她有三個健康的孩子。洛伊德說那是因為她趁年輕就生了孩子，瑪姬卻拖到快更年期才生。瑪姬沒那麼老，他太誇大了，但她確實拖了一段時日。她當過驗光師，和她老公是伴侶關係，一直等到她可以辭掉工作、他們在鄉下買了房子，兩人才共組家庭。

瑪姬的頭髮黑白混雜，剪得短短緊貼頭皮，她長得高，胸部又平，再加上性格爽朗、很有主見，所以洛伊德都叫她「拉子」。當然，只在背地裡這麼叫。接到她的來電時，他會在電話上跟她說說笑笑，但用嘴型對朵莉說：「是拉子。」朵莉沒怎麼放在心上，反正很多女性都被他取了這種綽號。但她擔心他開的玩笑聽在瑪姬耳裡未免有失分寸了。她怕他冒犯到她，或至少也是浪費她的時間。

「妳要找我家女傭？在，她在，正忙著搓衣服呢。沒錯，我的專長就是使喚她。她跟妳說過吧？」

朵莉和瑪姬養成從學校領完教材就一起去採買的習慣。採買完畢，她們有時會去Tim Hortons[2]外帶咖啡，再開車帶孩子到河濱公園。薩夏和瑪姬的兩個兒子或者跑來跑去，或者掛在攀爬架上，芭芭拉．安盪鞦韆，狄米崔在沙坑裡玩沙，兩個媽媽坐在長椅聊天。天氣很冷的話，她們就坐車上聊。話題多半圍繞著孩子和她們煮了什麼菜，但聊著聊著，朵莉得知瑪姬在受訓成為驗光師之前曾徒步環歐，而瑪姬則得知朵莉結婚時有多年輕，也得知她是多麼容易就懷上第一胎，之後卻沒那麼容易了。洛伊德因此起了疑心——他懷疑她一定偷吃避孕藥，把她的抽屜都翻了個遍。

「那妳有嗎？」瑪姬問道。

2 加拿大明星曲棍球員Tim Horton創辦的連鎖甜甜圈咖啡館，有加拿大國民咖啡的美譽。

朵莉驚惶地說她才不敢。

「我是說，背著他吃藥也太惡劣了，我才不會呢！他翻我抽屜的時候有點像是鬧著玩的。」

「喔，這樣啊。」瑪姬說。

還有一次，瑪姬問她：「一切都還好嗎？我是說妳的婚姻，妳幸福嗎？」

朵莉毫不猶豫地說幸福啊。在那之後，她說話就很小心。她意識到有些事她習以為常，但別人不見得理解。洛伊德看人論事自有他的一番見解；他這個人就是那樣。當時在醫院初識，他就是這個樣子了。護理長為人一板一眼，他就改了一下她的姓氏，不叫她蕭女士，叫她瞎女士。但他說得很快，讓人聽不出差別。他認為護理長偏心，而他不是她偏心的那一個。現在，冰淇淋工廠也有個他討厭的人，他都叫他王八路易。朵莉不知道王八路易真正的名字，但至少這件事證明了他看不順眼的不只有女人。

朵莉相信這些人沒有洛伊德想得那麼壞，但跟他唱反調是沒有用的。或許男人就是非找個敵人不可，就像他們非說些無聊笑話。有時候，洛伊德把這些敵人當笑話講，就像他也會把自己當笑話自嘲。她甚至獲准跟他一起笑，只要先笑出來的不是她就好。

她只希望他不要討厭瑪姬。有時她擔心自己害怕的事情就要成真了。萬一他不准她搭瑪姬的便車去學校和超市，那可是非常不方便。但不便還在其次，最主要是難堪。她得編一些愚蠢的謊話來解釋，只是瑪姬一定猜得到——至少猜得到朵莉在說謊，然後她就會自行解讀成朵莉的婚姻更不幸了。什麼都逃不過瑪姬的火眼金睛。

想到這裡，朵莉不禁自問為什麼要在乎瑪姬的想法。瑪姬是個外人，甚至不是朵莉覺得很要好的人。這話是洛伊德所說，而他說得沒錯。他倆真實的相處情況，他們夫妻的感情，不是別人能懂的，也不關別人的事。只要朵莉管好自己，心裡只有他就好。

漸漸的，情況愈來愈不妙。他沒有直接下達禁令，但對瑪姬的微辭變多了。洛伊德冒出一套瑪姬兩個兒子的過敏和氣喘都要怪她的理論。他說，往往是媽媽的問題，以前他在醫院看得可多了。問題出在那種通常教育程度過高的控制狂媽媽。

朵莉不識相地說：「有些孩子天生就是這個樣子啊。你不能說都是媽媽的錯吧。」

「哦？我為什麼不能？」

「我不是針對『你』。我不是說『你』不能。我是說……難道不會是天生的嗎？」

「妳什麼時候成了醫學權威了？」

「我沒說我是醫學權威。」

「對，妳沒說，妳也確實不是。」

更不妙的是，他想知道她們都聊些什麼，她和瑪姬。

「我說不上來。也沒聊什麼吧。」

「那就奇妙了。兩個女人坐在一輛車上，什麼話也不說？這種事我還是第一次聽到。她遲早會拆散我們。」

「誰？瑪姬？」

「我領教過她這種女人的厲害。」

「哪種女人？」

「就她這種。」

「別傻了。」

「小心妳的嘴。不要說我傻。」

「她幹麼要拆散我們？」

「我哪知道？因為她高興啊！妳等著瞧。遲早的事。總有一天，她會慫恿妳去向她哭訴我對妳有多壞。」

結果還真如他所料。至少在洛伊德看來正是如此。一天夜裡十點鐘，她出現在瑪姬家的廚房，哭哭啼啼地喝著花果茶。跑來她家敲門的時候，朵莉隔著門聽到瑪姬的先生說：「搞什麼鬼啊？」他不知道她是誰。她說：「很抱歉打擾你……」只見他癟著嘴，橫眉豎目瞪著她。還好這時瑪姬出來了。

朵莉是一路摸黑走來的，先是沿著她和洛伊德住的那條石子路走，接著走上了公路。每當有車子開過來，她就往一旁的排水溝躲過去，躲來躲去拖慢了她的腳步。她仔細看了往來車輛，心想搞不好會看到洛伊德。她不想被他找到，至少現在還不想，好歹也要等到他被嚇得冷靜下來為止。前幾次，她都靠自己就把他嚇得冷靜下來，用的是一哭二鬧三撞牆，外加一遍遍喃喃自語道：「沒這回事、沒這回事、沒這回事……」鬧到最後，他就會讓步說：「好了，好了。我相信妳就是了。寶貝，靜一靜。想想孩子們。我相信妳，真心的。別鬧了。」

但今晚，就在她又要上演同樣的戲碼之前，她振作起來，穿上大衣，走出家門，只聽他在背後吼道：「不准走，我警告妳！」

瑪姬的先生上床睡覺去了，他看起來還是很不高興，儘管朵莉不斷說著：「真抱歉，真的很抱歉，三更半夜跑來打擾你們。」

「行了行了。」瑪姬親切和善又乾脆俐落地說：「要來杯酒嗎？」

「我不喝酒。」

「那妳最好現在開始學喝酒。我給妳泡杯茶吧。洋甘菊覆盆子花果茶，安神的效果很好。不是孩子的事吧？」

「不是。」

瑪姬接過她的大衣，給她一疊面紙擦擦眼睛和鼻子。「先別告訴我。等妳平復了再說。」

即使恢復得差不多了，朵莉也不想和盤托出，讓瑪姬知道她本人就是問題的癥結所在。更有甚者，她不想解釋她和洛伊德的感情。就算她對他的感情都磨掉了，他仍是她在這世上最親的人。如果要她徹底背叛他、對外說出他的真面目，她覺得她的世界也會全面瓦解。

她說她和洛伊德又為老問題吵起來了，她實在厭倦了千篇一律的爭執，只想從家裡跑出來。

但這件事會過去的，他們會好好的。

「夫妻吵架難免的。」瑪姬說。

這時，電話響了，瑪姬接了起來。

「沒事，她很好，只是需要走一走宣洩一下。好。沒問題。明天一早我就送她回家。別客氣。好的。晚安。」

「是他打來的。我想妳也聽到了。」她說。

「他聽起來怎麼樣？正常嗎？」

瑪姬失笑道：「這個嘛……我不知道他怎麼樣算正常欸。聽起來沒喝醉就對了。」

「他也不喝酒。我們家裡甚至沒有咖啡。」

「想跟我乾一杯嗎？」

＊　＊　＊

瑪姬一早就開車送她回家。她先生還沒去上班，兩個兒子有他陪著。

瑪姬急著趕回家，所以只說了句「掰掰，有需要再打給我」，就把車掉頭開出前院了。

春寒料峭，地上還有積雪，洛伊德卻坐在台階上，身上連件外套也沒有。

「早啊。」他彬彬有禮地大聲向她問早，語氣中帶著諷刺。她回了一句早安，假裝沒注意到他的語氣。

他坐在原地，不讓她過，只說：「妳不能進去。」

她決定四兩撥千斤。

「就算我拜託你也不行？拜託啦。」

他沒回話，只是看著她，抿嘴而笑。

「洛伊德？洛伊德？」她說。

「妳最好不要進去。」

「我什麼都沒告訴她，洛伊德，很抱歉我就這樣走掉。我想，我只是需要一個喘息的空間。」

「最好不要進去。」

「你是怎麼回事？孩子們去哪了？」

他搖搖頭，就像每次她說了他不愛聽的話那樣，儘管只是稍微有點無禮的話，像是「屁啦」之類的。

「洛伊德，孩子們呢？」

他往旁邊挪開了點，她想過去就可以過去。

狄米崔還在他的嬰兒床裡，側躺著。芭芭拉．安在她床邊的地板上，像是自己爬下床的，又像是被拖下床的。薩夏在廚房門口——他試過逃跑。只有他的脖子上有瘀青。另外兩個是用枕頭悶死的。

洛伊德說：「還記得我昨晚打電話的時候？那時候就是這樣了。」

「這是妳自找的。」他說。

判決說他瘋了，不能受審。他這是心神喪失下犯的罪，得送去看管森嚴的安置機構。

事發早晨，朵莉衝出屋外，在前院跌來撞去，雙手緊抱肚子，彷彿她被人砍了，怕自己散開似的。瑪姬回來時看到的就是這一幕。她有不祥的預感，開到半路就折了回來。乍看她還以為朵莉的肚子被她老公揍了一拳或踢了一腳。她聽不懂朵莉在鬼叫什麼。依舊坐在台階上的洛伊德彬彬有禮地讓路給她，什麼也沒說。此刻，她心裡已有了底。進屋後，她也看到了如她所料的畫面，旋即報警。

朵莉發了一陣瘋，亂塞一堆東西進自己嘴裡。抓到什麼就塞什麼。先是土和草，再來是床單、毛巾或她的衣服。像是她不只想壓下發自肺腑的哀號，也想撲滅腦海裡的景象。有人定時為她注射不明液體讓她安靜下來，效果很好。事實上，她變得悄無聲息，雖然沒有到呆滯的地步。大家說她穩定下來了。出院後，社工帶她到這個新的地方，沙老師接手後續事宜，幫她找了住處和工作，訂下一星期面談一次的規矩。瑪姬會來看她，但她最無法忍受的就是看到瑪姬。沙老師說這很正常——因為會聯想到那起事件。她說瑪姬會明白的。

沙老師說，朵莉還要不要去看洛伊德取決於她。「妳知道，我沒什麼好准不准妳去的。見他有什麼感覺呢？好還是不好？」

「我也不知道。」

朵莉實在說不上來。她見到的彷彿不是他，而是一縷幽魂。蒼白得很。身上穿著鬆垮垮的、沒有色彩的衣服。腳踩一聲不響的鞋子，可能是拖鞋吧。一頭濃密的蜂蜜色鬈髮感覺好像掉了些。肩膀像是縮水了，縮到連鎖骨窩也不見了；以前她都把頭靠在那裡的。

事後，報上引用了他給警方的說法：「我是為了省掉他們的痛苦。」

什麼痛苦？

「發現媽媽不要他們了的痛苦。」他說。

這句話烙在朵莉的腦海裡。當她決定去看他的時候，或許是想叫他把這句話收回去吧。叫他認清並承認事情的真相。

「是你叫我要嘛閉嘴、要嘛滾出去，所以我才滾出去的。」

「我只去瑪姬家待了一晚。我一心想著要回來，沒有要拋下任何人。」

她清楚記得他們是怎麼吵起來的。她買了一罐義大利麵，罐子上有輕微的凹痕，因此特價出售，而她對自己的勤儉持家很滿意。她自認這是聰明消費，但他拿這件事審問她的時候，她沒敢這麼說。朵莉莫名覺得最好假裝她沒注意到。

誰都會注意到好嗎？他說。我們全家都會中毒。妳是有什麼毛病？還是這就是妳打的主意？妳是打算用小孩來試毒，還是用我來試毒？

她叫他不要發神經。

他說發神經的不是他。除了腦袋有問題的女人，誰會買有毒的東西給全家人吃？孩子們就站在前面房間的門口看。那是她最後一次看到他們活著。

所以，這就是她要的嗎？她以為終於可以讓他認清腦袋有問題的是誰了嗎？

意識到自己的想法時，她就該下車的。即使到了大門口，她還是可以下車，跟那幾個吃力地爬上車道的女人一起。她可以越過馬路，到對面等回程的公車。應該也有這樣的人吧。到了這裡才臨時反悔。說不定這是常有的事。

但或許見見他也好，看看他那副人不像人、鬼不像鬼的樣子也好。既然都不成個人樣了，也沒什麼好怪罪他的了。他就像夢裡的一個虛構人物。

她做了一堆夢。其中一個夢境裡，她在發現他們之後衝出屋外，洛伊德照他的老樣子大笑起來。緊接著，她就聽到薩夏也在她身後哈哈大笑。她突然美妙地明白過來，他們是聯合起來鬧她玩的呢！

「上次，妳問我看到他的感覺好不好？」

「是，我問了。」沙老師說。

「我得想一想。」

「是。」

「結論是我感覺並不好，所以我就沒再去了。」

很難看透沙老師的想法，但她點頭的動作似乎表示著滿意或贊同。

所以，當朵莉決定還是再去見他一面好了，她覺得最好不要向沙老師提起。由於很難不去提，因為她多半都沒什麼事好講，她只好打電話取消她的預約。她說她要去度假。夏天快到了，度假是常有的事。跟朋友去，她說。

「妳沒穿上星期穿的那件外套。」

「不是上星期。」

「不是嗎？」

「是三個星期前。現在天氣很熱。這件外套比較薄，但我其實不需要。這種天氣大可不必穿外套。」

他問了問她是怎麼來的，她從麥爾德梅鎮都搭了什麼車？

她說她不住那裡了，並把現在的住處告訴他，也告訴他轉三趟車的事。

「那妳真是大老遠跑來欸。妳喜歡住在大一點的地方嗎？」

「大一點的地方比較好找工作。」

「所以妳有工作？」

上次她就說過她住在哪裡、在哪工作，還有轉車的事。

「我在一家汽車旅館打掃房間。我跟你說過了。」她說。

「對、對，我忘記了。對不起。妳想過回去念書嗎？念夜校？」

她說想過是想過，但沒認真行動，她不介意做打掃的工作。

接下來，他們好像就想不出任何話題可聊了。

他嘆了口氣說：「抱歉。對不起。我大概不太習慣跟人說話。」

「那你在這裡都做什麼？」

「看了不少書吧。還有靜坐，不太正式的那種。」

「喔。」

「我很感激妳來看我。這對我來講意義重大。但妳不用覺得非來不可。我是說，想來再來就好。如果有什麼事要找我，或妳覺得想來……我想說的是，光是妳肯來，光是妳竟然來過那麼一次，對我來講就像撿到的一樣。妳懂我意思嗎？」

她說她懂，應該懂吧。

他說他不想打擾她的生活。

「你沒打擾到我。」她說。

「這就是妳想跟我說的嗎？我還以為妳想說些別的。」

事實上，她差點就要說：我有什麼生活可言？

沒別的了，她說，不算有吧。

「好。」

又過了三個星期，她接到諮商室的電話，不是別的女人打來的，是沙老師本人。

「喔，朵莉，我以為妳還在度假呢。所以，妳回來了？」

「回來了。」朵莉一邊說，一邊想著她能編什麼藉口。

「但妳還沒來得及跟我約談？」

「沒，還沒。」

「沒關係。我只是確認一下。妳還好嗎？」

「我沒事。」

「好、好。如果妳需要我，妳知道我在哪裡。隨時想聊都可以。」

「好。」

「保重囉！」

沙老師沒提到洛伊德，沒問她還有沒有去看他。嗯，當然了，是朵莉自己說不會再去的。但沙老師的直覺通常都很準，也很擅長忍住不問，當她明白多問無益的時候。萬一她問了，朵莉不知道自己會說什麼——是要延續原來的謊話呢，還是跟她坦白呢。事實上，就在他表示她可來可不來之後的下個星期天，她又去看他了。

他感冒了。他不知道自己怎麼會感冒。

他說，或許上次見她的時候就感冒了，所以他才那樣愁眉不展。

「『愁眉不展』。」這年頭很少聽到有人這樣說話了。聽在她耳裡也很不習慣。但他以前就老愛用諸如此類的字眼，當然，以前聽來沒現在聽來這麼奇怪。

「我在妳眼裡像不像變了個人？」他問。

「嗯，你看起來是不太一樣。」她小心翼翼地說。「那我呢？」

「妳很美。」他語帶哀傷地說。

她軟化下來了，但又提醒自己不能心軟。

他問：「那妳覺得呢？妳覺得自己不一樣了嗎？」

她說她不知道。「那你呢？」

他說：「徹底不一樣了。」

後來，同一星期，她上班時收到一個很大的信封，是寄到旅館註明要轉交給她的。信封裡裝了幾大張的紙，兩面都寫了字。一開始，她沒想到會是他寄來的——她莫名覺得囚犯不能寫信到外面。但話說回來，他是另一種不同的囚犯；不是罪犯，只是在心神喪失下犯了罪。

信上沒有日期，甚至沒有一句「親愛的朵莉」，直接就對著她說起話來，口吻像在傳教，她還以為一定是什麼邀人入教的傳單。

人人都在四處尋找答案。找得頭都痛了。這麼多的紛紛擾擾。這麼多的傷害。你從他們臉上都看得到那些痛苦與陰霾。他們很苦。他們東奔西走。他們得去買東西，得去洗衣店，得去剪頭髮，得去賺錢，不然就要去領救濟金。窮人得去領救濟金，有錢人得想辦法把錢花在最好的地方，這也是苦差事。他們得蓋最好的房子，用黃金打造的水龍頭開冷熱水，買奧迪車、神奇牙刷和一堆有的沒的，然後再裝警報器，免得遭人殺害。鄰……窮人和有錢人全都不得安寧。我差點把「窮人」寫成「鄰居」，怎麼會這樣呢？我在這裡沒有任何鄰居。在這裡，至少大家都認清了很多事。他們知道自己擁有的就是這些東西。他們不用去買東西，不用自己煮東西來吃，也不用選擇要吃什麼。反正沒得選。

在這裡，我們有的就是自己腦袋裡的東西。

一開始，我的腦袋一團ㄌㄨㄢˋ，思緒停不下來。為了擺脫腦袋裡的東西，了結我的痛苦、了結我的一生，我就去撞牆。所以我受到了懲罰。他們用水管噴我，把我綁起來，給我注射藥物。我不是在抱怨，因為我學到抱怨沒有用。況且，就跟所謂的現實世界一樣。在所謂的現實世界裡，大家也會借酒澆愁，也會為了除掉腦袋裡的痛苦去犯罪，也會被抓走、被關起來。只不過關得不夠久，還來不及醒悟。而醒悟之後是什麼呢？要嘛是徹底的瘋狂，要嘛是徹底的平靜。

平靜。我平靜下來了，而且至今一直很清醒。讀到這裡，我猜妳大概會以為我要對妳傳教，像是我受到神的感召了似的。沒有。我沒有得到什麼神聖力量的救贖。我不知道耶穌基督、佛陀、神聖力量之類的到底是什麼意思。我知道的是「認識自己」。「認識自己」好像是出自哪裡的誡命，可能是出自聖經吧。至少就這一點而言，我追隨了基督教的思想。還有「誠實面對自己」，也是聖經裡的話？我試著照做了，但它沒說要誠實面對哪個部分，是好的部分？還是壞的部分？所以，它不是要給你當成道德指南來用的。認識自己也跟道德無關，因為我們是從行為中認識自己的。但我的行為不關我的事，因為判決說的沒錯，我是一個沒有行為判斷能力的人，這也正是我人在這裡的原因。

回到認識自己的話題。我可以很清醒地告訴妳，我了解自己，我知道自己最壞能有多壞，也很清楚自己做了罪大惡極的事。世人說我是怪物，我沒有異議，雖然我大可指出丟炸彈、焚城、屠殺百萬人口的人不會被世人當成怪物，反倒得來一堆動章和滿滿的榮耀，只殺了區區幾個人卻令世人震驚、被世人視為惡徒。我無意為自己開脫，這只是我的觀察而已。

我知道我內心的邪惡。這就是我問心無愧的原因。因為我知道自己最可惡的一面。或許比其他人最可惡的一面都更可惡，但說真的，我不必去想，不必去擔心，不必找藉口。我覺得很踏實。我是怪物嗎？世人說是就是吧。但話說回來，世人怎麼想對我來講沒有意義。我就是我。我沒有機會變成別人。我可以說我瘋了，但瘋了是什麼意思？心神喪失也好，神智清醒也罷，我就是我。那時不能改變，現在也不能改變。

朵莉，如果妳讀到了這裡，那麼，我還有一件特別的事想告訴妳，但沒辦法用寫的。如果妳還想來看我，或許到時我可以告訴妳。不要認為我沒心沒肺。我不是不想改變一切，而是不能。

我憑著記憶中的城鎮名稱把這封信寄到妳上班的地方，所以我的腦袋在某些方面還是很靈光的。

她讀了又讀這封信，以為他們下次見面會聊到，但她卻想不出能說什麼。她真正想談的是他說沒辦法在信上寫出來的事。然而，再次見到他時，他卻表現得像是不曾寫過隻字片語給她。她找了個話題，告訴他那星期有個曾經紅極一時的民謠歌星入住她工作的旅館。她很意外他比她還清楚這位歌星的動態。原來他有一台電視，或至少這裡有電視可看。他看了一些節目，當然也定時收看新聞。他們因此有了點話題，直到她再也忍不住了。

「你說要當面才能談的是什麼事？」

他說他寧可她不要問。他沒把握他倆已經可以聊這件事了。

她不禁害怕起來，怕他要說的是她聽了會受不了的話，例如他還愛著她。「愛」是她聽不得的一個字眼。

「好。那我們還是別聊了。」她說。

接著，她又改口道：「你最好還是告訴我吧。萬一我等等走出去被車撞了，我就永遠都不知道了，你也永遠沒機會告訴我了。」

「有道理。」他說。

「所以是什麼？」

「下次吧。下次。有時候，我就是沒辦法再多說一句話。我也想多說一點，但就是說不下去了。」

自從妳上次離開，我就一直在想妳，朵莉，我很後悔讓妳失望了。當妳就坐在我面前，我內心其實比表面激動多了。但我在妳面前沒有激動的權利，因為妳絕對有比我更激動的權利，而妳總是把情緒控制得那麼好。所以，我要收回之前說的話。我想清楚了，比起當面告訴妳，還是用寫的比較好。

該從何說起呢？

天堂是存在的。

說是天堂也不對，因為我從來不信什麼天堂、地獄之類的，在我看來那些都是鬼扯。所以，我現在居然說這種話，聽起來一定很奇怪吧。

這麼說好了：我見過孩子們了。

見過，還跟他們說話了。

看到這裡，妳怎麼想呢？妳在想：好了，這下他真的瘋了；說不定是做夢，而他分不清自己是夢是醒，他不知道夢境與現實的差別。但我要告訴妳，我分得清楚，而且我知道他們是存在的。我說他們「存在」，沒說他們「活著」，因為「活著」的意思是存在於我們這個次元，我不是這個意思。事實上，我認為他們不在這個次元。但他們確實存在，宇宙間想必還有別的次元，說不定有數不清的次元呢。但我很清楚，無論他們在哪個次元，我都穿越過去了。或許是我有那麼多獨處的時間，只能東想西想、想個沒完，想著想著就蒙主賜福，見到了他們。我這個在世人眼裡最不配得到神恩的人，在歷經這般的痛苦與孤寂之後，得到了這種賞賜。

好了。如果妳一路讀到這裡都沒把信撕掉，那妳一定是想從我這裡知道什麼，例如他們過得怎麼樣。

他們很好。聰明伶俐、活潑快樂，像是沒有一絲不好的回憶。看似長大了點，但很難說。是的，他們懂得更多了。以前狄米崔還不會說話，現在他會了。他們在一個我依稀認得的房間裡，看起來就像我們的家，只不過更好更大。我問有沒有人照顧他們，他們就笑我的問題傻，說他們自己會照顧自己。這句話應該是薩夏說的吧。有時他們嘰嘰喳喳各說各話，至少我分不清是誰的聲音，但他們誰是誰倒很清楚。而且，我不得不說，不管是誰都很快樂。

請不要認為我瘋了。我就是怕妳這樣想才不敢告訴妳。我是瘋過，但相信我，我已脫胎換骨不瘋了，就像熊蛻毛或蛇蛻皮。若非如此，神永遠也不會賜我超能力，不會准我跟薩夏、芭芭拉．安和狄米崔見上一面。現在，我但願妳也能獲賜這種機會，因為如果要論配不配，妳當然比我更配。妳可能比較難達到這種境界，因為妳比我入世得多。但至少我可以告訴妳這個消息，把真相傳遞給妳。聽到我說見過他們，希望可以讓妳好過一點。

朵莉在想，如果沙老師看了這封信，不知會說什麼或怎麼想？當然，沙老師會很小心。她會小心不要妄下結論，不要直接判定他瘋了。但她也會小心地、善意地引導朵莉朝他瘋了的方向去想。

也或許她不會引導來引導去，而是索性一把撥開迷霧，讓朵莉面對自己早已做出的結論。沙老師會說她不得不戳破那套危險的無稽之談。

這就是為什麼朵莉不想靠近她。

朵莉確實認為他瘋了，而且字裡行間看得出他一貫誇誇其談的老樣子。她沒回信。一天天過去。一週週過去。她的想法沒有改變，但她還是守著他說的話，像守著一個祕密。她時不時就會湧現一種感覺，或許是在浴室的鏡子噴清潔劑的時候，或許是在把床單拉緊的時候。將近兩年的時間，對於那些會令一般人心情愉快的事物，像是晴朗的天氣、盛開的花朵或麵包店的香氣，她都無動於衷。確切說來，她還是沒有那種油然而生的幸福感，但只要想到孩子們就在他口中的那個次元，她就可以想起原來幸福是這種感覺。不是天氣，不是花朵，而是他說孩子們在另一個次元。因為有他這句話，這麼久以來第一次，想到他們帶給她的不是痛苦，而是一種輕盈的感覺。

事發以來，孩子們是她亟欲擺脫的念頭，一想到就立刻揮開，像是急忙拔掉插在喉嚨的一把刀。她沒辦法去想他們的名字，聽到類似的名字也不行。甚至只要聽到小孩的聲音，不管是興奮的尖叫聲，還是在旅館游泳池啪嗒啪嗒跑來跑去的腳步聲，她就得關上自己的耳朵，像是甩上一道門。現在不同了。現在她有了一個避難所，只要發現苗頭不對，她就可以躲進去。

是誰給了她這個避難所呢？不是沙老師。不是那些伴著一盒面紙坐在辦公桌邊的時光。當然不是。

是洛伊德給她的。洛伊德，那個爛人，那個被隔離起來的瘋子。

你想說他瘋了就隨你吧。但他說的難道就不可能是真的嗎？難道他就不會真的穿越過去了？況且，誰又能說做出這種事、走了這麼一遭的人看到的就是沒有意義的幻覺？

這想法漸漸滲透到她的腦海中，留在她心裡不走了。

連同她或許該在洛伊德身邊的想法。所有人當中，就屬她最該陪在洛伊德身邊。她好像跟誰說過吧，或許是跟沙老師，說她在這世上還有什麼用處？至少也要聽他說說話吧，不然她活著幹麼？

我沒說原諒他。她暗自在心裡告訴沙老師。我永遠不會這麼說，也永遠不會這麼做。

但你想想，我豈不就跟他一樣，因為同一件事與世隔絕了嗎？知道這件事的人都不想靠近我。我的存在就是提醒旁人他們不願想起的慘劇。

偽裝是不可能的，就算可能也沒用。她那黃澄澄的刺蝟頭太可悲了。

於是，她又搭上了公車，沿著公路向前駛去。還記得她母親剛過世的那些夜裡，住在她母親的朋友家，她會編個謊話溜出去見洛伊德。還記得她母親那位朋友的名字叫蘿麗。

現在除了洛伊德，還有誰記得孩子們的名字或眼睛的顏色？當她不得不向沙老師提起時，沙老師甚至不稱他們為孩子，只統稱為「你們家」。

在那些夜裡，瞞著蘿麗去見洛伊德，她沒有罪惡感，只有一種命定的感覺、一種向命運臣服的感覺。她覺得除了跟他在一起，除了當他的知心人，她就別無活在這世上的理由。

那，現在呢？現在不一樣了。不是當初那麼回事了。

她坐在前排座位，司機的斜後方，擋風玻璃外的景色一覽無遺。這就是為什麼她是唯一看到的乘客。除了司機之外，只有她看到一輛皮卡車從旁邊的馬路衝出來，絲毫沒有減速，就從他們面前左搖右晃地衝過星期天早晨空蕩蕩的公路，一頭栽進路旁的排水溝裡。接下來的畫面還更匪夷所思：皮卡車的駕駛飛到半空中，姿勢既怪異又優雅，事情發生得很快，動作卻又像是很慢。最後，他落在人行道邊緣的石子地上。

其他乘客不知道司機為什麼緊急煞車，滿車的人都被震得很不舒服。一開始，朵莉只納悶他是怎麼飛出來的，那個年輕人或男孩子，想必是開車開到睡著了。他是怎麼從車上彈出來，又是怎麼優雅地飛到半空中去的？

「正前方有個小夥子！」司機扯開了嗓門對乘客說道。他盡量表現得很冷靜，但聽得出來他驚魂未定，語氣中像是帶著一絲驚奇。「剛從路上衝到水溝裡去了。狀況一解除，我們就會上路，等候期間請各位不要下車。」

朵莉彷彿充耳不聞，或彷彿她派得上用場，所以有什麼特權似的。她跟在司機身後下了車，司機倒也沒有責備她。

「臭小子活膩了。」兩人一邊過馬路，司機一邊又氣又惱地咒罵道：「不要命的混帳東西。

竟有這種事，妳信嗎？」

小夥子在地上躺成一個大字，像是在玩雪天使似的。只不過他不是躺在雪地上，而是石子地上。眼睛半閉不閉。很年輕的一個小夥子，嘴上還沒半根鬍子，身高就已抽得那麼高。可能沒有駕照吧。

公車司機忙著講電話。

「貝菲爾德南邊一英里左右，二十一號公路東側。」

小夥子頭部底下流出一道粉紅色的血沫，就從靠近耳朵的地方。看起來一點也不像血，倒像在做草莓果醬時撈起的浮沫。

朵莉在他一旁彎下身，伸出一隻手按在他胸口。沒有心跳。她把耳朵湊了上去。他的襯衫有剛燙過的味道。

沒有呼吸。

但她的手指從他軟綿綿的頸間找到了一絲脈搏。

她想起洛伊德教過她一件事，以防孩子出意外時他剛好不在。舌頭。萬一舌根掉到喉底，呼吸就會受阻。她一手壓住小夥子的額頭，另一手用兩根手指抬起他的下巴。額頭往下壓，下巴往上抬，保持呼吸道暢通。微微仰起頭部，穩住。

如果還是沒有呼吸，她就要幫他人工呼吸了。

她捏住他的鼻子，深吸一口氣，用她的嘴唇封住他的嘴，吐氣。吸、吐兩口氣，檢查一下。

再吸、吐兩口氣，再檢查一下。

旁邊冒出一名男子的聲音，不是司機的聲音。摩托車騎士一定是看到狀況停下來了。「要不要用這條毯子墊在他頭底下？」朵莉輕輕搖頭。她還記得另一件事，就是不要移動傷患，免得傷到脊椎。她封住他的嘴，按壓他溫熱的胸口。呼氣，等待。再呼氣，再等待。似有一陣微弱的熱氣撲上她的臉。

司機說了什麼，但她沒辦法抬頭看他。接著，她明確感覺到了。小夥子的口中吐出一口氣。她張開手，按在他的胸口。一開始，她分不清他的胸口是否有所起伏，因為她自己抖個不停。

有的。有的。

確實有在呼吸。呼吸道暢通了。他自行呼吸起來了。他在呼吸了。

「蓋在他身上吧。」她對拿著毯子的騎士說：「可以幫他保暖。」

「他還活著嗎？」司機彎身問她。

朵莉點了點頭。她又摸到脈搏了。可怕的粉紅色液體也沒再流出來。或許不是什麼要緊的東西。或許不是從他腦殼裡流出來的。

「我不能一直把公車停在這裡。我們已經誤點了。」司機說。

「沒關係，交給我吧。」摩托車騎士說。

別吵、別吵，她想跟他們說。她覺得有保持肅靜的必要。除了這個小夥子的身體以外，全世界都該屏氣凝神，不要打擾他呼吸。

現在，他的氣息微弱但穩定，胸口溫順地起伏著。繼續啊繼續。

「妳聽到了嗎？這位先生說他會留下來守著他。救護車很快就來了。」司機說。

「你走吧。我搭他們的便車進城，晚上再搭你的車回去。」朵莉說。

他得彎下身才聽得到她說什麼。她頭也不抬地打發他走，彷彿現在每一口氣都很珍貴的人是她。

「妳確定？」他問。

確定。

「妳不用去倫敦？」

不用了。

虛構小說

之一

冬天最美好的一件事就是開車回家。她在羅夫河鎮的學校教完一天的音樂課後，天已經黑了，雪落在小鎮高處的街道上，雨打在濱海公路的車輛上。喬伊絲開出鎮上，駛進森林。雖說是一片名副其實的森林，有著巨大的北美黃杉和雪松，但每隔一段距離也有住家。有些人家經營蔬果園，有些人家養馬養羊，也有像強恩這樣的工匠——他修理家具，也製作家具。路邊的招牌打著各式各樣的廣告，多是這一帶特有的服務——塔羅牌占卜啦，藥草按摩啦，調解糾紛啦。有些人住在拖車屋，有些人融合茅草屋頂和木材等元素，蓋了自己的房子，還有些人像強恩和喬伊絲這樣，翻修老舊的農舍來住。

開車回家，轉進他們家的院子裡時，有一件喬伊絲特別愛看的東西。這年頭許多人家都裝了所謂的露台落地門，就連一些茅草屋頂的人家也裝了，即使他們就像強恩和喬伊絲一樣沒有露台。這些落地門通常沒有掛窗簾，兩大塊長方形的光線像是舒適、安全與富足的一種代表或保障，勝過一般的窗戶。為什麼會這樣呢？喬伊絲也說不上來。或許是這些落地門不只讓人看到外面，還直接朝黑暗的森林敞開，門內又呈現出樸實無華的太平歲月居家場景，像是有人在煮飯或看電視，從頭到腳整個人都看得到——就算知道沒什麼稀奇的，她還是看得如癡如醉。

她轉上什麼也沒鋪、積了一灘灘水的自家車道，強恩安裝的落地門映入眼簾，門框裡是光線暗淡的室內。工作梯、還沒完工的櫥櫃、光禿禿的樓梯。強恩忙到哪就拎到哪的燈泡照在溫暖的木頭上。他在他的工作室裡忙一整天，夜幕落下就讓他的學徒回家，自己再過來忙屋裡的事。聽到喬伊絲的車聲，他會轉過頭一下，這就算是跟她打過招呼了。通常他兩手都忙得沒空揮手。而她熄掉車燈，坐在車上，收拾要帶進屋裡的生鮮雜貨或郵件，內心洋溢著幸福。就連最後穿過黑暗、寒風和冷雨衝進門內的一小段路，喬伊絲都是滿心歡喜。她覺得卸下了這一整天的辛勞。她的工作既忙碌又充滿變數，學生對她教的音樂或許有反應，或許無動於衷。比起應付捉摸不定的中小學生，自己一個人在家玩木頭多好啊——她沒把學徒算進去。

她沒跟強恩說這些。他不喜歡聽到有人說木工是多好、多單純、多有面子、多有骨氣、多有尊嚴的工作。

他會說屁啦。

強恩和喬伊絲高中就認識了，他們的學校在安大略省一座工業城的市區。喬伊絲是班上智商第二高的學生，強恩則是全校智商最高的學生，說不定還是全市智商最高的呢。大家都期待她成為優秀的小提琴家，直到她放棄小提琴、改拉大提琴。而他呢，勢必要成為那種令人敬畏的科學家，就是他做的研究沒辦法用白話文解釋的那種。

升上大一，他們就輟學私奔了。兩人到處打工，搭公車跑遍北美大陸，在奧勒岡沿岸住了一年，遠距和父母和解。對他們的父母來講，世界就像沒了光一樣。那年頭要稱他們為嬉皮有點太晚了，但他們的父母反正還是這麼叫，雖然強恩和喬伊絲從不這麼看自己。他們不嗑藥，衣著雖舊但穿得很保守。而且，強恩從不忘記刮鬍子，也總是提醒喬伊絲要剪頭髮。窮了一陣子，他們受夠了收入微薄的臨時工作。為了有條件去過更好的生活，他們向大失所望的父母借錢。強恩學了手藝和木工；喬伊絲拿到學位，有了教中小學音樂課的資格。

她找到的工作在羅夫河鎮。他們幾乎沒花什麼錢就買到了這棟破房子，在此安頓下來展開新的人生階段。兩人弄了個花園，認識了新鄰居——有些人還是名副其實的嬉皮，在林子深處偷種了一點大麻，編手作串珠項鍊、自製香草包去賣錢。

鄰居們喜歡強恩。他的身形還是瘦瘦的，雙眼明亮有神，個性雖然相當自我，卻也樂於傾聽。而且，這時還是多數人剛開始熟悉電腦的時候。他懂電腦，又有耐心解釋。喬伊絲沒他那麼受歡迎。大家覺得她教音樂的方式太八股了。

兩人一起煮晚餐，一邊喝了點自家釀的酒（強恩的釀酒法很講究也很成功）。喬伊絲說著她這一天的挫折和趣事，強恩話不多——別的不說，首先他就得把心思專注在做菜上。但等到終於可以坐下來吃飯的時候，他可能就會聊起今天上門的客人，或說說學徒伊蒂的事。他們會一起笑伊蒂說過的話，但沒有嘲笑的意思——有時，喬伊絲覺得伊蒂就像是個寵物或孩子。儘管她如果是他們的孩子，照她那個樣子，他們大概會納悶得張口結舌，甚至擔心到笑不出來吧。

為什麼？怎麼說呢？她不笨。強恩說她不是什麼木工天才，但只要他教了，她就學得會、記得住。最重要的是她不聒噪。考慮要不要請學徒的時候，他最擔心的莫過於這一點。政府開辦一項職訓方案——他教人可以得到一定的補助，而無論是誰，在學藝期間也能得到足以過活的報酬。他一開始不願意，但喬伊絲說服了他。她認為他們有責任回饋社會。

伊蒂或許話不多，但只要開口保證鏗鏘有力。

「我不碰毒品和酒精。」她在第一次面試時跟他們說：「我是匿名戒酒會的會員。我是一個努力戒酒的酒鬼。我們從來不會說自己戒乾淨了，因為永遠沒有那一天。只要活著就沒有那一天。我有一個九歲的女兒。她生來就沒有爸爸，所以她完全是我一個人的責任。我要好好把她養大。我的目標是學會做木工，靠一技之長養活自己和孩子。」

發表這篇演說時，她坐在餐桌對面，輪流看著他們兩個。她的個子不高，身材結實，看起來不夠老也不夠滄桑，不像是有一段荒唐的過去。寬肩膀，厚劉海，束緊的馬尾，不苟言笑的神情。

「還有一件事。」她說著解開扣子，剝開她的長袖襯衫。裡面穿了件背心，雙臂、前胸都刺滿刺青，還有——她轉過身，上背部也是。她的皮膚像是一件衣裳，或像是一本畫了各種表情的漫畫，有溫柔的表情，也有不懷好意的笑臉，還有龍、鯨魚、火焰，畫面太複雜也太可怕了，令人不知如何是好。

猛一看，你不禁要想她是不是全身上下都這副模樣。

「哇！好驚人喔。」喬伊絲盡量保持客觀地說。

「嗯，我是不知道有多驚人啦，但如果我得自己付錢的話，那可是好大一筆錢。」伊蒂說：「有一陣子我很迷刺青。我之所以給你們看，是因為有些人會反感，假如我在工作室裡覺得很熱，熱到只穿背心工作的話。」

「我們不反對。」喬伊絲看著強恩說。強恩聳了聳肩。

她問伊蒂要不要喝杯咖啡。

「不了，謝謝。」伊蒂重新把襯衫穿好。「戒酒會很多人像是要靠咖啡活下去似的。我是怎麼跟他們說的呢？我說，你們為什麼要用別的壞習慣來取代原有的壞習慣？」

「厲害了。」喬伊絲後來說：「你會覺得不管你說什麼都有可能挨一頓訓。我都不敢問她的女兒沒有爸爸是怎麼回事。」

強恩說：「主要是她很壯。我看了一眼她的手臂。」

強恩所謂的「壯」就是體格強壯的意思，也就是叫她扛木材沒問題的意思。

強恩工作時習慣聽加拿大廣播公司的節目。聽音樂，但也聽新聞、社論、聽眾來電。有時他會轉述伊蒂對節目內容的意見。

比方伊蒂不信演化論。

（電台播了聽眾來電，有些人表示反對學校裡教的東西。）

為什麼不信？

「這個嘛……那是因為在那些基督教國家……」強恩切換口吻，學伊蒂那副沒有抑揚頓挫的堅定語氣說：「在那些基督教國家有很多的猴子，那些猴子沒事就從樹上跳下來，那邊的人就覺得人類是猴子從樹上跳下來變成的。」

「但首先……」喬伊絲想反駁。

「隨便啦。不要白費力氣。跟伊蒂爭辯的遊戲規則第一條是什麼？聽聽就好，別跟她吵。」

伊蒂也認定醫藥大廠知道癌症的解方，但為了藥廠和醫生的利益，他們跟醫生約好要保密。廣播傳來〈歡樂頌〉的時候，她就叫強恩關掉音響，因為難聽死了，像喪歌似的。

還有，她認為強恩和喬伊絲（其實主要是喬伊絲）不該大剌剌把沒喝完的酒瓶放在餐桌。

「關她什麼事啊？」喬伊絲說。

「顯然她覺得關她的事。」

「什麼時候輪到她來檢查我們的餐桌了？」

「她得穿過廚房去上廁所嘛。我又不能叫她去草叢裡尿尿。」

「我實在看不出來這關她什麼……」

「而且，有時候她會去廚房，為我們師徒倆做兩個三明治。」

「那又怎樣？那是我的廚房。我們的！」

「她只是怕受到酒精的誘惑。她還是很脆弱。那是妳和我無法體會的掙扎。」

怕。誘惑。脆弱。掙扎。

聽聽強恩說的話。

當下她就該明白的，即使連他自己都還沒明白過來。他漸漸愛上她了。漸漸愛上。這說法暗示著一段時間，一個心動的過程。但心動的過程也可以是一刻鐘、一秒鐘的事。這一秒強恩還沒愛上伊蒂。滴答！現在他愛上她了。除非把它想成突然揮來的一拳、瞬間爆發的災難、命中注定的意外或一個邪惡的玩笑，否則你會覺得不可能有這種事。害人瘸了腿的意外。害人瞎了眼的玩笑。

喬伊絲開始說服他，說他想太多了，說他對女人沒什麼經驗。除了喬伊絲以外，他就沒有與別的女人交往過。他們總覺得多交幾個男女朋友試試看是很幼稚的想法，不倫戀則是既麻煩又傷人。但現在，她不禁要想：是不是該讓他在婚前多玩玩？

而他整個陰暗的冬天都關在工作室裡，暴露在伊蒂渾身散發的自信之下，形同置身於一個通風不良、令人生病的環境中。

伊蒂會把他搞瘋，如果他跟她認真的話。

他說：「這我倒是想過。或許我已經為她瘋狂了。」

喬伊絲說這是什麼青少年才會講的鬼話，說得好像他被迷了心竅，無法自拔。

「你以為你是什麼英雄救美的圓桌武士嗎？誰給你下藥了嗎？」

話一說完，她就連忙道了歉。她說，現在唯一能做的，就是夫妻同心，共度難關。有朝一日回想起來，這件事只是婚姻路上一個小小的波瀾。

「我們會一起度過的。」她說。

強恩看她的眼神很冷淡，甚至只是好心地看著她。

他說：「沒有什麼『我們』。」

怎麼會這樣呢？喬伊絲向強恩要答案，向自己要答案，又向旁人要答案。一個腳步笨重、反應遲鈍、穿著垮褲和法蘭絨襯衫的木匠學徒，還有那件毛衣——只要冬天繼續下去，她就穿著一件單調的厚毛衣，毛衣上還沾了木屑。滿腦子陳腔濫調和無稽之談，卻把她的每一個想法都當成王法來宣揚。憑喬伊絲的長腿、纖腰、光滑柔順的深褐色長辮子、機智的頭腦、音樂的才華和班上第二高的智商，竟然被她比了下去？

「我來告訴你這是怎麼回事。」喬伊絲說這話是之後的事了。此時白晝已經變長，搖曳的沼澤百合在溝渠裡盛放。為了遮掩哭腫和酒後水腫的眼睛，她戴著有色眼鏡去教音樂課。下課後也不直接回家，而是開車到威靈頓公園，暗自希望強恩會怕她想不開而來找她。（他確實來找過，但總共就那麼一次。）

她說：「我認為是因為她站過街。為了拉客的緣故，那些流鶯都會在身上刺青，男人看了就興奮。我不是說看到刺青就興奮——當然，刺青也是會讓他們看得很興奮，但我的意思是賣身這件事。她們很隨便又很有經驗，現在又從良了，就跟抹大拉的馬利亞[1]一樣。去他的馬利亞情結。而他在性愛這方面還是個幼幼班，光想就令人倒胃口。」

她現在有可以說這種話的朋友了。她們都有自己的故事。有些朋友她以前就認識，但沒現在這麼熟。她們互相傾訴，一起喝酒，一起笑到哭出來。她們說她們不敢相信。男人啊！男人做出來的事多蠢、多變態啊，真叫人難以置信。

正因為難以置信，所以才是真的。

在這些把酒談心的時光中，喬伊絲覺得很好。真的沒事了。她說，有時候，她對強恩甚至有種感激的心情，因為她比以往都更有活著的感覺。彷彿重獲新生，慘烈卻美妙。新的開始。赤裸裸的真相。赤裸裸的人生。

但當她在凌晨三、四點醒來，她卻不知自己身在何方。再也不在他們家了。現在伊蒂住在那裡。伊蒂和她的小孩和強恩。喬伊絲寧可這樣轉換一下，心想說不定強恩就會清醒過來。她搬到鎮上的一戶公寓。公寓是另一位老師的，她放長假去了。喬伊絲夜裡醒來，對街餐廳招牌閃爍的粉紅色光線透過窗戶照進來，照亮了那位老師各種墨西哥風情的雜物。仙人掌盆栽啦，垂掛著的貓眼石啦，血色條紋的毯子啦。酒醉時的感觸，酒醉時的狂喜，全都像嘔吐物一樣被吐得一乾二

1 典出聖經四福音書，抹大拉的馬利亞（Mary Magdalene）象徵從良的妓女、改過向善的罪人，亦被刻畫為耶穌的紅粉知己。

淨。除此之外，她沒有宿醉的感覺。看來，她大可泡在酒池裡，醒來時卻乾癟得像塊厚紙板。她的人生沒了。沒什麼大不了的，只是一個稀鬆平常的災難。

她其實還是醉醺醺的，雖然感覺清醒得很。她快要忍不住衝出去爬上車，把車開回家裡去了。倒不是怕開進水溝裡，因為她在這種時候開車會變得很慢、很穩。她怕的是把車停在院子裡，對著漆黑的窗戶向強恩喊話，說他們不能再這樣下去了。

住手吧！這樣是不對的。叫她走。

還記得我們睡在野外，醒來的時候，牛隻就在四周吃草，前一晚我們都不知道這裡有牛。還記得在冰冷的溪水裡洗澡。我們從溫哥華島採迷幻蘑菇，飛回安大略去賣，賺旅費去看你媽。她病了，我們還以為她快死了。我們說：真搞笑，我們甚至不是毒蟲，而是在盡孝道呢！

太陽升起，墨西哥風情的五顏六色顯得更花了，她看得頭暈目眩。一會兒過後，她終於起身梳洗，抹了胭紅，喝了濃得像泥巴的咖啡，換上一身新衣。她買了薄紗上衣、飄逸長裙，還買了飾有七彩羽毛的耳環，打扮得像個吉普賽女郎或酒吧裡的女服務生，就這樣去學校教音樂課。什麼事都能讓她笑得花枝亂顫，見到誰她都打情罵俏一番。樓下快餐店幫她做早餐的男人、加油站幫他加油的男孩子、郵局裡賣她郵票的辦事員。她想像消息會傳到強恩耳裡，說她多美、多性感、多快樂，說她是如何迷倒眾生。步出公寓的那一刻，她就踏上了舞台，而強恩是必不可少的觀眾，即便只是二手觀眾。雖然強恩從來不愛豔麗的外貌或誘惑的行為，也從不認為這是她吸引人的地方。他們四處遊歷的時候常常將就著穿，厚襪子、牛仔褲、黑色T恤、風衣外套就是全部的裝束。

這是另一個改變。

就連面對最年幼或最遲鈍的學生，她的語氣都變得無比親切，話中穿插淘氣的笑聲和令人招架不住的鼓勵。她幫學生準備學年末的成果發表會。以前她對這個公開表演之夜不甚熱衷——對於有天分的學生來講，她覺得這個活動徒然干擾學習進度，陷他們於措手不及的窘境之中。上台前的準備和心理壓力有害而無益。但今年，她全力投入發表會的每一個環節。節目表、燈光、開場，當然還有表演本身。一定很有意思，她宣告，不管是對學生來講，還是對觀眾來講。

當然，她算準了強恩會出席。伊蒂的女兒是其中一位表演者，所以伊蒂勢必要到場。強恩會陪伊蒂一起來。

這是強恩和伊蒂第一次成雙成對出現在全鎮面前。正式宣告兩人在一起。無處可躲，避無可避。像他們這種情變，在鎮上雖然不是前所未見的新鮮事，尤其是對住在小鎮南邊的人來講，但也談不上稀鬆平常。另結新歡就算不是什麼醜聞，也不代表他們就不會引人注意。在風波平息之前，在大家習慣了新的組合之前，勢必有一段八卦時期。此時，小鎮居民會說，他們在超市看到那對新結成的伴侶跟遭到拋棄的舊人寒暄，或至少打了聲招呼云云。

但在演出之夜，喬伊絲看到自己演給強恩和伊蒂看的（準確說來，是演給強恩看的），並不是一個棄婦的角色。

她看到的是什麼呢？天曉得。只要頭腦清楚，她便不認為她在表演尾聲上台接受觀眾掌聲時，強恩看了就會驚為天人、回心轉意。她不認為強恩一看到她沒有意志消沉、尋死覓活，反倒意氣風發、明艷動人、坐鎮全場，他就會為自己的愚蠢而心碎。但這也離她的希望不遠了——她說不上來自己到底希望他怎麼樣，但還是忍不住抱著希望。

人人都說，那是歷來最精采的一場成果發表會。活力四射。表演更為生動，節奏也更為緊湊。孩子的服裝和音樂相得益彰。他們臉上畫了妝，看起來不那麼惶恐，不那麼像待宰羔羊了。謝幕時，喬伊絲穿著一襲黑色絲質長裙現身，裙身隨著她的走動熠熠生輝，一頭披散的長髮也是光澤閃耀。掌聲中夾雜著口哨聲。

強恩和伊蒂不在觀眾群中。

之二

喬伊絲和麥特在他們位於北溫哥華的家辦慶生會，慶祝麥特的六十五歲大壽。麥特是神經心理學家，也是很棒的業餘小提琴家。這就是他為什麼會認識喬伊絲——現在，她是職業大提琴家，也是他的第三任妻子。

「瞧瞧這裡的人。」喬伊絲再三感嘆：「人生的悲歡離合都在這裡了。」

她是一名身形瘦削、神情懇切的女子，頂著一頭銀灰色的頭髮，體態略顯佝僂，可能是抱大提琴抱的，也可能是她樂於傾聽和愛聊天的習慣。

當然，現場有麥特學校裡的同事——他私心當成朋友的那幾位。他是一個為人慷慨但講話很直接的人，所以同事自然不見得都能成為朋友。他的第一任妻子莎莉也在，由她的看護陪同。二十九歲時，莎莉就因為車禍傷到大腦。所以，她渾然不知麥特、已經長大成人的三個兒子是誰，也不知道這裡是她少婦時代住過的房子。但她的好性情毫髮無損，她很高興認識新朋友，儘管她在十五分鐘前就跟他們認識過了。看護是一名儀容整潔、個頭嬌小的蘇格蘭婦女，她時不時就解釋她不習慣這種熱鬧的場合，而且她在工作時不喝酒。

麥特的第二任妻子朵莉絲只跟他生活了不到一年，儘管他們的婚姻維持了三年。她跟比她年輕很多的伴侶露易絲帶著她們的女兒一起來，露易絲幾個月前才剛生下這個寶寶。朵莉絲和麥特一直是朋友，她跟麥特和莎莉的么兒湯米尤其要好。她嫁給他爸爸的時候，照顧過當時還很小的湯米。麥特的大兒子和二兒子各自帶著小孩和孩子的媽媽一起來，儘管其中一位媽媽跟爸爸已經離婚了。這位爸爸由他目前的女友和她的兒子陪同，這孩子為了搶邋鞦韆，跟幾個有血緣關係的孩子中的某一個打了起來。

湯米第一次帶他的男友小傑亮相。截至目前為止，小傑都還沒開口說一句話。湯米告訴喬伊絲，小傑不習慣闔家團圓的大陣仗。

「我懂。」喬伊絲失笑道：「我其實也適應了一段時間。」對於麥特口中所謂的「麥氏宗親」，每次解釋起它正式與不正式的組織成員，她總是笑到停不下來。她自己沒有子嗣，雖然她確實有個前夫。強恩住在靠海一個沒落了的工業小鎮，她邀他來參加慶生會，但他不克前來。他第三任妻子的孫子那天要受洗。當然，喬伊絲也邀了他的這位妻子——她名叫夏琳，經營一間烘焙坊。夏琳好意寫了一封謝函來，解釋孫子受洗的事，搞得喬伊絲忍不住向麥特挖苦強恩什麼時候信起教來了。

「我是真的希望他們能來。」她對一位鄰居解釋這一切時說。（鄰居們也受邀了，免得有人不滿噪音問題。）「這樣才能顯得我這邊的故事也很精采。在他的現任和我中間還有個第二任妻子，但我不知道她跑哪兒去了，依我看他也不知道。」

麥特和喬伊絲親手做了很多料理，賓客也帶來很多食物。現場還有很多的酒，有給孩子喝的水果潘趣酒，也有麥特為了這場盛會特地調製的正牌潘趣酒——敬美好的老日子，他說，那年頭的人真懂喝。他說照他們以前的做法，應該要用刷乾淨的垃圾桶來泡潘趣酒，但這年頭可就沒人敢喝了，至少多數年輕人都敬而遠之。

場地很大。想玩槌球的人有得玩。引起爭執的盪鞦韆是麥特童年時的玩具，他從車庫裡翻出來的。多數孩子都只看過公園裡的盪鞦韆，或是後院裡的塑膠遊具。麥特想必是全溫哥華最後一個還把童年鞦韆留在身邊的人了。他住的也是兒時住的房子。這棟老宅位於溫莎路，坐落於松雞山的山坡上。從前這裡是森林的邊緣，如今房子一棟棟往上蓋。多數都是城堡級的豪宅，有著巨大的車庫。麥特說，這棟老房子總有一天保不住，稅金高得嚇人，註定要被一些無趣的建築取而代之。

喬伊絲無法想像她和麥特在別處生活。他們家總是很熱鬧。人來人往，不時也有人落下一些東西，之後再來拾回去（包括被大人落下的小孩）。每週日下午在書房有麥特的弦樂四重奏，每週日晚上在客廳有一神論教友的聚會，綠黨的夥伴則在廚房制定策略。屋前有讀書會成員情感豐沛的話劇表演，廚房裡則有人哭訴著真實人生上演的戲碼（兩者都需要喬伊絲出席）。麥特和一些教職員同仁關起門來，在書房裡密謀教學策略。

她常說她和麥特難得獨處，除了在床上以外。

「而這時他還得讀一些重要的東西。」

她則在一旁讀一些不重要的東西。

無所謂。他廣闊的交遊和廣泛的興趣正合她的意。就連在學校，他都像是馬不停蹄、失控旋轉，要忙研究生的事，要忙合作廠商的事，還要應付看不見的敵人和詆毀者。曾經，這一切是多麼令她欣慰。或許現在也還是，如果她有時間從外人的眼光去看。從外界看來，她或許會嫉妒自己。旁人或許會嫉妒她，或至少羨慕她——認為她跟他真是天生一對，她自己也有一票朋友、一堆責任和各種活動，當然，她也有自己的事業。看著現在的她，你絕對想像不到她初抵溫哥華時，竟然寂寞到同意跟洗衣店裡的小男生出去。那傢伙小她足足十歲，後來還放她鴿子。

現在，喬伊絲正從草地上走過去，一手的手肘掛著一條披肩，這是要給年邁的富勒太太的。富勒太太是第二任妻子兼晚熟的女同性戀朵莉絲的媽媽，她沒辦法在大太陽底下曝曬，但挪到樹蔭下又抖個不停。喬伊絲另一手則端著一杯現做的檸檬水，這是要給莎莉的看護葛文太太的。葛文太太覺得兒童潘趣酒太甜了。她不准莎莉喝任何飲料，怕她灑在自己一身美麗的洋裝上，或心血來潮調皮地潑在某個人身上。莎莉似乎並不介意受到剝奪。

穿過草地途中，喬伊絲繞過一群圍成一圈的年輕人。湯米和他的新男友跟幾個朋友坐在那裡，有些是她常在家裡看到的熟面孔，有些是她不曾見過的新面孔。

她聽到湯米說：「不是，我不是伊莎朵拉．鄧肯。」

大家都笑了。

她意會到他們一定是在玩幾年前很流行的遊戲，就是那個很難猜又賣弄學問的遊戲，叫什麼來著？應該是「波」開頭的。她還以為現在的人反菁英反到骨子裡，不玩這種菁英玩的遊戲了。

波克斯特胡德！她嚷嚷道。

「你們在玩波克斯特胡德。」

「妳倒是說對了『波』這個字。」湯米說完帶頭笑了起來，其他人才敢跟著一起笑。

「瞧，我繼母可不笨，只不過她是音樂家。波克斯特胡德說[2]可不是一位音樂家嗎？」

「波克斯特胡德走了五十英里，就為了聽巴哈演奏管風琴。」喬伊絲有點惱羞成怒地說：

「沒錯。他是一位音樂家。」

湯米說：「帥啊！」

人群中有個女孩站了起來，湯米對她喊道：「喂！克莉絲蒂、克莉絲蒂，妳不玩了嗎？」

「我只是想躲到那邊的樹叢裡，抽根惹人厭的菸，抽完就回來。」

女孩身披一件黑色外套，感覺很是凝重，但領口卻開得很低。下半身則搭配一條黑色荷葉邊短裙，看起來容易誤以為是襯裙或睡衣。她的頭髮稀疏，髮色淡得發白，臉色也是蒼白的，五官模糊，眉毛淡得看不見。喬伊絲只看一眼就不喜歡。她心想，這種女孩在這世上的任務就是要讓人不舒服。喬伊絲認為她一定是不請自來的客人，跟著別人混進不認識的人家裡參加派對。認識都不認識，卻覺得有權瞧不起人家——瞧不起人家簡單的（膚淺的？）快樂和布爾喬亞式的殷勤款待（這年頭還有人說「布爾喬亞」[3]的嗎？）。

賓客倒不是不能愛在哪抽菸就在哪抽菸。家裡又不是到處立著惱人的禁菸告示。喬伊絲覺得她的好心情有點被破壞了。

「湯米！」她猛然對湯米說：「你能不能幫忙把這件披肩拿給富勒奶奶？她似乎會冷。檸檬水則是要給葛文太太的。你知道，就是跟你媽在一起的那個人。」

拿某些親屬關係和責任提醒他一下也無妨。

湯米旋即優雅地站了起來。

2 湯米和朋友們玩的遊戲正確名稱是「波提伽利」，玩家要猜歷史上的名人，原則上必須是像義大利文藝復興時期藝術家「波提伽利」（Botticelli）那麼有名的人物，遊戲故而得名。波克斯特胡德（Buxtehude）則為巴洛克時期的一位管風琴家，喬伊絲說錯了遊戲名稱，湯米便故意竄改波克斯特胡德的名字鬧她。

3 bourgeois，即資產階級之意，用以形容資產階級對生活品味或生活美學的追求與講究。

「是波提伽利。」他一邊說，一邊接過披肩和水杯。

「抱歉。我不是故意要打斷你們的遊戲。」

「反正我們玩得很爛。」說話的是她認識的一個男孩，名叫賈斯丁。「我們沒你們以前那麼聰明。」

「說『以前』就對了。」喬伊絲說完突然一陣茫然，不知接下來該做什麼或去哪裡才好。

他們在廚房裡洗碗。喬伊絲、湯米和新男友小傑。慶生會結束了。賓客們擁別的擁別，吻別的吻別，淚別的淚別，還有人幫忙帶走喬伊絲塞不進冰箱裡的食物。軟掉的生菜沙拉、不新鮮的鮮奶油塔和惡魔蛋就丟掉。反正也沒什麼人吃惡魔蛋。膽固醇太高。現在的人不吃了。

「真可惜，做這個很花功夫呢。這道料理可能讓人想起教會愛宴[4]吧。」喬伊絲一邊說，一邊把一整盤的惡魔蛋倒進垃圾桶。

「我奶奶以前常做。」小傑說。這是他第一次開口跟喬伊絲說話，她注意到湯米露出感激的表情。她自己也覺得很感激，即使她被歸到他奶奶那一輩的人去了。

「我們吃了幾個，很好吃。」湯米說。他和小傑已經陪她收拾了至少半小時。草地上、走廊上和屋子裡，到處都有杯盤和餐具，就連花盆和沙發墊底下這麼奇怪的地方也有。

兩個男孩（他們在她心目中是男孩）很有技巧地把碗盤塞進洗碗機，以她疲憊的狀態可沒辦法排得那麼漂亮。水槽裡用來洗玻璃杯的熱肥皂水和涼清水也是他們放的。

「我們也可以等洗碗機，下一批再洗這些玻璃杯。」喬伊絲說。但湯米說不行。
「要不是今天忙到神智不清，妳就不會想把玻璃杯交給洗碗機了。」
小傑負責洗，喬伊絲負責擦乾，湯米負責把杯子收好；他還記得什麼東西該擺在家裡的什麼地方。麥特和系上的一位同事在前廊高談闊論。剛剛他才一副醉態跟賓客抱來抱去、依依不捨地道別，但現在看來顯然沒有那麼醉。
喬伊絲說：「或許我真的神志不清了吧。此時此刻我只想把這些全丟了，買些塑膠的回來。」
湯米說：「派對後症候群。我們都知道的。」
喬伊絲問道：「所以，那個黑衣黑裙的女生是誰？就是遊戲玩到一半走掉的那個？」
「克莉絲蒂？妳說的一定是克莉絲蒂。克莉絲蒂・歐黛爾。賈斯丁的太太，不過她沒冠夫姓，就用她自己的名字。妳知道賈斯丁吧。」
「我當然知道賈斯丁，我只是不知道他結婚了。」
「啊，孩子們不知不覺就長大了。」湯米揶揄道。
「賈斯丁三十歲了。」他又補充：「克莉絲蒂的年紀可能比他還大。」
小傑說：「絕對比他還大。」

4　包括教會餐宴、居家宴客、野餐等場合，惡魔蛋（Deviled eggs）為西方自助式聚餐常見的冷盤菜色，乃將白煮蛋剖半，蛋黃挖出，蛋白填入鮪魚拌美乃滋，再撒上蛋黃碎。

喬伊絲說：「她看起來挺有意思的。是個什麼樣的人呢？」
「她是作家。人還好囉。」
彎身靠著水槽的小傑咕噥了什麼，喬伊絲聽不明白。
「算是偏高冷的人吧。」湯米對小傑說：「是吧？你同意嗎？」
「她還以為自己多了不起似的。」小傑這次說得很清楚。
「咳咳，人家剛出了第一本書嘛。我忘記書名了，『如何』什麼什麼的，反正我覺得不是什麼好書名。你也出本書試試，夠你囂張一陣子的。」湯米說。

幾天後，喬伊絲經過蘭斯代爾大道的一家書店，看到那女孩的臉在一張海報上，上頭可不就寫著她的大名：克莉絲蒂・歐黛爾。她頭戴黑帽，身披她穿去慶生會的同一件黑色小外套。剪裁貼身，感覺凝重，領口不知要低到哪裡去，儘管她那裡實在沒什麼看頭。她雙眼直視鏡頭，眼神透著陰沉、受傷和幾分控訴的意味。
喬伊絲是不是在哪裡看過她呢？當然，在慶生會見過。但即使是在那時，在那個莫名心生反感的當下，她都覺得好像在哪看過她。
是學生嗎？她這一生教過的學生可多了。
她走進書店買了一本。《叫我們如何活下去》，沒有問號。賣書給她的女店員說：「妳知道嗎？星期五下午兩點到四點之間帶這本書過來，作者會在這裡幫讀者簽名。只要別把這張金色小貼紙撕掉就好，這樣才能證明妳是從我們店裡買的。」

喬伊絲始終想不透這種活動所為何來。排隊去看作者一眼，然後帶走一本寫有陌生人大名的書？她保持禮貌嗯哼嗯哼地回著，沒有明確表態。

她甚至都不知道會不會打開這本書來看。她手邊正好在讀兩本不錯的傳記，那兩本肯定比這本還合她胃口。

《叫我們如何活下去》不是長篇小說，而是一本短篇小說集。這件事本身就令人失望。光是這一點就似乎減弱了這本書的分量，顯得作者像是在文學大門外徘徊的門外漢，沒在文學殿堂裡站穩一席之地。

儘管如此，喬伊絲那天晚上還是帶著這本書上床，盡職地翻到目錄頁。差不多瀏覽到一半，就有一個標題吸引了她的目光。

「*Kindertotenlieder.*」

馬勒。熟悉的領域。她篤定地翻到相對應的那一頁。有人貼心提供了翻譯，說不定是作者本人。

「《悼亡兒之歌》。」

麥特在她一旁哼了一聲。

她知道這代表他反對他讀到的東西，並希望她問問是什麼，她便問了。

「天啊。這個白癡。」

她把《叫我們如何活下去》朝下放在胸口，嗯哼嗯哼地表示她有在聽。書的封底上是跟海報一樣的作者照片，只不過沒戴帽子。一樣沒有笑容，一樣陰沉，但沒那麼裝模作樣。麥特說話時，喬伊絲挪了挪膝蓋，把書靠著膝蓋放，好去讀封面上的作者簡介。

克莉絲蒂·歐黛爾

出身卑詩省的沿海小鎮羅夫河鎮。卑詩大學創作學系畢。現與夫婿賈斯丁及愛貓提貝里烏斯居於卑詩省溫哥華市。

麥特跟她解釋他讀的書是怎麼個白癡法，他一邊從他的書上抬起眼睛，看了看她在讀的書，說：「這是來我們家參加派對的女孩。」

「對，她的名字叫克莉絲蒂·歐黛爾，是賈斯丁的太太。」

「所以她寫了一本書？是什麼書？」

「小說。」

「喔。」

他回去讀他的書，但過了一會兒像是反悔了，便又問她：「好看嗎？」

「我還不知道耶。」

她朗讀道：「她和媽媽住在一棟依山傍海的房子……」

才讀了開頭，喬伊絲就渾身不自在，讀不下去了；也或許是在她先生身邊讀不自在。她闔上書，說：「我下樓一下喔。」

「檯燈太刺眼了嗎？我等等就關掉了。」

「不是。我想喝杯茶。待會見。」

「待會我可能就睡著了。」

「那就晚安囉！」

「晚安。」

她親親他，把書一起帶下樓。

她和媽媽住在一棟依山傍海的房子裡。在那之前，她住在收留寄養兒童的諾蘭太太那裡。諾蘭太太家的小朋友人數不定，但總是太多。小小孩睡在房間中央的床上，大孩子睡在床兩邊的折疊床上，防止小小孩滾下床。早上有起床鈴。諾蘭太太就站在門口搖鈴。她來搖第二次鈴的時候，你們就應該要尿尿、刷牙洗臉、著裝完畢，準備吃早餐。大孩子要幫忙小小孩，並折好被子。睡在中間的小小孩有時會尿床，因為他們來不及從大孩子身上爬出去。有些大孩子會教訓小小孩，也有些大孩子比較好，他們就把床單拉起來風乾。有時候，到了夜裡上床睡覺時，床單已經乾得差不多了。她對諾蘭太太家的記憶差不多就是這樣。

接下來，她就搬去跟媽媽同住，媽媽每晚都會帶她一起去匿名戒酒會的聚會。媽媽非帶她去不可，否則沒人照顧她。匿名戒酒會那裡有一盒給小朋友玩的樂高，但她沒有很愛玩樂高。學校開始教小提琴之後，她就把她的兒童小提琴帶去匿名戒酒會。她不能在那裡拉，但她得隨時看好那把小提琴，因為那是學校的公物。如果大家大大聲地聊天，她就可以小小聲地練習一下。

小提琴課是在學校上的。如果你不想專攻某一種樂器，你也可以敲敲三角鐵就好，但老師比較希望學生去學難一點的樂器。老師是一名身材高䠷的女性，她通常把一頭咖啡色的長髮綁成一條長辮，撂在背後。她聞起來跟其他老師不一樣。有些老師擦香水，但她從來不擦。她身上散發木頭、火爐或森林的氣息。後來，這孩子認為那應該是雪松碎屑的味道。就在孩子的媽媽去為師丈工作之後，她也聞到了一樣但又不盡相同的味道。差別似乎在於她的母親聞起來就是木頭的味道，但老師的味道是沐浴在音樂中的木頭。

這孩子沒什麼天分，但她努力練琴。不是因為她愛音樂，而是因為她愛老師。除了對這位老師的孺慕之情，她練琴就沒有別的原因。

喬伊絲把書放在餐桌上，重新看了看照片裡的作家。這張臉有一絲伊蒂的影子嗎？沒有。臉型沒有。神態也沒有。

她起身去拿白蘭地，倒了一點到她的茶裡。她努力回想伊蒂的小孩叫什麼名字。肯定不叫克莉絲蒂。印象中，伊蒂也不曾帶她來他們家裡。至於在學校，學小提琴的孩子有好幾個。

這孩子想必也不是天分全無，否則喬伊絲就會引導她去學沒那麼難的樂器了。但她想必也不是天資過人（嗯，這也等於是說她沒天分了），否則她一定會對她的名字有印象。一張空白的臉。一個小女生的臉。一團模糊的印象。儘管這個女孩、這個已經長大成人的女子臉上依稀有她認得出來的影子。

會不會是在某個星期六，她跟著伊蒂一起來他們家幫強恩的忙？甚至是在那些純屬串門子的日子裡——伊蒂不是來工作，只是來看看進度怎麼樣，有必要就幫個忙。不管強恩在做什麼，她就趴在那裡看；不管強恩在跟難得放假的喬伊絲聊什麼，她就插嘴進來。

有了。克莉絲蒂娜。就是這個名字。簡稱克莉絲蒂。

對於他們的暗通款曲，克莉絲蒂娜多少知情吧。強恩一定去過她們的公寓，正如同伊蒂一定來過他們的家裡。說不定，伊蒂還探了探這孩子的意思。

妳喜不喜歡強恩啊？

那妳喜歡強恩家嗎？

如果我們住在強恩家，是不是很好啊？

媽咪和強恩彼此相愛。兩個人相愛的時候就會想住在同一棟房子裡。妳的音樂老師和強恩不像媽咪和強恩那麼相愛，所以妳和媽咪要跟強恩住在強恩家裡，而妳的音樂老師要去住外面的公寓。

鬼扯。伊蒂才不會跟小孩說這些。不能亂誣賴她。

喬伊絲認為她知道故事接下來的發展。大人的事、大人的哄騙，這裡住一住、那裡住一住的事，搞得孩子團團轉。但當她繼續把書讀下去，她發現故事中對換地方住的事隻字未提。

一切都圍繞著孩子對老師的愛打轉。

星期四，上音樂課的日子，一星期中最重大的日子。這一天快樂與否端看這孩子演奏得好不好，以及老師有沒有注意到她的表現——有或沒有都一樣令這孩子難以承受。老師可能語氣忍耐，好心地用開玩笑掩飾她的疲憊與失望，這孩子就覺得一切都完了。但老師也可能突然心花怒放、芳心大悅。

「很好！有進步。妳今天真的很棒。」這孩子就高興得要飛上天了。

還有一個星期四，這孩子在操場跌倒，膝蓋破皮了。老師用一塊熱過的溼布幫她清潔傷口，還突然溫柔地說她值得一點安慰，說著就伸手去拿她用來鼓勵小小孩的那碗七彩聰明豆。

「妳最喜歡哪一種顏色的呀？」

這孩子強自鎮定了一下，回過神來說：「都喜歡。」

一切是否就從這時開始變了樣？是因為春天的緣故，還是因為準備成果發表會的緣故？

這孩子有種雀屏中選的感覺。她要擔綱獨奏。這代表每星期四放學後她要留下來練習，所以沒辦法搭那班開往鎮外的校車，回到她和媽媽現在住的房子。老師會載她。她在路上問這孩子對演奏會的事緊張不緊張。

多多少少吧。

這樣啊……老師說，那她可得訓練自己想一些愉快的事情，例如想著鳥兒飛過天際的畫面。她最喜歡哪一種鳥呢？

又是「最喜歡」。這孩子絞盡腦汁，想不出一種鳥來。接著她說：「烏鴉吧。」

老師忍不住笑出來。「好吧，好吧。烏鴉就烏鴉吧。就在上台演奏之前，妳先想一想烏鴉。」

接著，或許是意識到這孩子的難堪，老師為了彌補剛剛笑出來的行為，便提議她們去威靈頓公園，看看夏天會開的那個冰淇淋攤營業了沒。

「妳如果沒有直接回家，他們會不會擔心？」

「他們知道我跟妳在一起。」

冰淇淋攤營業中，只不過選擇很有限，那些比較有意思的口味都還沒有準備。孩子選了草莓口味，這次她懷著幸福洋溢和迫不及待的心情，早就準備好了答案。老師就像許多大人一樣選了香草口味，雖然她跟服務生調笑了一番，說他再不拿蘭姆葡萄乾口味的來給她，她就不喜歡他了唷。

或許這是另一個改變開始的時候吧。聽到老師用那種輕佻的口吻，像個小少女般說話，這孩子不禁放鬆了點。從那一刻起，她就不再對老師崇拜到無以復加，儘管還是滿心的歡喜。她們沿路開到碼頭去看停泊的船隻，老師說她一直很嚮往住在船屋上。住船上一定很好玩吧？她說，而這孩子當然認同。她們挑了一艘自己會想住在上面的船，那是一艘手工製作、漆成淡藍色的船，有一排小窗戶，窗台上放著天竺葵盆栽。

她們從船屋聊到這孩子現在住的房子，那棟房子是老師以前住的地方。日後，在開車兜來轉去的路上，她們常常莫名所以就回到同一個話題上。孩子向老師報告說她喜歡自己的臥房，但不喜歡外面那麼黑。有時候，她覺得自己都能聽到窗外野生動物的動靜。

什麼野生動物？

熊、獅子。她媽媽說樹林裡有熊和獅子，千萬不要跑到樹林裡去。

「如果聽到外面有可怕的聲音，妳會跑到媽媽床上一起睡嗎？」

「我不能。」

「天啊，為什麼不能？」

「強恩在那裡啊。」

「熊和獅子的事，強恩怎麼說？」

「他覺得只是鹿而已。」

「媽媽跟妳亂講，他有沒有不高興？」

「沒有。」

「我猜他大概從來不會生氣吧。」

「他有一次好像生氣了，就是媽媽和我把他的酒全都倒進水槽裡那次。」

老師說，老是怕那片森林真的太可惜了。妳可以去森林裡散步，她說，野生動物不會來靠近妳，尤其如果妳發出聲響的話，而人在林子裡走動通常都會發出聲響嘛。她知道安全的小路在哪裡，也知道所有當季綻放的野花的名字。豬牙花。延齡草開的小白花。紫色的紫羅蘭和夢幻草。

巧克力百合。

「巧克力百合應該還有正式的名字，但我就愛叫它巧克力百合，聽起來很好吃吧！當然，巧克力指的不是口味，而是花的樣子。這種花看起來就像巧克力，帶了點藍莓渣的那種紫。很稀罕的花，我知道哪裡看得到唷！」

喬伊絲再次把書放下。好了，這下子，她看出來了。她察覺到風雨欲來的跡象了。天真無邪的孩子，病態扭曲、鬼鬼祟祟的大人，誘拐的情節。她早該料到的。這年頭就流行這種東西，幾乎到了非如此不可的地步。森林。春花。就從這裡開始，作者要把她從真實人生取得的素材，變成醜陋的虛構之作，倒不是為了惡意誹謗，只是懶得動腦筋創作。

的確，有些部分是真的。她確實想起一些已經忘掉的事情。開車送克莉絲蒂娜回家，從未把她當成克莉絲蒂娜，只把她當成伊蒂的小孩。她想起來了。她不能把車開到院子裡迴轉，所以向來都是在路邊就放那孩子下車，接著再往前開個半英里左右，找個可以讓她迴轉的地方。冰淇淋的事，她沒有印象了，但確實有一間像那樣的船屋停泊在碼頭邊。就連那些花，那些狡猾的試探，那些可怕的問題，都有可能是真的。

非讀下去不可。她想多倒一些白蘭地，但她早上九點鐘有一場排練。

沒這回事。她又錯了。森林和巧克力百合沒再出現，成果發表會則是一語帶過。學期結束了。最後一個上課週結束後的週日早晨，孩子早早就被吵醒了。她聽到院子裡傳來老師的聲音，於是就跑到窗口去看。老師坐在她的車上，車窗搖了下來，她在跟強恩說話，車尾則接了一個小貨櫃。強恩光腳打赤膊，只穿一條牛仔褲。他喊孩子的媽過來，她來到廚房門口，走了幾步到院子裡，但沒靠近那輛車。她穿著一件強恩的襯衫。她老把那件襯衫當睡衣穿，也老是用長袖遮住她的刺青。

他們在說強恩答應要去公寓拿的一個什麼東西，老師把鑰匙丟給他。接著他和孩子的媽交頭接耳一番，他勸她去拿幾件別的東西，但老師很不悅地大笑道：「全都歸你們了。」強恩很快接口道：「那好吧。掰掰。」老師也學他說了聲：「掰掰！」孩子的媽有沒有說話則聽不到。老師又像剛剛一樣大笑，強恩開始指示她要怎麼拉著那個貨櫃在院子裡把車迴轉。這時，孩子穿著睡衣跑下樓，雖然她知道老師想必沒心情跟她說話。

「妳剛剛錯過她了。她得去趕渡輪。」孩子的媽說。

外面傳來「叭」的一聲，強恩舉起一隻手。接著，他穿過院子走回來，對孩子的媽說：「就這樣了。」

孩子問老師會不會回來，他說：「不太可能。」

下半部寫的是孩子漸漸明白過來了。隨著年紀漸長，她回想起某些問題，回想起那些看似隨意的刺探，那些關於強恩（她不叫他強恩）和她媽媽的（無關緊要的）資訊。他們早上幾點起床啊？他們喜歡吃什麼？會不會一起下廚？聽什麼廣播節目？（不聽——他們買了一台電視機。）

老師要的是什麼呢？她想聽到什麼壞消息嗎？還是不管什麼消息都好，只要能跟睡在同一個屋簷下、坐在同一張餐桌前吃飯、每天都在那兩個人身邊的人保持聯繫就好？

這孩子不得而知。她只知道原來她是那麼不重要，原來她的孺慕之情被利用了。可憐的傻丫頭。當然了，這層領悟惹她心酸。既心酸又不甘。她發誓要當一個再也不會被人玩弄的人。

但劇情有了轉折，結局出人意表。有一天，她對這位老師和那段童年歲月的感覺變了。她不知道是怎麼變的，又是何時變的，但她發覺自己不再把那段日子視為一種欺騙了。留在她記憶中的是她苦學的樂曲（當然，她放棄小提琴了，甚至沒堅持到青春期），是那份輕飄飄的希望和暈陶陶的幸福，還有那些她從沒見過的森林小花既怪異又動聽的名字。

愛。她為那份愛高興。如果一個人莫大的不幸可以造就另一個人莫大的幸福，不管那份幸福是多麼曇花一現、多麼虛無縹緲，那麼，在上蒼對世間感情錙銖必較的收支管理中，想必有某些安排純屬隨機，而且當然並不公平。

啊，是了。喬伊絲心想。這就對了。

星期五下午，她去了那家書店。不只帶了她的書去簽名，還帶了一小盒法式美好巧克力專賣店的巧克力。她加入排隊的隊伍，有點訝異來的人這麼多。女讀者老少都有，也有她這個年紀的女人；少數幾位男性讀者都比較年輕，有些是陪著女朋友一起來的。

賣書給喬伊絲的女店員認出她來。

「很高興看到妳回來。妳讀到《環球報》的書評了嗎？很精彩吧！」她說。

喬伊絲一頭霧水，事實上，她緊張得有點發抖，甚至說不出話。

女店員沿著隊伍走去，解釋只有在本店購買的書才能在這裡簽名，另外，市面上有一本小說選集收錄了克莉絲蒂．歐黛爾的一則短篇，很抱歉那本也不給簽。

排在喬伊絲前面的女讀者身材魁梧，所以一直到她彎身把書放在簽名桌上，喬伊絲才看到克莉絲蒂．歐黛爾。眼前是一個跟海報上和派對上截然不同的年輕女子。黑色的服裝沒了，黑色的帽子也沒了。克莉絲蒂．歐黛爾身披一件紅艷艷的絲織錦緞外套，外套的翻領上還繡了金色的小珠子，內搭一件精緻的粉紅色細肩帶小可愛。新染的頭髮帶了點金色，耳朵掛著金色的耳環，頸間的金項鍊細得像髮絲，雙唇像花瓣般潤澤，雙眼上了棕紅色的眼影。

也是啦，誰想買一個陰沉的邊緣人或失敗者寫的書？

喬伊絲沒想好要說什麼，心想到時候想到什麼說什麼。

現在，女店員又開口了。

「妳有沒有把書翻到妳想簽名的那一頁？」

喬伊絲得放下巧克力盒才能去翻書。她感覺喉嚨一緊。

克莉絲蒂．歐黛爾抬起頭，對她微微一笑——那是一抹故作親切的微笑，帶有專業的距離感。

「您的大名？」

「寫喬伊絲就可以了。」

時間有限，她得把握機會。

「妳是在羅夫河鎮出生的？」

「不是。」克莉絲蒂．歐黛爾的語氣不太高興，或至少變得冷了一點。「我確實住過那裡。要我簽上日期嗎？」

喬伊絲重新拿起巧克力盒。法式美好巧克力專賣店確實有賣花朵造型的巧克力，但不是百合花。他們只有玫瑰和鬱金香，她選了鬱金香。鬱金香跟百合花倒也不是沒有共同點，兩者都是球莖類的。

「謝謝妳寫了〈*Kindertotenlieder*〉。」她說得很急，差點沒被這一長串的字嗆到。「這篇故事對我來講很有意義。我準備了一件禮物給妳。」

「那篇故事可不是很棒嘛！」女店員把巧克力盒接了過去：「交給我就可以了。」

「我送的又不是炸彈。」喬伊絲失笑道：「是百合花造型的巧克力。不對，應該是鬱金香。他們沒有百合花，我就買了鬱金香。我想，鬱金香是僅次於百合花的選項了。」

她注意到女店員現在收起了笑容，嚴厲地看著她。克莉絲蒂．歐黛爾說：「謝謝妳。」這女孩的表情沒有一絲認出她來的跡象。她不記得多年前羅夫河鎮的喬伊絲，也不記得兩星期前慶生會上的喬伊絲。你甚至懷疑她認不認得自己筆下的小說篇名。你會以為她跟那個故事沒有關係，就彷彿那是她蛻下來留在草地上的一層皮。

克莉絲蒂・歐黛爾坐在那裡，寫著她的名字，彷彿在這個世界上，她只管這一件事而已。

「很高興跟妳聊天。」女店員一邊說，一邊還是看著那個巧克力盒，法式美好巧克力專賣店的女孩在盒子上綁了一個捲捲的黃色緞帶。

克莉絲蒂・歐黛爾抬眼迎接隊伍中的下一個人，喬伊絲自知該往前走了，趁她還沒成為眾人的笑柄，趁她的巧克力盒還沒變成警方手裡的可疑物品。

沿著蘭斯代爾大道走上坡，她覺得很洩氣，但也漸漸平復了過來。這件事若是變成一件趣聞被她拿來說嘴，她也不訝異。

溫洛克崖

我媽有個單身表弟，以前每年夏天都會來農場看我們一次，跟他的媽媽、我的表姨婆妮爾·波茲一起來。他名為厄尼·波茲。厄尼長得很高，大方臉，臉色通紅，一臉和善。金色的鬈髮從前額往上翹。雙手和手指甲都乾淨得像肥皂。屁股有點圓。我都在背地裡叫他大屁股厄尼。我這人還挺毒舌的。

但我自認沒有惡意。幾乎沒有吧。妮爾·波茲姨婆過世後，他就改成寄聖誕卡，不再登門拜訪了。

他住在倫敦（安大略省的倫敦）。我去倫敦上大學的時候，他養成了每隔週的星期天晚上帶我出去吃晚餐的習慣。在我看來，他這麼做純粹因為我是親戚——他甚至不必考慮我們適不適合出雙入對。他總是帶我去同一個地方，那是一間叫做「老雀兒喜」的餐廳，坐落在樓上，俯瞰當達司街，天鵝絨窗簾，白桌布，餐桌上放著玫瑰燈罩的小檯燈。價位可能非他所能負擔吧，但我想都沒想過這件事。身為一個來自鄉下的女孩，我總以為住在城市裡、每天穿西裝打領帶、指甲乾淨成那樣的男人都有一定的財力，這種奢侈的享受對他們來講稀鬆平常。

我會點菜單上最具異國風情的餐點，像是法式奶香雞肉酥盒或法式橙汁鴨胸，而他一向都點烤牛肉。甜點用推車推到桌旁，通常有高聳的椰子蛋糕、不合時令的草莓卡士達塔、填滿鮮奶油的巧克力酥皮牛角麵包。我總是猶豫不決，就像五歲小孩在挑冰淇淋的口味。接下來的星期一，為了彌補大吃大喝的過錯，我就會一整天不吃不喝。

厄尼要當我爸看起來太年輕了。我希望學校不會有人看到我們在一起，以為他是我的男朋友。

他問起我的課業。我告訴他或提醒他我可是雙主修英文、哲學，成績優異，他聽了不像老家的人那樣翻白眼，而是很認真地點著頭。他說他對教育有著莫大的敬意，只可惜他沒辦法繼續升學，念完高中就去加拿大國家鐵路找了份工作，當起售票員。現在他已經是主管了。

他愛看一些嚴肅的書，但那也不足以取代大學教育。

我敢說他所謂「嚴肅的書」就是《讀者文摘精華版》那一類的讀物。為了轉移有關課業的話題，我跟他說起我住的合租屋。那年頭，學校裡還沒有宿舍，我們要嘛住合租屋，要嘛住便宜的公寓，要嘛住兄弟會或姊妹會的會館。我的房間是一棟老房子的閣樓，地面空間很大，頭頂就沒什麼空間，但因為前身是傭人房，所以有自己的浴室。二樓的兩個房間住了另外兩位拿獎學金的學生，她們是現代語言學系的大四生，分別叫做凱和畢芙莉。樓下，天花板挑高但隔成很小間的房間裡住了一個醫學系的學生。他很少在家，但他太太貝絲成天在家，因為她有兩個年紀很小的孩子。貝絲是負責管理和收租的二房東，她和二樓的兩個女生常為了她們在浴室裡洗衣服、曬衣服的事吵來吵去。那個醫學生在家的時候，因為樓下的浴室都是寶寶的東西，所以他有時得去用二樓的浴室。貝絲說他不該對著那些近在眼前的絲襪和私密衣物。凱和畢芙莉則反駁說那是她們的浴室，搬進來的時候就講好的，愛怎麼用是她們的事。

我專挑這種事說給厄尼聽，他聽了就紅著臉說她們應該白紙黑字寫清楚。

凱和畢芙莉令我大失所望。她們苦修現代語言學，但兩人的談話和腦袋裡的東西似乎跟銀行或辦公室的女職員沒什麼兩樣。到了星期六，她們就會擦指甲油、用髮夾把頭髮夾得鬈曲，因為那天晚上她們要跟男友約會。星期天，她們就擦乳液保養被男友的鬍子刮傷的臉蛋。我從這兩人的男友身上都找不到一絲討人喜歡的地方，我不懂她們看上他們什麼。

她們說，她們曾經妄想要到聯合國當翻譯，但現在她們覺得自己應該會去當高中老師吧，有機會的話就結婚。

她們很愛給我不請自來的忠告。

我在校園餐廳打工，負責推著推車到處收桌上的髒碗盤，收乾淨了就把桌面擦乾淨。我也負責把食物擺到外面的架上供人取用。

她們說這工作不好。

「男生要是知道妳做這種工作，就不會約妳出去了。」

我告訴厄尼這件事。他說：「那妳怎麼說？」

我告訴他，我說反正我也不會跟這種偏見男出去，所以有什麼問題嗎？

我這話說得正中厄尼下懷，他的臉都亮了起來，還舉起手從半空中往下一砍道：

「沒錯。完全正確。就該拿出這種態度來。正當工作。別聽那些瞧不起正當工作的人說的話。直接無視她們就對了。保持妳的自信。如果有人不喜歡，叫她們自己忍著點。」

他的這番演說，他的大臉上那股正氣凜然、深表認同的神色，他那慷慨激昂的動作，第一次挑起我的疑心。我第一次不祥地意識到，凱和畢芙莉對我的警告，畢竟還是有著一定的分量。

有張字條塞在我的門縫底下，說是貝絲想跟我談一談。我怕她是要說我把大衣掛在樓梯扶手上晾乾的事，或是要說白天她先生布雷克（有時）和寶寶們（隨時）要睡覺，我走樓梯的聲音太大聲了。

門一打開，貝絲悲慘、混亂的日常就映入眼簾，她的每一天彷彿都是在這種慘狀中度過的。洗過的溼尿布和散發異味的嬰兒連身衣從天花板的曬衣架垂掛而下，奶瓶在爐台上的消毒鍋裡咕嚕咕嚕冒著泡泡、鏗鏗鏘鏘撞來撞去，椅子上丟著潮溼的衣物或髒兮兮的填充玩具，窗戶都起霧了。大寶寶掛在遊戲床的圍欄上，發出控訴的怒吼——貝絲顯然剛把他放進去。小寶寶坐在高腳椅上，南瓜色的食物泥像疹子般布滿他的嘴邊和下巴。

貝絲從這一團混亂中看過來，扁扁的小臉表情緊繃，臉上透著一股優越感，彷彿在說有能耐像她一樣活在這種噩夢中的人可不多，即使這世界吝於給她一點點的肯定。她開口了：

「妳知道妳搬進來的時候……」說到這裡，為了蓋過大寶寶的嘶吼聲，她抬高音量：「妳搬進來的時候，我跟妳提過，閣樓的空間夠住兩個人？」

我正打算說「頭上的空間不算」，她卻自顧自接著說了下去，說是有另一個女生要搬進來。那個女生要到學校旁聽一些課，週二到週五就住在這裡。

「布雷克今晚會搬一張沙房床到妳房裡，她不會占據太多空間。她住在城裡，我想她應該不會帶多少衣服過來。妳到現在已經獨占閣樓六星期了。以後到了週末，閣樓還是歸妳一個人用。」

減租的事隻字未提。

妮娜確實沒占什麼空間。她本來就小小一隻，動作又很秀氣——從來不會像我一樣，沒事就撞到頭上的屋椽。她很多時間都是盤腿坐在沙發床上，金褐色的髮絲披散在臉上，一件寬鬆的日式和服罩住稚氣的白色內衣。她的衣服很美——駱駝毛大衣、喀什米爾毛衣、綴有銀色大別針的格紋百褶裙，就是那種你會在雜誌上看到的衣服，標題或許寫著「女大生校園新時尚」之類的。但只要一下課回到家，她就卸下一身的行頭，換上那件和服。她通常懶得把任何東西掛起來。我也習慣一回家就換下學校穿的衣服，但我是為了保持裙子的平整和上衣或毛衣的光潔，所以每一件衣物我都會小心掛好。夜裡，我就穿一件羊毛浴袍。伙食包含在我的工資之內，所以我早就在校園餐廳用過晚餐。妮娜好像也吃過了，雖然我不知道是在哪裡吃的。說不定她整晚吃的那些東西就是她的晚餐，像是杏仁、柳丁，還有那些紅色、金色或紫色錫箔紙包裝的水滴巧克力。

我問她，只穿那件薄薄的和服不會冷嗎？

「不會喔。」她抓起我的手，把我的手按在她的脖子上說：「我身上總是很熱。」還真的是。就連她的皮膚看起來都熱呼呼的，雖然她說那個只是被太陽曬出來的顏色，而且愈來愈淡了。與這膚色連結在一起的，是一股堅果或香料般的獨特體味，不難聞，但也不是一個常常洗澡的人會有的味道。（我自己也不是那麼清新怡人，畢竟貝絲規定我們一星期只能洗一次澡。那年頭很多人一星期都只洗一次澡，我相信那時周遭一定瀰漫著比較多的體味，儘管那時也有爽身粉和質地很粗的體香膏。）

晚上我通常會讀點書，一直讀到深夜。本來我以為有別人在可能比較難專心，但妮娜幾乎像個隱形人。她靜靜地剝她的柳丁、拆她的巧克力、玩她的接龍。要伸展四肢或移動紙牌的時候，有時她會發出一點點的聲響，或許是一聲呻吟，或許是一聲咕噥，彷彿是覺得動一動很舒服，也彷彿是在抱怨自己還得調整一下姿勢。除此之外，她都知足得很。即便燈還亮著，她隨時可以縮成一團睡她的覺。正因為沒有聊天的壓力或必要，我們很快就打開話匣子，聊起各自的人生來了。

妮娜二十二歲，以下是自從她十五歲起發生在她身上的事：

首先，她把自己的肚子搞大了（這是她的原話），嫁給了孩子的父親，小夥子比她大不了多少。這是在芝加哥市郊一座小鎮發生的事。在那座叫做萊尼鎮的小鎮，男孩子不是在穀倉塔工作，就是當機械修理工；女孩子則在店鋪裡當店員。妮娜的志願是當髮型師，但你得到別的地方受訓。她也不是一直都住在萊尼鎮，那裡是她的外婆家。她之所以過去和外婆住，是因為她爸爸死了、媽媽改嫁了、繼父把她趕出門了。

她生了老二，也是一個兒子。她老公在別座鎮上找到工作，就過去那裡了。他本來要接她一起過去，結果卻從來沒有。她把兩個孩子留給她的外婆，一個人搭上公車，去了芝加哥。

在公車上，她認識了一個名叫瑪希的女孩，她也一樣要去芝加哥。瑪希在芝加哥有認識的人，那個男人有一間餐廳，他願意給她們工作。但到了芝加哥、找到那間餐廳，她們才發現他不是餐廳老闆，只是在那裡工作過，而且前陣子已經辭職了。正牌的老闆在餐廳樓上有個空房間，他讓她們住在那裡，條件是她們每晚要幫他打掃餐廳。她們只有樓下餐廳的女廁可用，但白天時不能在那裡待得太久，那裡是要給顧客用的。如果有任何衣物要洗，她們得等打烊後再洗。

她們幾乎沒怎麼睡覺。對街有家酒吧，她們和酒保成了朋友。酒保是同性戀，但人很好，他免費招待她們喝薑汁汽水。她們在酒吧認識了一個男的，這男的邀她們去一場派對，她們從那場派對又受邀參加其他的派對。就在這段派對來派對去的期間，妮娜認識了普維斯先生。事實上，是他幫她取了妮娜這個名字的。在此之前，她本來叫茱兒。她搬進普維斯先生在芝加哥的家和他同居。

她一直在等適當的時機提起兩個兒子的事。普維斯先生家裡有那麼多空間，她心想他們可以跟她一起住在那裡。但當她提起這件事，普維斯先生說他討厭小孩。他也希望她永遠不要懷孕。

但她反正還是有孕了，普維斯先生就帶她到日本去墮胎。

直到最後一刻，她都覺得她會把小孩拿掉，但她當場改變主意，決定要生下小孩。

那好，他說，他會付機票錢讓她回芝加哥，以後她就只能靠自己了。

這次她比較熟門熟路了，她去了一個會照顧孕婦直到寶寶生下來再給人領養的地方。寶寶生下來了，是個女娃，妮娜為她取名吉瑪，決定把她留在身邊。

她在那裡認識了另一個決定留下寶寶的女孩，兩人約好住在一起、輪流去上班，一起把寶寶養大。兩位媽媽找到一間她們租得起的公寓，也找了工作——妮娜是在一家雞尾酒吧。一切本來都很順利。但就在耶誕節前，妮娜回家發現另外那位媽媽喝得半醉，跟一個男人在亂搞，而當時八個月大的吉瑪發燒到甚至哭不出來。

妮娜把吉瑪包裹起來，叫了計程車帶她去醫院。聖誕節的緣故，路上堵得亂七八糟。等她們終於到了醫院，他們卻說她來錯地方了。她也搞不清楚原因，反正他們叫她去別間醫院。就在轉院的路上，吉瑪一陣痙攣，死了。

她想為吉瑪辦一場真正的葬禮，不要只是讓她跟某個死掉的窮老頭埋在一起（她聽說寶寶的屍體就是這樣處理掉的，如果你沒錢的話）。於是她又去找普維斯先生，他對她出乎她意料的好，不只付了棺材和其他費用，弄了個刻有吉瑪名字的墓碑，事後還讓妮娜回到他身邊。為了讓她散散心，他們到倫敦、巴黎和其他許多地方長途旅行。回國後，他把芝加哥的房子關了起來，搬到這裡。他在這附近的鄉下擁有一些房地產，還擁有賽馬。

他問她想不想繼續念書，她說她想。他說她應該先去旁聽一些課程，看看她想學什麼。她說她希望能有部分時間過得就像一般學生一樣，穿著打扮和上下課都像他們一樣。他說這件事可以安排。

她的人生顯得我活得像個傻瓜。

我問她普維斯先生的名字是什麼。

「亞瑟。」

「那妳為什麼不叫他亞瑟？」

「因為聽起來很怪。」

照理說，妮娜晚上是不能出門的，除非是去學校參加某些特定活動，例如去看話劇表演，或是去聽演奏會或講座。她應該要在學校吃午餐和晚餐。雖然如我所言，我不知道她到底吃過沒。早餐就是在我們房間喝杯雀巢咖啡，配我從校園餐廳帶回來的隔夜甜甜圈。普維斯先生聽了雖然不高興，但他就當這是妮娜在模仿大學生過生活，也就勉強接受了。反正只要她一天當中好好吃了一頓熱食，另一餐吃了三明治、喝了湯，他就滿意了——而他以為妮娜做到了。她會去確認校園餐廳的菜色，好跟他報告她吃了香腸或牛肉漢堡排，以及鮭魚三明治或雞蛋沙拉三明治。

「那他怎麼知道妳有沒有跑出去？」

妮娜站了起來，發出她個人專屬的那種不知是不是抱怨的聲響，躡手躡腳地來到閣樓窗前。

她說：「來這裡。要躲在窗簾後面看喔。看到沒？」

對街停了一輛黑頭車，不過不在我們的正對面，而是隔了幾戶人家。一道車燈剛好照到駕駛的白頭髮。

妮娜說：「那是溫尼爾太太。她會在這裡守到午夜，或更晚，我也不確定。我要是出門，她就會跟著我。不管我去哪裡，她就在附近徘徊，最後再跟著我回來。」

「萬一她睡著了呢？」

「她不會的。就算她睡著了，只要我有什麼動靜，她立刻就會清醒過來。」

按照妮娜的說法，「只是讓溫尼爾太太練習一下」，我們有天晚上離開家裡，搭公車去市立圖書館，一路上從車窗看著那輛長長的黑頭車每一站都得放慢速度、拖延一番，再趕緊加速跟上我們。下了車，我們還得步行到下條街才是圖書館。溫尼爾太太先從我們身旁開了過去，把車停在前門。我們認為她應該是從後視鏡監視我們的動靜。

我想看看能不能借到一本《紅字》，因為我有一堂課要用，但我買不起，而校內圖書館的藏書都被借走了。我也想幫妮娜借本書——有歷史大事簡表的那種書。

妮娜買了她旁聽課程要用的課本，也買了筆記本和那年頭品質最好的原子筆，顏色還互相搭配——紅色用來記前哥倫布時期的中美洲文明，藍色用來記浪漫派詩人，綠色用來記維多利亞時期和喬治王朝時期的英文小說家，黃色用來記佩羅童話到安德森童話。她從不缺席，每堂課都坐在最後一排，因為她認為那是適合她的位置。她講得好像她很享受跟一大群學生一起穿過文館大樓、找到她的座位、把課本翻到指定的頁數、拿出她的原子筆。但她的筆記本始終一片空白。

依我看，問題在於她徹底摸不著頭緒。她不知道「維多利亞時期」是什麼意思，「浪漫派」是什麼意思，「前哥倫布時期」又是什麼意思。她去過日本、巴貝多島和歐洲的許多國家，但她沒辦法從地圖上指出這些地方。她肯定也搞不清楚法國大革命是在第一次世界大戰之前還之後。

我不知道她是怎麼選這些課來上的。只是因為她覺得聽起來好聽，還是因為普維斯先生認為她學得來，也或許他基於惡意挑選了這些課，好讓她快快嘗夠當學生的滋味？

在找我要的書時，我一眼瞥見厄尼．波茲。他懷裡抱著滿滿的懸疑小說，那是他為母親的一位老友挑的。他跟我說過他向來都會做這件事，就好像他向來都會在星期六早上到退伍老兵之家，陪他父親的一位戰友下棋。

我把他介紹給妮娜。我跟他說過她搬進來的事，但當然沒提她的過去，甚至連她的現在也沒提。

他跟妮娜握手，說很高興認識她，緊接著就問他可不可以載我們回家。

我正要說謝謝不用了，我們搭公車回去就可以了，妮娜卻問他的車停在哪裡。

「停在後門。」他說。

「所以有後門囉？」

「有的、有的，我開的是四門轎車。」

「不是啦，我不是這個意思。」妮娜親切地說：「我指的是圖書館。這棟樓。」

「有的、有的，有後門。」厄尼慌張地說：「不好意思，我以為妳問的是車子。有的。圖書館有後門。我就是從後門進來的。不好意思。」現在，他整張臉都紅了。要不是妮娜親切的笑聲打斷了他，他還會繼續道歉。妮娜的笑聲甚至帶有諂媚的味道。

她說：「那好。我們從後門出去。就這麼說定囉！謝啦。」

厄尼開車送我們回家。他問我們要不要繞去他家一趟，喝杯咖啡或熱可可。

「不了，時間有點趕。但還是謝謝你。」妮娜說。

「妳們一定還有作業要做吧。」

「作業？對。當然了。」她說。

我在想他從沒邀我去過他家。得體不得體的問題吧。我一個女生去，不行；兩個女生一起去，可以。

我們向厄尼道謝說晚安時，對街沒有黑頭車的蹤影。回到閣樓往窗外望，還是沒有黑頭車的蹤影。電話很快就響了，是找妮娜的。我聽到她在樓梯間說：「喔，沒有，我們只是進去圖書館借本書，然後就直接搭公車回家了。是的，馬上就搭到了一班車。我很好。好得很。晚安！」

她笑容滿面、左搖右擺地走上樓梯。

「溫尼爾太太今天晚上麻煩大了。」

接著，她輕輕跳了一下，過來搔我的癢。自從發現我很怕癢，她有事沒事就突如其來鬧我一下。

一天早上，妮娜沒起床。她說她喉嚨痛，發燒了。

「摸摸我。」

「我向來都覺得妳摸起來熱熱的啊。」

「今天更熱。」

那天是星期五。她請我打電話給普維斯先生，跟他說這週末她想待在這裡。

「他會讓我待在這裡的——他受不了任何生病的人靠近他。他在這方面超級神經質的。」

普維斯先生不知該不該派醫生過來，妮娜料到這一點了，她叫我跟他說她只要休息休息就好。病情惡化的話，她或我會再打電話給他。他說那好吧，叫她多保重。他也謝謝我幫忙打這通電話，謝謝我當妮娜的好朋友。接下來，正要說再見的時候，他問我星期六晚上要不要去他家吃晚餐，他覺得一個人吃飯很無聊。

妮娜也料到這件事了。

「如果他邀妳明天晚上過去跟他吃飯，妳何不答應呢？星期六晚上很特別，總有好東西可吃。」

校園餐廳星期六不開。親眼見見普維斯先生的機會令我不安，也令我好奇。

「我真的要答應嗎？如果他問的話？」

表示同意與普維斯先生「共進晚餐」之後（他真的就是這麼說的），我上樓，問妮娜我該穿什麼。

「幹麼現在就擔心？那是明天晚上的事欸。」

說真的，我擔心什麼呢？我只有一件像樣的禮服，是高中畢業的時候，我為了穿去畢業典禮致詞，撥了一點獎學金去買的藍綠色綢紗禮服。

「而且反正也不重要。他不會注意到的。」妮娜說。

溫尼爾太太來接我。她的頭髮不是白的，而是白金色。在我眼裡，這顏色代表著鐵石心腸、不道德的勾當、在人生的汙穢暗巷中長途跋涉顛簸前行。無論如何，我還是按下前門的把手，打算坐她旁邊的副駕駛座，因為我認為這麼做既合乎禮數，也是我的自由。她就在一旁冷眼看著我這麼做，緊接著俐落地打開了後車門。

我本來以為普維斯先生一定住在城北一棟大而無當的豪宅裡，四周是一望無際的草原和荒蕪的野地。或許是賽馬給我這種想像的吧。但我們卻往東走，穿過繁榮但並不豪華的街道，途經紅磚房和仿都鐸式的房屋。天色才剛暗下來，這些人家已是燈火通明，聖誕燈串也在白雪覆蓋的灌木叢上閃閃發光。我們轉進一條兩旁樹籬聳立的狹窄車道，最後停在一棟房屋前。我覺得這房子很現代，因為屋頂是平的，牆上還有一長排的窗戶，而且看來是棟水泥建築。沒點聖誕燈。什麼燈都沒點。

也不見普維斯先生的蹤影。車子開進地下一樓，我們搭電梯往上一層樓，再從電梯出來到明亮的大廳。這裡布置得像客廳一樣，有硬木軟墊座椅，有擦得亮晶晶的小茶几，還有鏡子和地毯。溫尼爾太太在前頭的一扇門後向我招手，那扇門從大廳通往一個沒有窗戶的房間，房間裡有一張長凳，四面牆上都有掛勾，就像我們校內的衣帽寄物間，只不過這裡的木頭擦得發亮，還鋪了地毯。

「妳的衣服就留在這裡。」溫尼爾太太說。

我脫掉防水鞋套，把手套塞進大衣口袋，再把大衣掛起來。溫尼爾太太一直待在我身邊。我猜她非留下來不可吧，接下來她才好為我帶路。我的口袋裡有個小梳子，我想梳一下頭髮，但不想梳給她看，何況我也沒看到這裡有鏡子。

「剩下的也脫了。」

她直勾勾地看著我，看我聽懂了沒有。只見我一副沒聽懂的樣子（儘管我多少意會過來了；我聽得懂，但希望我聽錯了），她又說：「別擔心，整棟屋子裡都有暖氣，不會冷到妳的。」

我還是沒照她說的做。她像是連輕蔑都懶得輕蔑，隨口說了句：

「不是要我幫妳脫吧。」

當下，我可以拿了大衣就走。我可以要求她載我回合租屋。如果她拒絕，我也可以自己走回去。我還記得來時的路，雖然會走得很冷，但走回去要不了一小時。

外面的門應該沒鎖，應該也不會有人費事把我拖回來。

「不會吧……」看我還是一動不動，溫尼爾太太又說：「妳以為妳跟別的女人有什麼不一樣嗎？妳以為妳身上有的東西我沒看過嗎？」

我留了下來，一部分是因為她的輕蔑，一部分是因為我的自尊。

我坐下來，脫掉鞋子，解開吊帶，剝下我的吊帶襪。我站起來，拉開拉鍊，脫掉畢業致詞時穿的禮服。那天的致詞，我最後用拉丁文說了一句「珍重再見」。

重點部位都還是有襯衣遮著，我伸手到背後解開內衣背扣，把肩帶從手臂上拉下來，從前面一把脫掉內衣。接下來輪到吊襪帶，再來是內褲。我把吊襪帶和內褲揉成一球，塞進內衣的罩杯裡，最後重新穿上鞋子。

「光腳。」溫尼爾太太嘆氣道，就彷彿她厭煩得不想去提那件襯衣似的。但就在我二度把鞋子脫掉之後，她又說了：「妳懂光溜溜是什麼意思吧？光腳赤足、赤身裸體。」

我把襯衣拉過頭頂脫了下來，她遞給我一瓶乳液：「抹到妳身上。」

那瓶乳液聞起來就像妮娜的味道。我抹了一些在手臂和肩膀——有溫尼爾太太站在那裡，我只搆得著這兩個部位。接著我們就到大廳，我避眼不看一面面的鏡子。她開了另一扇門，我獨自走進下一個房間。

我從沒預期普維斯先生會像我一樣光溜溜地等在那裡，他也的確不是光溜溜的。他穿著一件深藍色的西裝外套和白襯衫，繫了一條阿斯科特領巾（我都不知道原來這玩意兒叫阿斯科特領巾），下半身則是一條灰色的西裝褲。他比我高不了多少。很瘦，很蒼老，頭髮禿了大半，笑的時候額頭滿是皺紋。

我也沒想過脫衣服可能是性侵的前奏，更沒想過除了吃晚餐還會有什麼別的儀式（從房裡令人食慾大開的香味和備餐檯上蓋著銀色蓋子的餐盤看來，也確實沒別的事）。為什麼我想都沒想過呢？我怎麼不多擔心一點呢？這跟我對老男人的想法有關。我認為他們不只不行了，而且厭了、倦了。人生的種種試煉和歷練，再加上那可憎的年老體衰，使得他們太要面子或太過消沉，絲毫提不起半點興致了。我沒有笨到以為一絲不掛的胴體沒有半點情色意味，但我沒把脫衣的要求看成進一步侵犯我的預告，而是看成他對我下的戰帖。我之所以接下這份戰帖，則跟我愚蠢的自尊心有關。如前所述，沒有別的，純粹是自尊心作祟，是我在意志動搖下的魯莽之舉。

杵在這裡，我也想說我不覺得害臊，我也想說光著身體就跟露出牙齒一樣，沒什麼好難為情的。但這當然不是實話，事實上，我已是滿身大汗，儘管不是因為害怕受到侵犯。

普維斯先生和我握手，像是渾然不覺我沒穿衣服。他說他很高興認識妮娜的朋友，就彷彿我是妮娜從學校帶回家裡的客人似的。

某方面來說也是啦。

他說，我是妮娜的良師益友。

「她很欣賞妳。話說，妳一定餓了吧。要不要看看他們為我們準備了什麼？」

他打開餐蓋，開始為我夾菜。有康瓦爾烤雞，我還以為是什麼發育不良的侏儒雞；有拌了葡萄乾的番紅花飯；還有扇形擺盤的各式蔬菜丁，比我平常看到的蔬菜都更忠實地保留了原來的顏色。另外有一碟暗綠色的醬菜和一碟深紅色的漬物。

「這些可別吃太多。」普維斯先生指的是醬菜和漬物。「剛入口會有點辣。」

他領我回到桌邊，又轉身去備餐檯為自己夾了一咪咪的食物，然後坐了下來。

桌上有壺白開水，還有一瓶葡萄酒。我分到了白開水。他說，在他家請我喝酒恐怕是死罪一條吧。我有點失望，因為我從沒機會喝酒。我們去老雀兒喜用餐時，厄尼總說他很高興他們星期天不賣酒。不管是星期天，還是什麼別的日子，他不只自己不喝酒，也不喜歡看到別人喝酒。

「話說，妮娜告訴我……」普維斯先生說道：「妮娜跟我說，妳主修英國哲學，但我想妳是『英文』和『哲學』雙主修吧？因為能拿來讓人學的英國哲學家想必沒有那麼多？」

儘管有他的警告，我還是放了一大坨醬菜到舌頭上，這下子辣到回不了話。我狂喝白開水的時候，他就很有禮貌地在一旁等待。

等到終於可以說話的時候，我說：「我們先從希臘學起。先上希臘哲學概論。」

「喔，是了。希臘。那麼，以古希臘哲學家來說，妳最愛哪一……喔，等等，不是這樣，要像這樣，比較容易分開。」

接下來，他為我示範如何將康瓦爾烤雞的骨頭和肉分開，如何把肉取下來。他的動作熟極而流，而且不帶優越感，倒像是在玩鬧似的，氣氛輕鬆愉快。

「妳最愛的古希臘哲學家？」

我答道：「我們還沒教到他，目前還在教前蘇格拉底時期。但我最愛的是柏拉圖。」

「柏拉圖是妳的最愛。所以妳進度超前囉？妳不是老師教到哪才學到哪？柏拉圖。是了，我應該料到的。妳喜歡洞穴寓言？」

「喜歡。」

「是了，當然了。柏拉圖的洞穴寓言。很美的寓言，對吧？」

我坐下來的時候，身上最惹眼的部位剛好看不見。如果我的胸部就像妮娜的一樣，小到徒具裝飾作用，那我幾乎可以從容不迫地坐在那裡。偏偏我的胸部渾圓飽滿，還頂著碩大的乳頭，顯然非常實用。我說話的時候盡量看著他，但我的臉卻情不自禁陣陣發熱。我覺得他在我臉紅時語氣會有微妙的改變，變得帶有一絲欣慰和滿意的味道，就彷彿他在這場賽局中贏了一招似的。但他繼續輕巧地將他希臘之旅的趣事說給我聽。德爾菲遺址。雅典衛城。出了名的地中海陽光，美得不像真的，但真的就是那麼美。伯羅奔尼撒半島的必訪精華。

「接下來到克里特島——妳知道米諾安文明嗎？」

「知道。」

「當然，妳當然知道了。那妳知道米諾安女性都怎麼穿衣服的嗎？」

「知道。」

這次，我看著他的臉，直視他的眼睛，決意不退縮，就算感到自己的脖子熱起也不退縮。

「很美。很美的風格。」他幾乎是語帶悲傷地說：「很美。說也奇怪，不同的時代藏起不同的東西，也露出不同的東西。」[1]

甜點是用香草卡士達醬和鮮奶油做的，裡面還有蛋糕塊和覆盆子。他只吃了幾口。而我由於沒能好好享用前菜，便打定主意不要錯過香濃味美的甜食，所以每一匙都用心、盡情品味個夠。

他把咖啡倒進兩個小小的杯裡，說我們可以到藏書室去喝。

我從餐椅上起身，屁股脫離光滑的椅墊時發出啪的一聲。但老傢伙端著托盤的手抖得厲害，那一聲啪幾乎被托盤上咖啡杯細碎的碰撞聲蓋了過去。

我只從書本上讀到過私人藏書室這種東西。他家的這一間是從餐廳牆壁上推開一塊板子進去的。他抬起腳來輕輕一碰，板子就一聲不響地彈開來了。他向我致歉，說他得走在前頭，沒辦法讓女士優先，因為他端著咖啡。我倒覺得鬆一口氣。在我看來，一個人的屁股（不只我的屁股，而是每一個人的屁股）是全身上下最不堪入目的地方了。

我依他的指示坐到椅子上，他把我的咖啡遞給我。讓人一覽無遺地坐在這裡不像坐在餐桌後面那麼容易。之前那張餐椅包了光滑的條紋絲綢，但這張椅子的襯墊是某種黑色絨毛的材質。絨毛搔著我的私處，搔得我心裡也癢癢的。

這個房間的光線比餐廳來得亮，而且牆上成排的書籍像是露出一臉譴責的表情。餐廳那裡燈光黯淡，牆上掛著風景圖，牆板還有吸掉光線的效果。相較之下，這裡又更令人不安。

從餐廳換到這個房間之際，我一時浮想聯翩。在我天馬行空的想像中，被稱為藏書室的房間變成了臥房，房裡有著柔和的光線、蓬鬆的靠枕，還有各式各樣軟綿綿、毛絨絨的寢具。但我還來不及想像在這種情況下要怎麼辦，因為這個房間真的就只是一間藏書室而已。閱讀燈，書櫃上的藏書，提神醒腦的咖啡香。普維斯先生抽出一本書，翻開來，找到他要的那一頁。

「妳如果願意為我朗讀，那就太好了。我的眼睛到了夜裡就很疲勞。妳知道這本書嗎？」

《什羅普郡少年》。

我何止知道。事實上，裡頭的許多詩我簡直倒背如流。

我說我可以為他朗讀。

「那我可不可以請妳……拜託妳，可不可以不要翹著腳？」

從他手裡接過書的時候，我的兩隻手都在抖。

「對，就是這樣。」他說。

他在書架前選了一把椅子，面向我坐下。

「請吧。」

「狂風摧折溫洛克崖一片林木……」

熟悉的字句和音律撫平了我的情緒。我沉浸在詩句裡，整個人慢慢沉澱下來。

風吹樹偃，小樹折彎了腰，

然而狂風再狂，也是轉瞬即逝：

1 古希臘米諾安文明（Minoan civilization）亦稱米諾斯文明，名稱源自克里特國王米諾斯（Minos），主要集中在克里特島發展，重視女性的性特徵，因此女性在衣著上會露出乳房。

如今羅馬人與他的愁苦煩憂
早已化作尤利孔城下的灰燼

尤利孔城如今何在？誰知道呢？

我沒忘記自己身在何處、跟誰在一起，也沒忘記自己是以何種狀態坐在那裡。但我莫名抽離開來，甚至泰然自若起來了。我突然領悟到，某方面來講，這世上人人都是赤裸的。普維斯先生是赤裸的，雖然他穿著衣服。我們都是可悲、赤裸的兩腳生物[2]。難為情的感覺煙消雲散。我只顧翻著書頁，一首詩接一首詩朗讀，陶醉於自己的聲音。普維斯先生打斷我的時候，我何止大吃一驚，簡直大失所望——還有好多名句還沒念到呢！普維斯先生站起來，嘆了口氣。

他說：「夠了，夠了。念得很好。謝謝妳。妳的鄉下口音跟這些詩很搭。現在是我上床睡覺的時間了。」

我放開手裡的書，他把書收回書櫃，關上了玻璃門。我倒不知道自己有什麼鄉下口音。

「恐怕也是時候送妳回家了。」

他打開另一扇門，這扇門通往好久之前、今夜剛開始時我見過的那個大廳。我從他面前走了過去，門在我身後關上。我好像說了晚安吧。我甚至可能說了謝謝他的招待之類的話，而他則用突然變得很累、很蒼老、很頹喪、很冷漠的聲音，回了幾句應酬話（不客氣、謝謝妳陪我吃飯、妳人真好、謝謝妳念豪斯曼的詩給我聽）。他碰都沒碰我一下。

同樣一間燈光黯淡的衣帽間。同樣的一套衣服。藍綠色的禮服、吊帶襪、襯衣。就在我扣上吊襪帶的時候，溫尼爾太太出現了。在我離開前，她只說了一句話：

「妳忘了妳的圍巾。」

對了，圍巾。我在家政課織的圍巾，我這輩子唯一織過的東西，可不就在那裡嗎？我差點把它留在這個地方了。

我下車時，溫尼爾太太說：「普維斯先生睡前想跟妮娜說說話。請妳提醒她。」

但就算我想代為傳話，妮娜也沒在那裡等著接受通知。她的床鋪整整齊齊，大衣和靴子不見了，她的其他幾件衣服還掛在衣櫥裡。

畢芙莉和凱回家度週末了。於是我跑下樓，看看貝絲知不知道她的去向。

我從沒見她不好意思過的貝絲說：「不好意思喔。我不可能時時掌握妳們所有人的行蹤。」

就在我轉身離開的時候，她又說了：「我跟妳說過很多次了，走樓梯不要那麼大聲。我才剛把賽利路哄睡著了。」

回家的時候，我還沒想好要跟妮娜說什麼。我要問她在普維斯先生家也是脫光光嗎？她很清

---

2 此處典出莎士比亞《李爾王》：「沒有受到文明裝點門面的人，原就是像你這樣的一個寒傖、赤裸的兩腳動物。」（“Unaccommodated man is no more but such a poor, bare, forked animal as thou art.”）

楚等著我的是一個什麼樣的夜晚嗎？還是我什麼也不說，等她主動來問我？就算她問我了，我也可以裝沒事，只說我吃了康瓦爾烤雞和黃黃的米飯，很好吃。或說我念了《什羅普郡少年》裡的詩句。

我可以讓她自己猜。

現在既然她不見了，這一切就都不重要了。焦點轉移了。溫尼爾太太在十點過後打來——這又打破了一條貝絲的規矩。我告訴她妮娜不在，她說：「妳確定嗎？」

我說我不知道妮娜去哪兒了，她一樣又問了一次：「妳確定嗎？」

我請她接下來到明天早上都不要打來，因為貝絲的規矩，也因為寶寶們要睡覺，但她說：「哦？這我可不敢保證。畢竟事情嚴重了。」

早上我起床的時候，黑頭車就停在對街。稍後，溫尼爾太太按了電鈴，她跟貝絲說她是被派來查看妮娜的房間的。就連貝絲都被溫尼爾太太震懾住了，溫尼爾太太大搖大擺地走上樓梯，貝絲一句責備或警告也沒有。她巡視完我們的房間，又查看了浴室和衣櫥，甚至把疊在衣櫥底部的兩條毯子抖開。

我還穿著睡衣，一邊喝雀巢咖啡，一邊寫《高文爵士與綠衣騎士》的報告。

溫尼爾太太說她已經打了電話到各大醫院，看看妮娜是不是病了。普維斯先生則親自去了其他幾個她可能會去的地方找她。

「不管任何事，如果妳知道什麼，最好告訴我們。」她說。

就在她要走下樓梯的時候，她又轉過身來，語氣沒那麼惡狠狠地說：「她在學校有沒有別的朋友？任何妳認識的人？」

我說應該沒有吧。

我在學校只見過妮娜兩次。一次是在匆忙的下課時間，她沿著文館大樓底下的走廊往前走，要趕去上下一堂課。一次是在校園餐廳。兩次她都獨自一人。自己一個人趕去上課沒什麼稀奇的，但在下午三點四十五分左右，獨自拿著一杯咖啡坐在校園餐廳就有點奇怪了。這時的校園餐廳幾乎空無一人，她坐在那裡傻笑，彷彿她很欣慰、很榮幸可以坐在這裡，彷彿不管人生有什麼挑戰，只要她知道是什麼，她就隨時準備迎上前去。

* * *

到了下午，天上下起雪來。為了讓路給鏟雪車，對街的黑頭車不得不開走。我去上廁所的時候，瞥見妮娜的和服掛在浴室掛鉤上擺盪。我一直壓抑在心的恐懼頓時湧了上來——我很替妮娜擔心。我腦海中浮現她迷路的畫面——她身上只穿了白色的內衣，沒穿她的駱駝毛大衣，在雪地裡邊走邊哭，淚水沾溼她披散的長髮，儘管我很清楚她帶了那件大衣。

星期一早上，正當我要出門去上第一堂課時，電話響了。

「是我。」妮娜急切的語氣中帶有警告的意味，但也隱含一股勝利的意味。「聽著，拜託，可不可以請妳幫我一個忙？」

「妳在哪？他們在找妳。」

「誰在找我？」

「普維斯先生和溫尼爾太太。」

「喔，那妳不要告訴他們。什麼都別跟他們說。我在這裡。」

「哪裡？」

「厄尼斯特家。」

「厄尼斯特家？厄尼家？」我問道。

「噓！妳旁邊有沒有人聽到？」

「沒有。」

「聽著，可不可以拜託妳去搭公車，幫我把剩下的東西帶過來？我需要我的洗髮精，還有我的和服。我現在穿著厄尼斯特的浴袍晃來晃去。妳真該看看我的樣子，活像一隻毛絨絨的棕色老狗。黑頭車還在外面嗎？」

我去看了一眼。

「在。」

「那好，妳先像平常一樣，搭公車到學校，接著再換車搭到市中心。妳知道要在哪裡下車。

坎貝豪威路口。下車再走過來。卡萊爾街三六三號。妳知道的吧？」

「厄尼在嗎？」

「不在，別傻了，他在上班。他得賺錢養我們倆，對吧？」

我們倆？厄尼要賺錢養我和妮娜嗎？

別傻了。是厄尼和妮娜。他要養的是**厄尼和妮娜**。

「喔，拜託，只有妳能幫我了。」妮娜說。

我照她說的，先搭上校車，再換車去市中心，從坎貝豪威路口下車，往西走到卡萊爾街。風雪停了，天空放晴了。那天晴朗無風但冷入骨髓。陽光刺眼，剛下的雪在我腳下作響。

現在，沿著卡萊爾街往前走半條街，來到厄尼先是和他爸媽一起住、接著和他老媽一起住、後來又自己一個人住的房子。現在……怎麼可能呢？現在他和妮娜一起住。

我跟我媽來過一、兩次，房子看起來就跟之前一樣。那是一棟磚造平房，有個小小的前院，客廳有一扇拱窗，拱窗上半部裝了彩色玻璃。空間狹窄，風格典雅。

妮娜正如她自己所述，裹著一件毛絨絨的流蘇腰帶棕色男用浴袍，渾身散發出一股厄尼味——刮鬍膏的男人味混合著衛寶牌香皂天真無邪的氣息。

她抓住我的手。我雖然戴著手套，但兩隻手都凍僵了。畢竟我兩手各提著一個購物袋，一路提到了這裡。

「這麼冰！快進來吧。我們來把妳的手泡進熱水裡。」她說。

「我的手又沒有結冰，只是凍僵了而已。」我說。

但她還是自顧自接過我手裡的東西，把我帶到廚房，裝了一碗熱水給我。正當我的手在刺痛中慢慢回溫之際，她告訴我厄尼斯特（也就是厄尼）是如何在星期六晚上來到我們的合租屋。他帶了一本雜誌來，裡頭有很多他覺得我可能有興趣的廢墟圖、城堡圖和別的東西。她起床到樓下，因為他當然不能上樓。他看到她病成那樣，就說她得跟他回家，好讓他照顧她。他把她照顧得很好。她不但完全退燒了，喉嚨也幾乎不痛了。接下來，他們就決定她要留在這裡。她要跟他在一起，再也不回去以前那個地方了。

她似乎連提都不願提起普維斯先生的名字。

「但這是天大的祕密，只有妳一個人知道。因為妳是我們的朋友，也是我們相識的原因。」她說。

她正泡著咖啡。「看這上面。」她揮手叫我看敞開的櫥櫃。「看他是怎麼收東西的。馬克杯在這裡。咖啡杯和碟子在那裡。每個杯子都有自己的掛鉤。是不是很整齊？這房子到處都是這麼整齊。我喜歡。」

她又說了一次：「妳是我們相識的原因。以後如果我們生了寶寶，女生的話就用妳的名字來命名。」

我捧著馬克杯，手指還是有點刺痛。水槽上方的窗台上有非洲堇。盆栽是他媽媽的盆栽，櫥櫃裡的井然有序也是他媽媽的井然有序。那棵巨大的蕨類植物搞不好還在客廳窗前，沙發的扶手上也還是鋪著蕾絲墊。她說的那些事，那些關於她和厄尼的事，聽起來很不要臉。尤其是想到厄尼的部分，更是令我反感到極點。

「你們兩個要結婚？」

「嗯。」

「妳說如果你們生了寶寶。」

「嗯，世事難料嘛。我們也說不定還沒結婚就有了孩子。」妮娜淘氣地縮了縮頭說。

「妳跟厄尼？妳跟**厄尼**？」我問了兩次。

「嗯哼，有何不可？厄尼人很好啊。反正不管怎麼樣，我都叫他厄尼斯特。」她說著抱了抱身上的浴袍。

「那普維斯先生呢？」

「他怎樣？」

「就……如果妳已經有孩子了，難道不會是他的嗎？」

妮娜神色大變，一臉的刻薄和陰沉。「**他！**」她輕蔑地說：「妳提他幹麼？他早就不行了。」

「哦？」我本想問她那吉瑪是怎麼來的，但她打斷了我。

「提過去的事幹什麼？別害我想吐。過去都過去了。過去對我和厄尼斯特來講不重要。現在我們在一起。現在我們相愛了。」

相愛。跟厄尼。厄尼斯特。現在。

「好吧。」我說。

「抱歉我對著妳大小聲。我是不是很大聲？對不起。妳是我們的朋友，還幫我把東西帶過來，我很感激。妳是厄尼斯特的表外甥女。妳是我們的家人。」

她閃到我背後，伸手到我的腋下，搔起我的癢來了。一開始搔得意興闌珊，後來愈搔愈激烈，邊搔還邊說：「是不是？妳是不是？」

我試圖掙脫但掙脫不了，邊笑邊扭邊叫邊求饒，難受得都快痙攣了。她一直搔到我手足無措，搔到我們倆都喘不過氣才肯停下。

「妳是我見過最怕癢的人。」

我等公車等了很久，冷得在人行道上用力跺腳。到學校時，我已經錯過第一堂課和第二堂課，校園餐廳的打工也遲到了。我到儲物間換上綠色的棉布制服，把我那一頭拖把似的黑髮塞到棉布頭巾底下（經理警告過我，這是天底下最不適合出現在食物前的髮型）。

我應該要在午餐開門前把沙拉和三明治擺出去，但現在我得在眾目睽睽下做這件事。不耐煩的排隊人群看著我，搞得我笨手笨腳起來。比起推著推車逐桌收拾髒碗盤時，我現在惹眼多了。那時大家只顧聊天吃飯，現在他們什麼也不做，就只是看著我。

我想起畢芙莉和凱說我這是在破壞自己的機會、搞壞自己的形象。現在看來，她們說的可能是對的。

清完校園餐廳的餐桌後，我換回平常的衣服，到學校圖書館寫我的報告。那天下午我沒課。文館大樓到圖書館有一條地下道相通，地下道入口處貼了電影、餐廳、二手單車、二手打字機等廣告，也貼了戲劇表演和音樂會的海報。音樂系公告說有場免費的成果發表會，主題是搭配英國鄉村詩人的詩作所做的歌曲，海報已經過期了。我之前就看過這張海報，看都不用看，我也能說出赫里克、豪斯曼、丁尼生的大名。沿著地下道走了幾步，豪斯曼的詩句就襲上心頭。

狂風摧折溫洛克崖一片林木

日後想起這些詩，我都忘不了椅墊搔著我裸臂的感覺，那種黏膩、刺癢的羞恥感。現在甚至感覺比當下更羞恥。到頭來，他畢竟還是對我做了什麼。

從遠方，從日落之西與日出之東
從吹著十二種風向的遙遙蒼穹
織就我的生命元素
吹到這裡，而有了我

不。

那些似曾相識的青山是什麼？
那些塔尖、那些農田是什麼？

不。絕不。

月色皎潔　長路漫漫
踏上長路　遠離吾愛

不不不。

日後我都會想起自己答應做了什麼。不是強迫，不是命令，甚至沒人勸我。是我自願的。妮娜一定心知肚明。那天早上，她滿腦子厄尼才沒說什麼，但總有一天，她會拿這件事當笑柄。談不上惡毒，就像她平常取笑許多事情那樣。她說不定還會調侃我。就像搔我癢一樣，她的調侃也會堅持不懈、卑鄙下流。

妮娜和厄尼。我從今以後的人生。

學校圖書館有著美麗的挑高空間，設計、建造和出資的人認為坐在長桌前開卷展讀的人頭頂上應該要有空間，四周應該要被閃著光澤的深色木板包圍，高高的窗戶邊緣應該飾以拉丁文標語，透過窗戶則應看到天空，即使那些坐在書桌前的人其實宿醉未醒、昏昏欲睡、情緒惡劣、沒在動腦筋。在出社會去教書或做生意，抑或開始生兒育女之前，他們應該要擁有這樣的一座圖書館。而現在輪到我了，我也應該到圖書館裡坐一坐。

《高文爵士與綠衣騎士》。

我的報告寫得很好。搞不好能拿高分。我還會繼續寫報告、繼續拿高分，因為這是我擅長的事。頒發獎學金、蓋大學和圖書館的人，也會繼續付錢讓我去做這件事。

但那不重要。拿高分也不能保證你不受傷害。

妮娜跟厄尼在一起甚至不到一星期。很快的，有一天，他回到家就會發現她不見了。她的大衣不見了，靴子不見了，那些好看的衣服和那件我幫她送去的和服不見了。太妃糖色的頭髮，愛搔別人癢的習慣，熱呼呼的皮膚，移動時小小聲的呻吟和咕噥，全都不見了。沒有解釋。沒留字條。沒有隻字片語。

然而，厄尼可不是那種會把自己關起來默默傷心的人。這話是他自己說的。他來電告訴我妮娜不見了的消息，並跟我確認星期天的晚餐有沒有空。我們步上老雀兒喜的樓梯，他說這是我們在耶誕假期前最後一次共進晚餐。他過來幫我脫大衣，我聞到了妮娜的味道。那味道會不會還留在他皮膚上呢？

不。他遞給我一件東西，原來氣味的來源是一條看起來像手帕的東西。很大的一塊手帕。

「收進妳的大衣口袋裡吧。」他說。

結果不是手帕。材質比手帕厚實，還有一點淺淺的羅紋。是一件汗衫。

他說：「我不想留著它。」從他的語氣聽起來，你可能會以為那只是一件他不要了的汗衫，妮娜是不是穿過、上面是不是有妮娜的味道不重要。

他點了烤牛肉，切肉、嚼肉的效率和客氣的胃口都如往常。我跟他說了老家的消息。一年當中這個時節，老家的消息無非就是積雪有多深、有幾條路不通、我們那裡的冬天特有的亂象。

一會兒過後，厄尼才說：「我去過他家了。沒人在。」

誰家？

她叔叔家。他知道是哪一棟，因為他和妮娜曾在天黑之後開車經過。那裡現在沒人住了，他們收拾東西搬走了。畢竟，這是她的選擇。

「這是女人的特權。俗話不是說了嗎？改變心意是女人的特權。」他說。

這時，我才直視他的眼睛。他兩眼掛著又黑又皺的黑眼圈，眼裡有種空洞、飢渴的眼神。他抿緊了嘴，控制住嘴部的顫抖，再接著說下去，表現得像是想從各種角度試圖理解這件事似的。

「她不能丟下她年邁的叔叔不管，不忍心遺棄他。我說我們可以把他接過來一起住，因為我很習慣跟老人家相處，但她說這樣她還寧可私奔算了。我想，到頭來她終究是不忍心。」他說。

「最好不要抱太大的希望。有些東西注定不能擁有。」

上洗手間的途中，我經過掛外套的地方，順手從我的大衣口袋裡摸出那件汗衫，塞到一堆用過的擦手巾當中。

那天在圖書館，我沒辦法專心寫我的高文爵士。我從筆記本撕下一張紙，拿起我的原子筆，走了出去。圖書館門外的平台上有一支公用電話，電話旁邊掛了一本電話簿。我翻了翻電話簿，在我帶出來的那張紙上抄下兩個號碼。不是電話號碼，而是門牌號碼。

亨弗林街一六四八號。

另一個號碼，我最近才看過，往年在聖誕賀卡的信封上也看過，所以只需要核對一下——卡萊爾街三六三號。

我穿過地下道走回文館大樓，步入交誼廳對面的小商店。我的口袋裡有足夠的零錢可以買一個信封和一張郵票。我把筆記紙上寫有卡萊爾街住址的部分撕下來，裝進信封並封好，在信封正面寫下另一個較長的號碼、普維斯先生的大名和亨弗林街的住址。全都用大寫字母來寫。接著，我舔了舔郵票，貼上郵票。如果沒記錯，那年頭用的應該是四分錢一枚的郵票吧。

小商店外頭就有一個郵筒。我把信投了進去。就在文館大樓底下寬敞的走廊上，從我身邊經過的人或者要去上課，或者要去抽根菸，或者要去交誼廳玩橋牌，或者要去做什麼連他們自己都意想不到的事。

深——坑

莎莉裝了惡魔蛋——她很不喜歡帶這東西去野餐，因為打包起來很麻煩。火腿三明治。蟹肉沙拉。檸檬塔——又一個打包噩夢。孩子們要喝的酷愛沖調果汁。她自己和艾力克斯要喝的小瓶裝夢香檳。到時她只喝一小口就好了，因為她還在餵母乳。她特地為這次野餐買了塑膠香檳杯，但艾力克斯看到她在打包那些塑膠杯，就去酒櫃拿出真正的香檳杯——那是他們的結婚禮物。她抗議了一下，但他很堅持，還自己動手把杯子包好、裝好。

「老爸真是個布爾喬亞gentilhomme[1]。」幾年後，正值青春期、課業表現優異的肯特會對莎莉這麼說。從那時看來，日後他一定會成為科學家，所以就算他成天在家裡撂法語也沒人管他。

「不要取笑你父親。」莎莉冷回道。

「我沒有啊。只是大部分的地質學家都很邋遢嘛！」

1　法語「紳士」之意。

野餐是為了慶祝艾力克斯首度以個人名義在《地貌學期刊》發表論文。他們要去奧斯勒崖，因為那篇文章對奧斯勒崖著墨甚多，也因為莎莉和孩子們不曾去過。

他們從一條沒鋪柏油但路況尚可的鄉道轉上一條崎嶇小路，開了兩英里之後有一個可以停車的地方，當下沒有車子停在那裡。有塊板子寫了一句標語，不清不楚的，要重新上色才行。

小心深——坑。

為什麼要有一條槓？莎莉不禁納悶。但管它的，重要嗎？

森林的入口看起來還滿普通的，沒什麼危險的樣子。當然，莎莉明白這片森林坐落在高聳的懸崖上。她以為他們會從制高點俯瞰令人生畏的景色，但沒想到一走進入口就看到不得不繞開的東西。

真的是很深的坑，有些大得像棺材，有些比棺材大得多，像是在岩石上鑿出來的防空洞。深坑之間有彎來繞去的通道，蕨類和苔蘚從坑洞側邊冒出來。然而，在看起來離得很遠的坑底碎石上，並沒有足夠的植被提供任何緩衝。有一條小徑迂迴地穿過堅硬的土地或凹凸不平的岩石。

「喂——」跑在前頭的兩個男孩對著深坑大喊。肯特和彼得當時分別是九歲和六歲。

艾力克斯喊道：「在這裡不准亂跑。不要耍帥、不要耍笨。聽見了沒？聽懂了沒？回話！」

他們回說知道了。他拎著野餐籃繼續前進，顯然覺得不必再拿出父親的威嚴提出更多警告。

莎莉揹著媽媽包、抱著還是小寶寶的莎文娜，好不容易加快腳步，走得跌跌撞撞。除非看到兩個兒子，否則她不能慢下來。男孩們一個勁兒往前跑，一邊斜眼看著黑洞洞的深坑，一邊還發出誇張但謹慎的鬼叫聲。她追得又累又急，胸中升起一股熟悉的怒火，差點都要哭出來了。

沿著泥土路和石子路走了一會兒，瞭望風景的制高點才出現。她覺得他們走了有半英里，但實際上可能只有〇．二五英里吧。接著就突然一片光明，天空乍現，她先生在前頭停下腳步。

他發出一聲歡呼，一方面表示他們到了，一方面炫耀這片美景。男孩們由衷驚歎得叫囂起來。從樹林裡冒出來的莎莉看到他們排成一排，站在群樹之巔的岩塊上——事實上，他們是在好幾層樹巔的上方，夏日的原野在底下鋪展開來，遙遙泛著黃澄澄、綠油油的光澤。

莎文娜一被放到毯子上就哭了起來。

「餓了。」莎莉說。

「我以為她在車上吃過午餐了。」艾力克斯說。

「她是吃過了，但現在又餓了。」

她一手抱著莎文娜讓她吸奶，另一手打開野餐籃。邊餵奶邊野餐當然不是艾力克斯的計畫，但他只是好脾氣地嘆了口氣，從他的口袋取出層層包好的香檳杯，側過來放在草地上。

肯特說：「咕嚕~咕嚕~我也渴了。」彼得立刻有樣學樣。

「咕嚕~咕嚕，我也是，咕嚕~咕嚕。」

「別吵。」艾力克斯說。

「彼得，別吵。」肯特說。

艾力克斯問莎莉：「妳帶了什麼喝的給他們？」

「藍色的水壺裡有酷愛沖調果汁，底下的紙巾裡包著塑膠杯。」

當然，艾力克斯認為肯特咕嚕咕嚕地胡鬧不是他真的口渴，而是他看到莎莉裸露的乳房就玩心大發。他覺得莎文娜是時候改用奶瓶喝奶了，畢竟她都快滿六個月了。他還覺得莎莉餵奶也餵得太隨興，有時一邊在廚房忙東忙西，一邊就讓寶寶吸她的奶。肯特在一旁偷看，彼得則在一旁說什麼媽咪牌鮮乳的。艾力克斯說他那是跟肯特學的。肯特是賊頭賊腦的搗蛋鬼、一肚子壞水的整人專家。

「這個嘛，有些事我不得不做啊。」莎莉說。

「又不是非親餵不可。妳明天就可以幫她換成奶瓶。」

「快了。不是明天，但快了。」

但看看她現在的樣子，還是讓莎文娜和媽咪牌鮮乳稱霸野餐現場。

果汁倒好了，香檳也倒好了。莎莉和艾力克斯碰杯，莎文娜夾在中間。莎莉啜了一小口，但願自己能多喝一點。她朝艾力克斯笑了笑，一方面暗示她想多喝一點的心願，一方面或許也暗示她想和他獨處的心願。他喝著他的香檳，彷彿她喝口酒、笑一笑就足以安撫他的情緒，他埋頭吃起野餐點心來。她告訴他哪些三明治夾了他喜歡的芥末醬，哪些三明治夾了她和彼得喜歡的芥末醬，哪些三明治是按照肯特的喜好，完全沒有芥末醬。

這時，肯特從她背後偷偷鑽過去，喝光了她的香檳。彼得一定看到了，但不知為什麼沒打小報告。莎莉過了一會兒才發現，艾力克斯則是渾然不知，因為他轉眼就忘了莎莉的杯裡還有香檳。他一邊俐落地收拾兩人的杯子，一邊忙著跟男孩們解說白雲石。他們一邊貌似在聽，一邊大吃三明治，一邊伸手去抓檸檬塔，無視惡魔蛋和蟹肉沙拉。

艾力克斯說，白雲石就是他們看到的厚厚一層蓋岩，蓋岩底下是頁岩，頁岩是泥土變成的岩石，顆粒很細很細。水流過白雲石來到頁岩就停在那裡，沒辦法從薄薄一層、結構細密的頁岩穿過去。所以，侵蝕作用——也就是水對白雲石的破壞作用——就回過頭來，反向穿過石頭，蓋岩就形成垂直節理；你們知道垂直是什麼意思嗎？

「就是由上而下。」肯特意興闌珊地說。

「細微的垂直節理延伸出去，留下一道道的裂隙。百萬年後，岩石就整塊崩落，滾下山坡。」

「我得去一下。」肯特說。

「去什麼一下？」

「尿尿。」

「天啊。去吧。」

「我也要。」彼得說。

莎莉不覺神色一凜，嘴角往下撇，擺出警告他們小心一點的表情。艾力克斯看著她，對她的警告深表認同。兩人淡淡地相視一笑。

莎文娜睡著了，吮著乳頭的小嘴鬆開了。兩個男孩不在，要把她放開就比較容易。莎莉大可毫無顧忌，裸著乳房幫她拍嗝，再裸著乳房把她放到毯子上。她知道艾力克斯看了會不舒服，他不喜歡性愛與哺育集於一身，老婆的胸部變成餵奶的乳房。如果他不愛看，那他就不要看——他也確實別開了目光。

就在她扣釦子的時候，一聲慘叫傳來，並不尖銳，但很茫然、很微弱。艾力克斯趕在她之前站了起來，沿著小徑跑了過去。接著傳來更靠近也更大聲的呼喊。是彼得。

「肯特掉下去了。肯特掉下去了。」

他父親喊道：「我來了！」

莎莉總覺得她立刻就猜到了，甚至在聽到彼得的聲音之前，她就知道出了什麼事。萬一發生任何意外，那不會是六歲的彼得。彼得雖勇敢但沒什麼鬼點子，也不愛出風頭。出事的一定是肯特。她完全想像得到事發經過。在坑洞邊緣設法穩住重心，對著坑裡撒尿，鬧彼得，鬧他自己。

他還活著，遠遠地躺在坑底的碎石上，但兩隻手在動，虛弱地掙扎著，想推自己站起來。一條腿壓在身體底下，另一條腿怪異地彎曲著。

她對彼得說：「你能幫忙抱妹妹嗎？回去野餐的地方，把她放下來，看著她。好孩子。真勇敢。」

艾力克斯一邊踉踉蹌蹌地爬下洞口，一邊叫肯特不要動。整個人毫髮無損地爬下去是有可能，但要把肯特弄上來可就難了。

她要不要跑去車邊，看看車上有沒有繩子？或許把繩子的一頭綁在樹幹上，另一頭綁在肯特身上，艾力克斯在底下推，她幫忙拉。

當然不會有繩子。車上沒事怎麼會有繩子？

艾力克斯趕到他身邊了。他彎身抱起他來。肯特發出痛苦求饒的哀嚎。艾力克斯把他橫過來扛在肩上，他的頭垂在一邊，兩條沒用的腿垂在另一邊，其中一條腿還是姿態怪異。艾力克斯站起來，踉蹌了幾步，扛著肯特跪了下來。他決定用爬的。莎莉現在看懂了，他要爬到坑洞另一頭的碎石堆上。他頭也不抬地對她發號施令。雖然她一個字也聽不懂，但她懂他的意思。她連忙爬起來（為什麼她是跪著的？），撥開樹叢鑽到靠近那堆碎石的坑洞邊緣，碎石堆離地面大概不到一公尺。艾力克斯爬了又爬，掛在他肩上的肯特就像一隻中槍的鹿。

她喊道：「這裡！我在這裡！」

肯特要先由他父親高高舉起，再由母親拉到突出去的結實岩塊上。他是個還沒發育的瘦小男孩，卻重得像一袋水泥。莎莉試了一次，拉不上來，她換個姿勢，從趴著改成蹲著，使出上半身全部的氣力，艾力克斯則用他的背去頂肯特，兩人合力把他弄上來了。莎莉抱著他往後一倒，親眼看著他兩眼圓睜，眼珠子一翻，暈過去了。

艾力克斯爬上來離開洞口之後，他們帶上另外兩個孩子駛向科林伍德醫院。看來沒有內傷。雙腿都斷了。照醫生的話說，一條腿斷得很乾淨，另一條腿碎掉了。

艾力克斯在外頭照顧另外兩個小的，莎莉陪肯特一起進去，醫生對莎莉說：「在那片森林裡，每一刻都要把孩子看緊了。他們都沒立個警告牌嗎？」

她心想，若是對著艾力克斯，他就會改口說男孩子就是這樣，一個不留神，他們就跑去不該去的地方。「男孩子嘛！」

她雖然不信上帝，但此刻對上帝充滿感激；她信艾力克斯，此刻也對他充滿感激。在滿滿的感激之下，醫生說什麼，她都不介意。

接下來半年，肯特都不能去上學。剛開始，他在租來的電動病床上焦躁地躺了一陣子。莎莉負責去學校幫他領作業回來。他一拿到作業就迫不及待做完了。接下來，老師就鼓勵他多做一些專題報告，其中一個是旅遊與探險計畫，國家自選。

「我想選沒人會選的地方。」他說。

這時，莎莉告訴他一件她不曾跟任何人提過的事。她說她很嚮往偏遠的島嶼。不是夏威夷群島、加納利群島、赫布里底群島或希臘諸島之類大家都想去的島嶼，而是不為人知的冷門小島，人跡罕至或人跡未至的那種，像是阿森松島、特里斯坦－達庫尼亞島、查塔姆群島、聖誕島、荒涼群島和法羅群島。她和肯特開始搜集一切找得到的資料，但求實事求是，報告中絕無半點虛假。從頭到尾，艾力克斯都不知情。

莎莉說：「他會覺得我們吃錯藥了。」

荒涼群島最大的特色是凱爾蓋朗甘藍，這種蔬菜是自古生長在島上的特有種，為了向它致敬，他們構思出甘藍菜祭拜儀式、甘藍菜服裝、甘藍菜花車遊行[2]。

莎莉還告訴兒子，在他出生之前，她從電視上看過特里斯坦－達庫尼亞島的居民在希斯洛機場下飛機的畫面，他們的島上發生大地震，所以全部的人都撤走了。他們看起來好奇怪喔，一副溫順卻又自負的樣子，像來自另一個世紀的人類。後來他們想必多少適應了倫敦吧，但火山一旦歸於平靜，他們就想打道回府了。

當然，肯特可以回去上學之後，情況就變了。但他還是顯得早熟，對弟弟妹妹很有耐心——莎文娜現在長成一個富有冒險精神又很固執的丫頭，而彼得總是風急火燎地衝進家裡。不只對弟弟妹妹有耐心，肯特對他的父親更是殷勤，不但從莎文娜手裡救下被揉皺的紙張、仔細攤平再交給他父親，晚餐時間還會幫他父親拉椅子。

他可能會說：「救命恩人請受我一拜。」或是：「我們家的英雄豈可自己動手。」他說得很戲劇化，但毫無諷刺之意，艾力克斯聽了卻很不舒服。即使在深坑意外發生之前，肯特就老是踩到他老爸的神經。

「夠了。」他不只會當場制止肯特，還會私下向莎莉抱怨。

---

2 荒涼群島（Desolation Islands）即凱爾蓋朗群島（Kerguelen Islands），一七七二年被法國探險家凱爾蓋朗發現，故而得名；一七七六年英國探險家庫克來到該島，因登島之處景色荒涼，故又稱其為荒涼群島。凱爾蓋朗甘藍為島上的原生特有種可食蔬菜，也因其發現地為凱爾蓋朗群島而得名。

「他的意思只是說你一定很愛他，因為你救了他。」

「天啊，不管是誰掉下去，我都會去救的啊。」

「不要在他面前說這種話。拜託。」

肯特上高中的時候，父子間的關係比較緩和了。他選了自然組，挑了物理、化學之類的硬科學來念，沒挑地球科學這種軟科學。即便如此，艾力克斯也沒反對。愈硬愈好。

但就在上大學六個月後，肯特失蹤了。認識他的人（似乎沒人稱得上是他的朋友）說聽他提過要去西岸。正當他的父母考慮報警時，家裡收到了一封信。他在加拿大輪胎的一間分店工作，地點就在靠多倫多北邊的郊區。艾力克斯去那裡找他，叫他回去念書。但肯特拒絕了，說現在這份工作他做得很開心，賺的錢又多，或很快就會賺到很多錢了，只要他獲得升遷的話。接著莎莉瞞著艾力克斯，私下跑去找他，只見他快活得很，還胖了五公斤。他說都是喝啤酒喝的。現在他有朋友了。

向艾力克斯坦白這件事的時候，她說：「只是過渡期而已。他只是想嘗嘗獨立的滋味。」

「依我看來，他不用搞失蹤也可以獨立個夠。」

肯特沒透露他住在哪裡，但那也無所謂，因為下一次她再去找他，公司就說他辭職了。她覺得很難堪——老闆告訴她這件事的時候，她彷彿看到他臉上閃過一抹幸災樂禍的笑容。她沒問肯特去了哪裡，心想反正只要等他重新安頓好，他就會跟他們聯絡。

他再跟他們聯絡已經是三年後的事了。信是從加州尼德爾斯寄來的，但他叫他們不必費事去那裡找他——他只是經過而已。他說，就像白蘭琪一樣。艾力克斯說，白蘭琪是什麼鬼[3]？

「只是一句玩笑話罷了。不重要。」莎莉說。

肯特沒說他在哪工作、去了哪裡，或他有沒有跟任何人往來。他沒為自己這麼久都沒消沒息致歉，也沒問他們過得怎麼樣，或問他的弟弟妹妹好不好。他只寫了他自己的人生，洋洋灑灑寫了好幾頁。不是寫人生的具體狀況，而是寫他對人生的想法。

他寫道：「社會期望一個人把自己關在一套衣服裡，我覺得好荒謬喔。我指的是像工程師、醫生或地質學家的服裝，漸漸的，這個人的皮膚就跟他的服裝合而為一，這套服裝就再也脫不掉了。人本來有機會去探索內外在全部的世界，過精神和物質完整的生活，體會人類所能體會的美與惡、痛苦與喜悅與混亂。我用這種方式表達，你們可能覺得很浮誇，但我已學會放棄知識分子的驕傲……」

艾力克斯說：「他嗑藥了。隔著一英里都聞得出來。他嗑藥嗑壞了腦袋。」

3 此處指的是《慾望街車》中的白蘭琪，白蘭琪在片中有句台詞是：「請各位不必起身。我只是經過而已。」

半夜，他又說：「是性慾。」

莎莉毫無睡意地躺在他旁邊。

「性慾？」

「性慾會讓人進入他說的那種符合社會期待的狀態。有一份職業、成為一號人物，你才能賺錢餬口，你才負擔得起穩定的性生活和性交的後果。他沒想過這一層。」

莎莉說：「天啊，你還真浪漫。」

「滿足基本需求從不浪漫。我要說的就是他不正常。」

在那封信（或照艾力克斯的說法是「那堆胡言亂語」）中，肯特接下來又說他比多數人都幸運。他有幸擁有他所謂的瀕死經驗。童年的瀕死經驗讓他比別人更多了一份覺知。為此，他永遠都會感激將他從鬼門關前拉回來的父親，以及慈愛地在這個世界迎接他的母親。

「或許我在那一刻重生了。」

艾力克斯哀號一聲。

「不。我可不會這麼說。」

莎莉說：「別這樣。你不是認真的。」

「我都不知道我是不是認真的了。」

那封在信尾簽上「愛你們」的信，就是他們最後一次聽到他的消息。

彼得習醫，莎文娜學法律。

莎莉出乎自己意料對地質學產生了興趣。一次做愛之後，在頓時對艾力克斯充滿信任的心情下，她把那些島嶼的事告訴他了——雖然沒說她幻想肯特現在就生活在某一座島嶼上。她說她已經忘記很多從前知道的細節，應該翻百科全書查一下那些地方。艾力克斯說她想知道的一切網路上可能都有。她說，不會吧，那麼冷門的地方。於是他拖她起床下樓，一眨眼的功夫，特里斯坦－達庫尼亞島就出現在她眼前。南大西洋中的一片綠，連同大量的資訊。她震驚得別過頭去。難怪艾力克斯要對她失望了。他問她為什麼不看。

「不曉得。感覺好像我現在失去它了。」

他說這樣不好，她得找些正事來做。此時他剛從教書的崗位退下，計畫寫一本書，需要一位助理。但如今既然他已不在系上，也就不方便找研究生幫忙（她不知道他說的是不是真的）。她提醒他，她對岩石一無所知。他說那不重要，他可以用她當照片中的比例尺。

於是她成為穿著黑衣黑褲或鮮豔衣物的小人，用來對比志留紀的條紋岩或泥盆紀的岩石，還有片麻岩——美洲板塊和太平洋板塊碰撞形成了現有的大陸，也在強烈擠壓之下形成層層疊疊扭曲變形的片麻岩。漸漸的，她學會運用新知，睜開自己的眼睛去看，直到她可以站在一條空蕩蕩的郊區馬路上，知道在她雙腳之下很深的地方是一個火山口，裡面堆滿從前沒人看過、未來也不會有人看見的碎石，因為火山口形成的時候沒人看見，它裝滿碎石到隱沒不見的漫長歷程也沒人看見。艾力克斯卻向大地致上他的敬意，用盡一生了解這些沒人看見的東西。為此，她對他欽佩不已，儘管她知道最好不要說出來，免得把他捧上天。最後那些年裡，他們是很好的朋友。她不知道那就是他們相伴的最後一段日子，雖然他或許心裡有數。他帶著他的圖表和照片住院動手術，卻在他該出院回家的那天告別人世了。

這是夏天的事，到了秋天，多倫多發生一起嚴重火災。莎莉坐在電視前，看了一陣子的火災報導。她知道那一區，至少知道它以前的樣子。曾經，那裡住著成天與塔羅牌、串珠和大如南瓜的紙花為伍的嬉皮。一段時日過後，那一帶的素食餐廳紛紛被昂貴的餐酒館和精品店取而代之。現在，一整個街廓的十九世紀建築全毀。記者為商店上方的老式公寓慨嘆了一番，說是住在這裡的人現在無家可歸，住戶都被拖到外面馬路上避難了。

怎麼都沒提這些舊公寓的房東呢？莎莉心想，他們用的搞不好是不合安全標準的電線，房子鬧蟑螂、鬧蝨子也不管，反正被蒙在鼓裡或怕沒地方住的窮人不會有怨言。

這些日子以來，有時她會覺得艾力克斯就在她腦袋裡講話，此時正是如此。她關掉電視。

過了不到十分鐘，電話響了，是莎文娜打來的。

「媽，妳有沒有看電視？妳看到了嗎？」

「妳是說火災嗎？剛剛看到了，但我把電視關掉了。」

「不是啦，妳有沒有看到——我現在在找他——不到五分鐘前，我才看到他。媽，是肯特。我現在找不到，但我看到他了。」

「他受傷了嗎？我現在開電視。他受傷了嗎？」

「沒有，他在幫忙。他抬著擔架的其中一邊，擔架上有個人，我不知道那個人是死了還是受傷了。反正我看到肯特了，看得出來他走路一跛一跛的。妳開電視了沒？」

「開了。」

「好，我盡量冷靜一點。我敢說他又跑回那棟樓裡了。」

「但他們一定不會准……」

「誰曉得呢？說不定他是醫生。喔，不會吧，他們現在又在播剛剛訪問過的那個老人，他的家族在那裡有一間百年老店……不如我們掛掉電話，緊盯螢幕就對了。他一定還會出現在畫面中吧。」

他沒有。畫面只是反覆重播。

莎文娜又撥了電話過來。

「我非搞清楚不可。我認識一個新聞界的朋友。我可以找出那段畫面來看。我們一定要找到他。」

莎文娜跟她哥哥從來就不熟，何必大費周章呢？父親的死讓她渴望一個完整的家嗎？她應該很快就會結婚了；她應該要有她自己的家、她自己的孩子。但她天生就是那麼固執，一旦決定就非做到不可。她有可能找到肯特嗎？大概才十歲左右吧，她父親就說憑她那股追根究柢的固執勁，這孩子完全是一塊當律師的料。也是從那之後，她就說她要當律師。

莎莉一時五味雜陳，心裡既忐忑又渴望，既渴望又疲憊。

是肯特沒錯。而且，不出一個星期，莎文娜就把他的一切都問出來了。不，應該說是肯特把他願意說的一切都說了。多年來，他都住在多倫多，不只常常經過莎文娜上班的大樓，還在街上遇過她幾次。有一次在十字路口，兩人幾乎是面對面。她當然認不出他，因為他穿著某種袍子。

「克里希那教？」莎莉問道。

「喔，媽，穿著袍子不代表你就是克里希那教。反正他現在不是。」

「那他現在是什麼？」

「他說他現在活在當下。我回說這年頭誰不活在當下，他說那不一樣，他指的是真正的當下。」也就是他們現在所在的地方，他說。莎文娜反問他：「你是指現在這個破地方？」因為那裡真的很破，他叫她到一間很破的咖啡館跟他見面。

他說：「我看這裡的眼光不一樣。」但接著他又說，她要怎麼看，或任何人愛怎麼看，他都不反對。

「哦？你還真是寬宏大量。」莎文娜說。但她是開玩笑的，而他也似笑非笑地笑了笑。

他說他在報上看到了艾力克斯的訃聞，他覺得寫得很好，艾力克斯應該會很喜歡那些有關地質學的敘述。不過，他倒是滿訝異看到自己的名字。本來他還懷疑自己會不會被當成他們家的一份子，跟其他人一起出現在訃聞。他在想，訃聞要列出哪些人的名字，不知道是不是父親生前就交代好的？

莎文娜說不是的，他沒打算死得那麼快。是其他人開了個家庭會議，決定肯特的名字應該列上去。

「嗯，不是老爸的意思。」肯特沉吟道。

接著，他問起莎莉。

莎莉感覺像是她的胸腔裡有一顆膨脹的氣球。

「那妳怎麼說？」

「我說妳很好啊，或許一時有點手足無措，畢竟妳和爸感情那麼好，還沒來得及習慣一個人的生活吧。然後他就叫我告訴妳，妳可以來找他，如果妳想見他的話。我說我會問問妳的意思。」

莎莉沒回話。

「妳在聽嗎？媽？」

「他有沒有說時間地點？」

「沒有。我們約了一星期後在同一個地方見面，到時候我再轉達妳的意思給他。我覺得他喜歡由他來主導。我還以為妳會立刻同意呢。」

「我當然同意了。」

「妳一個人來不會怕嗎？」

「別鬧了，有什麼好怕的。他真的是妳在火災畫面上看到的那個人嗎？」

「他不承認也不否認，但根據我得到的消息，確實是他沒錯。搞半天，他在這一帶的某些圈子裡還滿有名的欸。」

莎莉收到一張字條。這件事本身就很特別，因為她認識的人多半都用 email 或電話聯絡。她很高興不是電話，她還沒有勇氣聽到他的聲音。字條指示她把車停在地鐵終點站的停車場，然後搭地鐵到指定的那一站下車，他會在那裡跟她碰頭。

她以為一踏出票口就會看到他，但他不在閘門的另一邊。或許他的意思是在地鐵站外跟她碰頭吧。她爬上樓梯，走進陽光裡，停頓了一下。各式各樣行色匆匆的人把她推來擠去，她一時既失望又困窘。失望是不見肯特人影，困窘則是許多她那一帶的居民來到這一帶都會有的感覺，儘管她不會用他們的說法形容這裡。他們會說：你會以為自己置身剛果、印度或越南，反正不是安大略省就對了。到處是惹眼的穆斯林頭巾、印度紗麗和非洲風花襯衫，莎莉很欣賞這些衣物華麗、鮮豔的色彩，但它們不是被當成外國服飾穿在身上。著裝者並非初來乍到，他們早就在這裡落地生根了。她擋了他們的路。

就在地鐵出口外，一棟舊銀行大樓的台階上，幾個男人或坐或臥，或醒或睡。當然，這裡再也不是銀行了，儘管銀行的名字還刻在石頭上。她看著銀行的名字，沒仔細看那些男人。他們懶散頹廢、東倒西歪、貌似昏倒的姿勢跟這棟樓從前的用途形成強烈對比，也跟地鐵站裡湧出的匆忙人潮形成強烈對比。

「媽。」

階梯上的一個男人不慌不忙地朝她走來，他的一隻腳有點跛。莎莉頓時明白眼前這個人就是肯特。她站在原地等他過來。

本來她差點掉頭就走，但接著她就看到並不是每個男人都一副骯髒或無助的樣子，眼裡也沒有挑釁或輕蔑的意思。現在，既然知道她是肯特的媽媽，他們看她的眼神甚至還帶了點興味盎然的善意。

肯特沒穿什麼袍子。以他的身材來講，他穿的灰色長褲太大件了，他把長褲紮進皮帶裡，身上的T恤沒寫什麼口號，外搭一件很舊的外套。頭髮剪得短短的，短到看不出他有自然的鬈髮。他不只頭髮白了大半，一臉滄桑，還缺了幾顆牙，消瘦的身形顯得他比實際年齡老。

他沒抱她——她也沒指望他抱她。他只是把手輕輕按在她背上，推她往他們要去的方向前進。

「你還抽菸斗嗎？」她聞到他身上的味道，想起他高中時就學會抽菸斗。

「菸斗？喔，不是啦。妳聞到的是火燒的煙味。我們都習以為常了。朝我們要去的方向走，味道恐怕還會愈來愈濃。」

「我們會經過火災現場嗎？」

「不會、不會，就算我們想也不會經過。他們把那一區都封起來了。太危險了。有些建築還得拆掉。別擔心，我們的住處很安全，跟火災現場離了將近兩條街那麼遠。」

她注意到他說「我們」，便向他確認：「你是指你的公寓？」

「嗯，算是吧。妳等等就知道了。」

他的語調輕柔、有問必答，像是一個基於待客禮儀努力用外語說話的人。而且，為了讓她聽到他的聲音，他還微微彎下腰來，彷彿在為她一絲不苟地翻譯。她似乎應該要注意到那些細膩的小動作，那些為了跟她說話特別做的努力。

那些他所付出的代價。

他們從人行道上走下來的時候，他不小心碰了她的手臂，或許他腳步一時有點不穩吧。他說了聲「不好意思」，她覺得他微微打了個寒顫。

是愛滋。為什麼她從沒想過呢？

她想必沒說出腦袋裡閃過的念頭吧，但他卻澄清：「不是的。我現在身體狀況不太好，但並不是HIV陽性之類的。幾年前我得過瘧疾，不過現在病情都受到控制了。我現在看起來或許有點憔悴，但沒什麼好擔心的。在這裡轉彎。我們就住這條街上。」

又是「我們」。

「我不會通靈。我只是體會得到莎文娜的用意。我心想不如讓妳安心一點。就是這裡，我們到了。」他說。

是那種前門離人行道只有幾步路的房子。

他一邊幫她把門開著，一邊說：「事實上，我這個人清心寡慾。」

門上本該是一塊玻璃的地方塞了一張厚紙板。

空無一物的木頭地板踩在腳下嘎吱作響。屋裡的味道很雜，而且瀰漫整間屋子。當然，街上火燒的煙味竄進來了，但還混合著古老的烹調味、燒焦的咖啡味、廁所的味道、生病的味道、腐敗的味道。

「雖然『清心寡慾』可能不是恰當的形容詞，因為清心寡慾聽起來跟意志力有關。我想，說我是個『無性戀』還差不多。我沒覺得這是一種成就。無性戀不是什麼成就。」

他領著她繞過樓梯，來到廚房。廚房裡有個女巨人，背對他們在攪拌爐子上的東西。

肯特說：「嘿，瑪妮，我媽來了。妳可以跟我媽打個招呼嗎？」

莎莉注意到他的聲音變了，變得放鬆，變得真誠，或許還有一份尊重，不同於他對她的那種故作輕鬆。

她說：「瑪妮，妳好。」女巨人半轉過身，露出五官胖得擠成一團的娃娃臉，但眼神沒有聚焦到她身上。

「我們這星期輪到瑪妮下廚。聞起來挺香的啊，瑪妮。」肯特說。

對他的母親，他則說：「我們去我的祕密基地坐一坐吧，如何？」他帶頭沿著後面的走道走了幾步。這裡寸步難行，有一堆又一堆捆得整整齊齊的報紙、傳單和雜誌。

「得清掉這些東西。我今天早上跟史蒂夫說過了。這些可都是『易燃物』——主啊，以前我只是說說而已，現在我真的懂它的意思了。」肯特說。

主啊。她還在想他信的會不會是某種只穿一般服裝就好的宗教，但若是如此，他想必不會說出「主啊」這兩個字吧？當然，他信的也可能不是基督教，而是別的宗教。

再往下走幾步就到他的房間了。他實際上是睡在地窖裡，有一張行軍床、一張桌上連著置物櫃的老式書桌、兩張椅背的橫桿都不見了的直背椅。

「這些椅子安全得很。幾乎所有東西我們都是撿來的，但我謝絕不能坐的椅子。」他說。

莎莉坐了下來，有種筋疲力竭的感覺。

她問：「你是做什麼的？做哪一行呢？這裡是什麼類似中途之家的地方嗎？」

「不是啦。跟中途之家差遠了。誰來我們都歡迎。」

「就連我也歡迎。」

「就連妳也歡迎。」他沒有笑容地說：「沒人資助我們，我們就靠自己，拿撿來的東西去回收。報紙啦、瓶罐啦，東賺一點、西賺一點，也輪流去向大眾籌錢。」

「慈善募款？」

「乞討。」他說。

「在街上乞討？」

「還有什麼更好的地方嗎？就是在街上，也會到一些跟我們有默契的酒吧，雖然這是違法的。」

「你也去？」

「我如果自己不去，很難要求別人去吧。這是我必須克服的障礙。每個人都有必須克服的障礙。或許是克服羞恥的感覺，或許是克服『我的』的概念。每當有人丟來一張十元鈔票，或甚至只是一塊錢硬幣，私有財產的想法就開始作祟了。這筆錢是誰的？咦？是我的嗎？還是……等一下，我們的？如果最後答案是『我的』，這筆錢通常立刻就會被花掉，收錢的那個人或許會滿身酒氣地回來，說：我不知道今天是怎麼了，一毛錢都沒要到。事後，他或許又會良心不安說出實話，也可能就不說。無所謂，不是重點。總之我們會看到他消失幾天或幾星期，日子實在過不下去了，又回來找我們。也有時候，你會看到他自己一個人在街上乞討，假裝不認識你。不再回來找你。這也無所謂，就當他從我們這裡畢業了。如果你相信我們這套系統的話。」

「肯特……」

「在這裡我叫約拿。」

「約拿？」

「是我自己選的名字。我考慮過拉撒路[4]這個名字，但那也太誇大我的遭遇了。妳高興的話，也可以叫我肯特就好。」

「我想知道你的人生都發生了什麼事。我是說，不用跟我講那麼多這些人的事……」

4 約拿和拉撒路皆為聖經人物，約拿被大魚吞下，耶穌吩咐大魚將他吐出，約拿因而得救；拉撒路死後四天，耶穌吩咐他從墓穴中出來，拉撒路因而奇蹟似地死而復生。

「這些人就是我的人生。」
「我料到你會這麼說了。」
「好吧，這樣講是有點欠揍。但這一切就是我在做的事，這就是我這……七年來？九年來在做的事。九年了。」
她追問：「在那之前呢？」
「我哪知道。在那之前？在那之前……人活著就像草芥，對吧？像雜草一樣被割下來丟進火爐裡燒[5]。聽著。那次跟妳重逢之後，我很快又過起裝模作樣的生活，像雜草一樣被割下來丟進火爐裡燒——我對這種日子沒興趣。我過一天算一天。真的。妳不會懂的。我不在妳的世界裡，妳也不在我的世界裡——妳知道我今天為什麼想在這裡跟妳見面嗎？」
「不知道。我沒想過這個問題。我的意思是……我以為或許時機自然而然就成熟了……」
「自然而然。從報上看到父親的死訊時，我自然而然想著：咳咳，錢呢？錢到哪兒了？我心想，咳咳，她倒是可以跟我說說。」
「錢到了我這裡。」莎莉難掩失望但竭力自制地說：「目前暫時如此。房子也是，如果你想知道的話。」
「我想到有這種可能了。不錯啊，就這樣吧。」
「我死了之後，就由彼得、彼得的兒子和莎文娜繼承。」
「非常好。」

「他不知道你是死是活……」

「妳以為我想來討我的那一份嗎？妳以為我蠢到想去爭財產嗎？話說回來，我還真的想過要怎麼用這筆錢。我錯了。竟然肖想我們家的錢。當然了，我很缺錢，誘惑就在於此。現在我很高興，很高興我不能擁有它。」

「我可以讓……」

「但重點是這地方災星罩頂……」

「我可以借錢給你。」

「借錢？我們這裡不來那一套。我們這裡無借無還。失陪一下，我得去沉澱一下我的情緒。妳餓不餓？要不要喝點湯？」

「不用了，謝謝。」

他離開的時候，她考慮偷偷溜走，如果她找得到一扇後門、一條不必經過廚房的路線。但她不能這麼做，因為這一走就代表再也見不到他。而且，像這種建於汽車時代之前的老屋，後院不會通到街上。

---

5 此處典出英國十九世紀作家傑羅姆（Jerome K. Jerome）《漂流船》（*Three Men in a Boat*）的句子：「人生啊！我們不過是被割下來丟進火爐裡燒的雜草。」（Such is life; and we are but as grass that is cut down, and put into the oven and baked.）

他大概過了半小時才回來吧。她沒戴錶，心想這裡應該也沒這種東西。在他過的這種生活，手錶恐怕不受歡迎。她好像猜對了。至少這件事猜對了。

看到她還在，他似乎有點訝異或困惑。

「抱歉，我得去安排一些事情，接著我又跟瑪妮聊了一下，她總能安撫我的情緒。」

「你寫了一封信給我們？那是我們最後一次聽到你的消息。」莎莉說。

「喔，我不想想起那封信。」

「別這樣，那封信寫得很好啊！你試著解釋自己的想法，很好的嘗試。」

「拜託，別提了。」

「你那時在摸索你的人生……」

「我的人生、我的生活、我的發展，從我發臭的自我當中可以發掘的一切。我的目標。我的滿嘴狗屁。我的靈性。我的智性。莎莉，我的一切沒有任何內容。妳不介意我叫妳莎莉吧？莎莉叫起來比較順口。一個人所做的一切，人生的每一刻，都是徒有其表而已。打從領悟到這點之後，我就一直很快樂。」

「快樂？你快樂？」

「當然。我已經放下那愚蠢的自我了。我想：我能幫上什麼忙？我只准自己想這一件事。」

「這就是所謂的活在當下？」

「我不在乎妳是不是覺得我很老套。我不在乎妳笑我。」

「我沒……」

「我不在乎。聽著，如果妳認為我要的是妳的錢，好，那就當我關心的是錢好了。但我也關心妳——妳不想去過不同的人生嗎？我不是在說我愛妳，我才不會講這種蠢話。我也不是在說我想拯救妳。妳知道只有妳才能拯救妳自己。所以，說這麼多有什麼意義？我跟人說話通常沒有什麼特定的目的。事實上，我通常盡量避免跟人有關係。我是說真的。能免則免。」

關係。

「妳幹麼一副要笑不笑的樣子？因為我說了『關係』嗎？『關係』是什麼專業術語嗎？我說話沒那麼講究。」他說。

「我在想耶穌說的話：『婦人，我跟妳有什麼關係？』[6]」莎莉說。

他臉上頓時浮現幾近凶惡的表情。

「妳不累嗎？莎莉？妳自作聰明得不累嗎？我沒辦法再跟妳這樣扯下去了。很抱歉。我有事要忙。」

「我也有事要忙。」莎莉這話完全是謊言，她接著又說：「我們保……」

「別說『我們保持聯絡』。不要說這種應酬話。」

6 典出約翰福音，原句為「婦人，我與妳有什麼相干」（Woman, what have I to do with thee?），婦人即指耶穌的母親。

「那……『或許』我們會保持聯絡？這樣說比較好嗎？」

莎莉迷了一會兒路才找到方向。又看見那棟銀行大樓了。可能是同一群，也可能是新一批遊手好閒的人。搭地鐵，抵達停車場，拿出鑰匙，開上公路，塞在路上。接著是比較少人走的公路，向晚時分的夕陽，雪還沒落下，光禿禿的樹木，漸漸暗下來的田野。

她喜歡這時節的鄉間景致。現在，她是不是該覺得自己很沒用呢？

貓兒看到她很高興。電話答錄機有幾則朋友的留言。她加熱一人份的千層麵。現在她都買這種現成的冷凍分裝包。口味不錯，價格不貴，不想浪費的話就買這種。等待加熱的七分鐘裡，她啜著杯中的葡萄酒。

約拿。

她氣得發抖。她要怎麼做才對呢？回到那間破房子，刷那腐爛的油氈地板，煮那只因為過了有效期限就被丟掉的雞肉[7]？然後每天都有人提醒她，她不如瑪妮、不如其他任何一個受苦的生靈？只為了在別人、只為了在肯特選擇的生活裡享有發揮一點用處的特權？

他有病。他在摧殘自己。或許他就快死了。他不會為了乾淨的床單和新鮮的食物感激她。喔，不會的。他寧可蓋著那條燒破了洞的毯子，死在那張行軍床上。

但支票呢？她可以寫一張支票給他，不要太誇張，數目不大也不小。當然，他一定會忍不住收下。當然，他也還是會繼續鄙視她。

鄙視。不。沒有意義。能免則免。
無論如何，度過這一天的災難，還是有收穫的吧？畢竟她說了「或許」，而他沒有糾正她。

7 此處暗指肯特一夥人會去撿拾別人因為過了有效期限而丟掉的食物來吃。

自由基

一開始，大家紛紛打電話來，想確認妮塔沒有太悲傷、太孤單、吃得太少或喝得太多（她向來嗜酒成痴，許多人都忘了她現在一滴酒也碰不得）。她打發掉他們了，語氣中沒有流露出故作堅強的哀慟，也沒有異樣的愉快或失魂落魄或困惑不解。她說不需要送菜來給她，手邊有什麼她就煮什麼。醫生開的藥很夠。感謝函要貼的郵票也夠。

比較要好的朋友可能會懷疑，真相恐怕是她懶得吃東西，而她收到的慰問函都直接丟掉了。她甚至沒寫信通知遠方的親友，遑論收到什麼慰問函。就連瑞奇在亞利桑那州的前妻或新斯科細亞省那個半失聯的弟弟，她都沒有通知，儘管他們或許比身邊的人更能理解她為什麼不辦葬禮。

那天，瑞奇打給她，說他要去村裡的五金行。那是早上十點左右的事——他剛開始油漆前廊的柵欄。準確來說，他正刮掉舊漆，準備刷上新漆，刮著刮著，手中的舊刮刀解體了。

她還來不及對他的遲歸起疑。他彎著腰掛在廣告招牌上，斷氣了。招牌就立在五金行前的人行道上，上頭是除草機打折的廣告。他甚至還來不及進到店裡。高齡八十一的他身體還很硬朗，除了右耳有點重聽。一星期前，他才剛做過健康檢查。要到後來，妮塔才從無數的猝死案例中看到，不知多少事主都有最近才去醫院做過檢查的健康報告。她說，你簡直要認為大可不必費事去做健康檢查了。

現年六十二歲的她，只有對嘴巴很壞、年齡相近的閨中密友薇吉和卡蘿才會這樣講話。年輕一輩覺得這種談話既不得體又避重就輕。一開始，她們本來打算圍到妮塔身邊陪伴她。她們其實沒有談到消化傷痛的心路歷程，但她怕她們隨時可能會去碰觸這個話題。

當然，一旦開始著手處理後事，她就只剩務實的層面要考量。最便宜的棺材。立刻下葬。不舉行任何儀式。殯葬業者提到這麼做可能違法，但她和瑞奇早就查清楚了。將近一年前，當她的診斷塵埃落定，他們就查過了相關資訊。

「我怎麼知道他會搶先我一步？」

旁人期待的不是傳統的儀式，而是比較現代的做法。擁抱生命啦。放他最愛聽的音樂啦。全體手牽手，說著讚美瑞奇的故事，同時也幽默地談到他的怪僻和無傷大雅的過錯。

瑞奇說諸如此類的東西讓他想吐。

所以，一應事務速速處理完畢，圍繞著妮塔的騷動和四處蔓延的溫暖也旋即散去，儘管她覺得應該還是有人在說很擔心她。薇吉和卡蘿沒這麼說。她們只說如果她考慮提早離開這個世界，她就太自私、太卑鄙、太犯賤了。她們說要帶一瓶灰雁來她家，用伏特加幫她振作。

她說她沒有想不開，儘管在她看來想不開也是有道理的。

她的癌症目前處於「緩解期」——管它什麼意思，反正不是痊癒的意思。她的肝臟是手術的主要舞台，只要她嚴守節制的飲食習慣，肝臟大人就沒有怨言。提醒薇吉和卡蘿她現在不能喝酒、更不用說是伏特加，只會讓她的朋友聽了難過而已。

去年春天的放射治療畢竟還是對她有幫助。時序來到仲夏，她覺得自己的臉色現在看來沒那麼黃了，但或許只是她已經看慣了蠟黃的臉色。

她早早起床、梳洗，隨手拿到什麼就穿什麼。但她確實會好好更衣，好好洗臉，好好刷牙，好好梳那一頭長回來七八成的頭髮——就跟以前一樣，臉周的頭髮灰白，後面的頭髮比較黑。她擦口紅、刷眉毛，把現在變得非常稀疏的眉毛畫黑一點。出於對纖腰薄臀一輩子的敬意，她忍不住檢視自己在這方面達到的成就，儘管她也知道現在最適合她全身上下的形容詞可能是「枯瘦」吧。

她坐在老位子上，寬敞的扶手椅周圍放著成堆的書和還沒打開的雜誌。她小心翼翼地從馬克杯裡啜飲淡而無味的花草茶。現在，她都用花草茶代替咖啡。曾經，她以為自己沒有咖啡活不下去。結果她要的其實只是手裡捧著一個熱呼呼的大杯子，幫助她思考，或幫助她度過一小時又一小時、一天又一天，不管她在做什麼。

這房子是瑞奇的。他還和前妻貝蒂在一起時買的，本來只是用來度過週末，冬天就關起來不用。兩間小小的臥房，一間從房屋側邊擴建出去的廚房，離村裡半英里。但不久他就動手整修起來了，瑞奇自學木工，另外蓋了兩間臥室和衛浴，又蓋了一間他的書房。原來的主屋打通，變成無隔間的客廳、餐廳、廚房。貝蒂變得很感興趣。起初她還說不懂瑞奇為什麼買了這麼個破地方，但她一直很投入修繕工作，還買了兩件成雙成對的木工圍裙。那本她忙了幾年的食譜書已經出版了，她需要找點事做。他們沒有孩子。

貝蒂逢人就說她如何從木匠助手的角色找到她在人生中的位置，這件事又是如何讓她和瑞奇變得比以往更親近，殊不知就在這時，瑞奇和妮塔墜入愛河了。他在一所大學教中世紀文學，她任職於那所大學的註冊組。他們第一次做愛是在木屑和木材堆中。那堆木材要用來做主臥的拱形屋頂。妮塔把她的太陽眼鏡遺留在那裡了——不是故意的，雖然從來不會丟三落四的貝蒂不信。接下來是慣常的口角，千篇一律而痛苦不堪，最後貝蒂去了加州，再來又去了亞利桑那州。妮塔在註冊組長的暗示之下主動請辭，瑞奇則錯失當上文學院長的機會。他提早退休，賣掉市區的房子。妮塔沒有繼承尺寸較小的那件木工圍裙，但她樂得在一團混亂中讀她的書、用電磁爐烹煮粗茶淡飯、散長長的步到處探險、把虎皮百合和野生紅蘿蔔裝進空油漆桶裡拎回來。後來，等她和瑞奇安頓好，想到自己是如何迫不及待當起那個比原配年輕的小三，那個破壞別人家庭的狐狸精，那個清純可人的嫩妹、新歡、小騷貨，她才有點不好意思起來。她其實是一個嚴肅、笨拙、放不開的女人，早就不是什麼嫩妹了。她這人無聊到不但背得出英格蘭歷代的國王，還背得出英格蘭歷代的女王，對三十年戰爭的來龍去脈也是倒背如流。但她羞於在人前跳舞，也不想學貝蒂那樣爬上工作梯。

他們的房子一邊有一排雪松，另一邊則是鐵路的路堤。火車班次從來不多，現在可能一個月只有兩班。鐵軌之間雜草叢生。有一次，就在她快要停經之前，妮塔曾逗瑞奇到那上頭做愛——當然不是在枕木上，而是在旁邊一截狹窄的草地上。最後，心滿意足地爬下來的時候，他們簡直樂不可支。

每天早上，剛在她的老位子坐下，她就開始細想那些少了瑞奇的地方。那間小浴室還放著他的刮鬍用具，用來對付各種惱人但不嚴重的小毛病的處方用藥也還在，他老捨不得丟掉那些藥，但他不在那裡了。他也不在她剛才收拾好再離開的那間臥房，或是他只有泡澡才會去的那間大浴室，或是過去一年多數時間都被他占據的廚房。他當然也不在舊漆刮除了一半的前廊上，伺機開玩笑地偷看一下窗戶裡面的她——早年，她可能還會隔著窗戶假裝要跳脫衣舞呢。

或是書房。在這屋裡的各個角落，就屬這裡最是確立了他的缺席。一開始，她忍不住到書房門口，開門站在那裡，看著一落落的紙張、悄無聲息的電腦、四散的檔案、翻開來躺著或面朝下趴著的書籍，乃至於擠爆書櫃的藏書。現在，她只能靠想像度日了。

遲早有一天，她得進到書房裡。她認為那是一種侵犯。她必須侵入她亡夫的心智。她想都沒想過自己會做這種事。在她心中，瑞奇一直是一座仰之彌高、鑽之彌堅的巨塔，一個活力充沛、固若磐石的存在，因此她總莫名相信他一定會活得比她久。過去一年裡，這不再只是她心裡一個愚蠢的信念，而是他們兩人心裡都認定的已知數了。

她會先從地窖開始。那裡實際只能稱得上是地窖，不能算是地下室。泥土地上只用幾塊木板當成走道，高處的小窗掛著髒兮兮的蜘蛛網。地窖裡沒有她需要的東西，只有瑞奇剩了半桶的油漆、大大小小或許有一天用得上的木板、或許有用或許準備丟掉的工具。她只開門下去過一次，為了檢查電燈都關了沒，也為了確認一下那些開關都還在，旁邊說明哪個開關控制什麼的標籤也還在。上來的時候，她照例鬥好廚房那一側的門。瑞奇以前總愛笑她這個習慣，問她覺得誰會鑽過石牆和精靈尺寸的小窗，威脅他們的安危呢？

無論如何，從地窖開始比較容易；比書房容易一百倍。

她確實會鋪床，也確實會收拾她自己在廚房或浴室製造的小混亂。但整體而言，要全面地掃除，她實在力不從心。就連把變形的迴紋針或已經失去磁性的冰箱磁鐵拿去丟掉，她都沒有力氣，更別提整理十五年前她和瑞奇從愛爾蘭之旅帶回來的那一碟錢幣了。一切的一切似乎都多了一份異常的沉重與陌生。

卡蘿或薇吉每天打來，通常是在接近晚餐的時間，她們覺得這時可能是她最難忍受獨處的時候。她說她沒事，只要給她一點時間，很快她就會出去走跳了。她只是在看書和想事情。胃口沒問題，睡眠也沒問題。

這也是真的，除了看書的部分以外。她坐在周邊堆滿書的椅子上，卻一本也沒打開。她向來熱愛閱讀，這是瑞奇認為他們是天作之合的一個原因——她可以自己坐在那裡看書不去吵他。現在，就連半頁她都讀不下去。

她也不是一個一本書只讀一遍的讀者。《卡拉馬助夫兄弟們》、《河畔磨坊》、《慾望之翼》、《魔山》，一遍又一遍。她會隨手挑一本，心想只要重讀某個片段就好，卻情不自禁把整部作品重新消化了一遍。她也讀現代小說，但向來只讀小說。她很不喜歡聽到有人說小說是用來逃避的，或許她可以嚴正駁斥說現實才是用來逃避的，但這麼重要的事情不該拿來瞎吵。

而現在，最奇怪的是，她的讀癮全沒了。不只隨著瑞奇的死而去，也隨著她沉浸在自己的疾病中而去。接著她又想，這種改變只是一時的，等她停了某些藥、結束某些累人的療程，閱讀的魔法就會回到她身上。

顯然沒有。

有時，她嘗試向假想的對象解釋原因。

「我太忙了。」

「每個人都說自己太忙了。忙什麼呢？」

「忙著集中注意力。」

「那要注意什麼呢？」

「我是說忙著想事情。」

「想什麼呢？」

「算了算了。」

一天早上，枯坐了一會兒之後，她覺得這天也太熱了，應該起身去開電風扇。或者，為了環保節能，她可以打開前後門，讓微風吹過紗門，吹進屋裡，如果有一絲微風的話。

她先開了前門的鎖，都還沒讓半吋晨光探進來，她就注意到有一道黑影擋住了光線。

是個年輕人，站在紗門外，紗門的勾子勾起了。

他說：「不是故意要嚇到妳，我剛好在找門鈴之類的。我輕輕敲了門框這裡一下，但妳大概沒聽到吧。」

她回答：「抱歉，沒聽到。」

「我是來檢查保險絲盒的，如果妳能告訴我在哪裡的話。」

她退到一旁讓他進來，想了一下才想起保險絲盒在哪裡。

她說：「對了，在地窖裡。我來把燈打開，你就會看到了。」

他關上身後的門，彎下腰脫鞋。

她說：「沒關係，外面也沒下雨。」

「還是脫吧，我習慣了。就算不會留下泥巴，還是會有鞋印。」

她到廚房等待。除非等到他離開家裡，否則她沒辦法坐下。

他從地窖爬上來的時候，她幫他把門開著。

「還好嗎？保險絲盒沒問題吧？」她問。

「沒問題。」

她領著他朝前門走，接著意識到她的身後沒有腳步聲。她轉過身，看到他還站在廚房裡。

「妳不會剛好有東西可以弄給我吃吧？」

他的聲音變了——音調提高，有點破音，讓她聯想到電視上模仿鄉下口音的諧星。在廚房的天窗底下，她看到他並不是那麼年輕。稍早開門時，她只注意到一副瘦巴巴的身影，背著晨光的臉是黑的。現在，她看清楚了，瘦巴巴是真的，但那種瘦是形容枯槁的瘦，而不是小男孩的瘦，整個人弓著身體，故作友好的樣子。他長了一張長長的橡膠臉，淡藍色的眼睛突出來，相貌滑稽但表情堅定，彷彿他通常都能稱心如意。

「我不巧有糖尿病。我不知道妳認不認識糖尿病友，但反正我們餓了就得吃，否則渾身不舒服。我應該之前先吃點東西的，但我匆匆忙忙就進來了。妳不介意我坐下吧？」

他已經在餐桌前坐下了。

「妳家有咖啡嗎？」

「我有茶。花草茶，如果你想喝的話。」

「當然。當然。」

她倒了適量的茶葉到杯裡，插上電熱水壺的插頭，打開冰箱查看。

「家裡東西不多，只剩幾顆蛋。有時候我就炒一顆蛋，淋番茄醬吃，你要嗎？我也有一些英式瑪芬可以烤來吃。」

「英式、愛爾蘭式、育空拉尼亞式[1]，隨妳便。」

---

1 育空（Yukon）為加拿大地名，育空拉尼亞式（Yukoranian）是這位闖入者據此瞎掰的自創詞。

她打了兩顆蛋到鍋裡，戳破蛋黃，用料理叉把兩顆蛋都攪在一起，接著切了半片瑪芬，放進烤麵包機。她從櫥櫃裡拿出一個盤子，放到他面前，再從收餐具的抽屜裡拿出一把餐刀和餐叉。

「很漂亮的盤子。」他說著拿起盤子端詳，像要從盤子裡看看自己的臉似的。就在她轉身去顧那鍋炒蛋的時候，她聽見盤子砸到地上的聲音。

「喔，天啊。」他說話的聲音又變了，變得尖厲，帶著明顯的惡意。「看我做了什麼好事。」

「沒關係。」現在，她知道情況不對勁了。

「一定是我手滑了一下。」

她另外拿了一個盤子，放在流理台上，直到她把烤好的半片瑪芬和淋了番茄醬的炒蛋一一疊上去。

與此同時，他彎身去撿破掉的盤子，舉起一片有一角破得又尖又利的碎片。她把他的餐點端上桌時，他用碎片的尖角輕刮自己裸露的手臂。小小的血珠冒了出來，剛開始是一顆一顆分開著，接著合成了一條線。

他說：「沒事。開開玩笑而已。我最會開玩笑了。我要是想來真的，我們就不需要什麼番茄醬了，是吧？」

地上還有一些他沒撿到的碎片。她轉身想拿掃帚，掃帚收在靠近後門的櫥櫃裡。他突然一把抓住她的手臂。

「坐下。我在吃東西的時候，妳就坐在這裡。」他又舉起流血的手臂給她看。接著，他把瑪芬和炒蛋做成漢堡夾蛋，兩三口就吃完了。他張著嘴大嚼特嚼。電熱水壺的水煮開了。他問：

「茶包在杯子裡？」

「是。但其實是茶葉。」

「妳不要動。我可不想讓妳靠近那個熱水壺，對吧？」

他把沸水倒進杯裡。

「看起來像一杯稻草。妳只有這個嗎？」

「抱歉。是的。」

「不要一直說抱歉。只有這個就只有這個。妳不會以為我真的是來檢查保險絲盒的吧？」

「嗯，本來我真是這麼想的。」妮塔說。

「現在不這麼想了吧。」

「不。」

「妳怕嗎？」

她決定不要把這句話視為一種恫嚇，就當他是認真在問這個問題吧。

「我也不知道。我想與其說害怕，不如說嚇到吧。我不確定。」

「有一件事妳倒是不用害怕。我不會強暴妳。」

「我也不認為你會。」

「難說喔。」他喝了一口茶，做了個鬼臉。「別以為妳老了就沒妳的事。外面什麼變態都有，他們什麼東西都能上，管它是嬰兒、小貓、小狗，還是老太婆、老頭子。他們可不挑。咳咳，我倒是很挑。除了我看得上眼的女人以外，我都沒興趣，而且還要雙方情投意合。所以，妳放心吧。」

妮塔說：「我很放心。但謝謝你告訴我。」

他聳聳肩，但一副對自己很滿意的樣子。

「前門外面那是妳的車？」

「我先生的。」

「妳先生？他人呢？」

「死了。我不會開車。我打算把車賣了，只是還沒處理而已。」

傻瓜，幹麼告訴他？

「二〇〇四年份的車？」

「是吧，我想是的。」

「我還以為妳打算拿妳先生來唬我。沒用的。我聞得出來一個女人是不是獨居，一進屋立刻就知道了。開門的時候就知道了。直覺。所以，那輛車還能跑？妳知道他最後一次開它是哪天？」

「六月十七號，他死的那天。」

「裡面還有汽油？」

「我想是的。」

「他要是剛加過油就太好了。妳有鑰匙？」

「不在我身上，但我知道在哪。」

「那好。」他把自己的椅子往後推，撞到盤子的碎片。他起身，像是有點訝異地搖了搖頭，又坐了回去。

「我太累了，得坐一下才行。我還以為吃過東西就會好一點。糖尿病的事是我編的。」

她推開她的椅子，嚇了他一大跳。

「妳待在那裡不要動。我沒有累到抓不動妳。我只是走了一整夜而已。」

「我只是要去拿車鑰匙。」

「等我叫妳去妳再去。我沿著鐵軌走，什麼火車也沒看到。我一路走到這裡，從頭到尾一輛火車都沒有。」

「這裡很少有火車開過去。」

「是嗎？很好。有些很破的小鎮周圍不是有排水溝嗎？我爬下去待到天亮，這時我體力都還好，除了碰到馬路要衝過去的時候有點累之外。我走啊走啊，然後我往下看，看到這房子和那輛車，心想：就是它了。我可以把我老爸的車開走，但我還是有點腦子的。」

她知道他想聽她開口問他的事，但她也很確定她知道得愈少愈好。

接著，打從他進屋以來，她第一次想到自己的癌症。她想到癌症帶來的解脫，想到癌症是如何讓她不受危險的威脅。

「妳笑什麼？」

「沒什麼。我笑了嗎？」

「我看妳很愛聽故事嘛。要我跟妳說個故事嗎？」

「我應該比較希望你離開吧。」

「我會離開的。在那之前先跟妳說個故事。」

他伸手到褲子後面的口袋裡。「話說，妳想看張照片嗎？給妳看。」

那是一張三人照，在客廳拍的，背景是闔上的印花窗簾。一個老頭子（說老也不老，六十幾歲吧）和一個年齡相近的女人坐在沙發上。一個塊頭很大、年紀較輕的女人坐在輪椅上，輪椅靠近沙發其中一端，停在沙發前面一點點的地方。老頭體格粗獷、頭髮灰白，瞇瞇眼，嘴巴微張，彷彿他胸悶喘不過氣，但他盡量擠出笑容。老太太嬌小多了，頭髮染黑，塗了口紅，穿著以前所謂的農婦衫[2]，腰際和領口有著小小的紅色蝴蝶結。她毅然決然笑開了嘴，甚至笑得有點太拚命了，露出一嘴也許都壞掉的牙齒。

但獨占照片焦點的是那個較為年輕的女子，一身鮮豔、寬鬆的連身裙更顯她的龐大臃腫，一頭黑髮挽了起來，額前一排小小鬈曲的鬈髮，臉頰朝頸部塌下去。儘管一臉肉鼓鼓的，還是露出一副滿足的賊笑。

「我老媽、我老爸，還有我老姊瑪德蓮，坐輪椅那個。」

「她生下來就不對勁，任何人包括醫生都沒辦法。胃口像豬一樣。打從我有記憶以來，她跟我就犯衝。她比我大五歲，天生就是來折磨我的。拿到什麼就往我身上丟，把我打趴在地上，開著那台他媽的輪椅從我身上碾過去。原諒我說了髒話嘿！」

「你一定很辛苦。你的父母也是。」

「哈！他們反正就認命接受吧。他們去了個教堂，牧師說她是上帝的禮物。他們帶著她一起上教堂，她就在教堂後院他媽的鬼叫，叫得像殺豬一樣。他們會說：喔，她在試著唱歌呢。喔，他媽的上帝保佑她。多多包涵我的髒話嘿！

「所以，我才不想在那個家多待一秒，妳知道，我要有我自己的人生。我說，無所謂，反正我不會待在這個鬼地方。我有我自己的人生要過。我找到工作。我向來總能找到工作。我從來不會一屁股坐在那裡花政府的錢——我是說臀部，如果要我文雅一點的話。我從沒跟我老爸要過一分錢。我會撅著屁股爬起來工作，要嘛頂著三十幾度的高溫補屋頂，要嘛到臭死人的老餐館拖地，要嘛在修車廠搞得全身又油又髒。什麼我都做。但我做不久，因為我受不了那些慣老闆。慣老闆對待我這種人的態度我受不了。我好歹也是正經人家出身。我老爸一直工作到他病倒了為止。他是開公車的。爸媽可沒教我要隨便別人羞辱。好吧，算了，無所謂。爸媽老跟我說：這房

2 peasant blouse，即泡泡袖方領上衣，款式就像歐洲傳統農民服裝而得名。

子歸你。貸款都繳清了，屋況什麼的也很好，這房子是你的。他們就是這樣跟我說的。我們知道小時候你在這個家不好過，要不是日子不好過，你可以受很好的教育。所以，我們想盡我們所能補償你。所以，不久之前，我跟我老爸通電話，他說：你自然明白條件是什麼吧。我說條件是什麼，他說你要簽一份保證書，只要你姊活著一天，你就保證照顧她一天。如果這裡也是她的家，這裡才是你的家，他說。

「哇操。我還是第一次聽到。我可沒聽過有這種條件。我一直以為他們死了以後她就會去安養中心。搞半天這房子不是我一個人的。

「所以，我跟我老爸說，這跟我想的不一樣。他說一切都安排好了，只等你簽字。你如果不想簽，那也不必勉強。就算我們不在了，你阿姨瑞妮也會盯著你履行協議。

「好極了，我阿姨瑞妮，她是我老媽最小的妹妹，地表第一大賤貨。

「總而言之，他說你阿姨瑞妮會盯著你，我突然就轉了個念。我說，好吧，就這樣吧，很公平的條件。好吧、好吧。那我這星期天可以過來跟你們一起吃晚飯嗎？

「他說當然可以啊，很高興你終於想通了。你總是很容易衝動，他說，你這個年紀應該要穩重一點了。

「我心想：居然跟我講這種話。

「所以，我就回家了，老媽燉了雞。香得很，我一走進家門就聞到了。接著，我聞到瑪德蓮的味道，同樣一股熟悉的臭味。我不懂為什麼，就算我老媽每天幫她洗澡，她身上還是有那股味道。但我表現得很客氣，我說，今天這麼難得，我應該幫你們拍張照。我告訴他們，我有一台很厲害的新相機，拍立得，馬上就能看到照片。按下快門，馬上就看到了，我幫你們拍一張怎麼樣？我叫他們全部到前面的房間坐好，就像我給妳看的照片那樣。老媽催我快點，她還要趕回廚房。我說馬上就好了。所以，我就幫他們拍了一張拍立得，她說快點，快給我們看看照片怎麼樣。我說等等嘛，有耐心一點，只要一下下就好。他們等著看照片的時候，我拿出我的寶貝手槍，砰！砰！砰！三人全倒。接著，我又拍了一張拍立得，然後我到廚房吃了點雞肉，再也沒看他們一眼。我本來還以為瑞妮阿姨也會在那裡，但老媽說她在教會有點事，不然我大可連她一起輕鬆解決掉。所以，妳看，兩張照片前後對照。」

老先生的頭倒向一邊，老太太的頭向後仰，兩人的表情都被轟掉了。姊姊往前栽下去，看不到她的臉，只看到印花長裙下一雙肥腿和她的腦袋，那顆腦袋依舊頂著一頭精心打扮但髮型過時的黑髮。

「我完全可以坐在那裡自我陶醉一星期。我覺得好放鬆。但天黑前我就走了。我確定自己全身上下都收拾乾淨了，還把雞肉吃光了。我知道我最好還是不要待在那裡。本來我打算等瑞妮阿姨進門，但我一下子沒了心情，我知道我得有心情才能解決她。我就是沒心情了。首先我吃得太撐，很肥的一隻雞，我沒打包，當場吃個精光。因為我怕我從後巷逃走的時候被狗聞到，搞得很麻煩。我還以為滿肚子的雞肉夠我撐一星期，但瞧瞧我到妳這裡的時候都餓成什麼樣了。」

他環顧了一下廚房。「妳家沒別的東西喝嗎？那個茶難喝死了。」

「可能還有一點酒。我不確定，我不再喝酒了……」她說。

「妳是匿名戒酒會的？」

「不是。只是喝酒對我不好。」

她站了起來，發現自己雙腿都在抖。當然了。

「進來之前，我先把電話線解決了。只是覺得應該讓妳知道一下。」他說。

喝了酒，他會變得比較粗心大意、比較隨和，還是會變得更邪惡、更失控呢？她要怎麼知道呢？不用離開廚房，她就找到酒了。以前她和瑞奇每天都會小酌一下，因為適量的紅酒照理說對心臟有益，或是對某種有害心臟的東西有害——在一片恐懼和混亂中，她想不起來那東西是叫什麼來著。

因為恐懼的緣故。當然了。眼下，罹患癌症的事實對她沒有幫助，一點兒也沒有。就算只剩一年好活，她也不想現在就死。

「哇喔，好東西欸。不是瓶蓋式的。妳有沒有軟木塞開瓶器？」他說。

她朝一格抽屜靠近，但他跳了起來，把她推往旁邊，動作不算太粗暴。

「啊哈，我知道了。妳離這個抽屜遠一點。哇喔，裡面有不少好東西呢。」

他把餐刀都放到他坐的那張椅子上，她就算想拿也拿不到。他接著用開瓶器拔酒瓶塞。她不是不知道這東西在他手裡有多危險，但就算知道也束手無策。

她說：「我去拿兩個玻璃杯過來。」但他說不要，玻璃的不行，妳有沒有塑膠的？

「沒有。」

「那就用普通的杯子。我看得到妳喔！」

她放了兩個杯子到桌上。「我只要一點點就好。」

他很務實地說：「我也是。我還得開車。我可不想警察探頭進來聞我的味道。」但他卻把自己的杯子裝得滿滿。

「自由基。」她突然說。

「什麼鬼？」

「我說紅酒。喝紅酒好像可以摧毀自由基，因為自由基不好；還是喝紅酒有助於累積自由基，因為自由基是好東西。我不記得了。」

她啜了一口酒，身體並未如她料想一般不舒服。他也喝了酒，人還是站著的。她說：「你坐下的時候小心那些餐刀。」

「少跟我開玩笑。」

他收齊刀子，放回抽屜，接著再坐下。

「妳以為我很笨嗎？還是妳以為我很緊張？」

她冒險說道：「我只是覺得你以前應該沒做過這種事。」

「當然沒做過啊。妳以為我是什麼殺人狂嗎？是啦，我把他們殺了，但我可不是什麼殺人狂。」

「這是有區別的。」她說。

「廢話。」

「我知道那種感覺。我知道除掉傷害你的人是什麼感覺。」

「哦？」

「我也做過一樣的事。」

「最好是。」他把他的椅子往後推，但沒有站起來。

「信不信由你，但我真的做過。」

「聽妳在騙肖。所以妳是怎麼做的？」

「下毒。」

「什麼意思？妳他媽泡那個難喝的茶給他們喝還是怎樣？」

「不是他們。是她。茶沒問題。照理說，那個茶應該要延年益壽才對。」

「如果得喝那種垃圾，那我寧可短命一點。但妳下毒，人就算死了，屍體還是驗得出毒藥。」

「我不確定蔬菜的毒素驗不驗得出來，反正也沒人會去驗，因為她小時候得過風溼熱，落下了病根，不能運動，不能太累，總得坐下來休息。她死了也不會有人覺得奇怪。」

「她對妳做了什麼？」

「她勾引我老公。他說他愛上她了，要離開我跟她結婚。我為他做盡一切。我們倆當時還一起蓋這棟房子呢！他是我的一切。我們沒有小孩，因為他不想要。我學了木工，明明不敢爬工作梯還是爬上去了。他是我的全世界。但他為了註冊組那個臭三八居然要把我甩了。我們一起努力的一切都會變成她的。公平嗎？」

「要去哪裡弄到毒藥？」

「不用去哪裡，後院就有。就在這裡。幾年前這裡種了一畦大黃。大黃葉子的葉脈裡就有現成的毒藥。莖沒有毒。我們吃的是莖。莖很好。可是大黃的大葉子細小的紅色葉脈裡是有毒的，這我知道，但坦白說，我不知道分量多少才有效，所以我其實也是實驗看看。就各方面來說，這事也算我走運。首先，我老公剛好不在家，他去明尼阿波利斯參加研討會。當然，他有可能帶著她一起去。但當時正值暑假，她是菜鳥，必須留守辦公室。不過話又說回來，她不見得是自己一個人，旁邊可能還有別人在。再說了，她可能對我存有疑心。我只能假設她不知道我知道，所以她還是會把我當成朋友來對待。她來我們家作客過，我們相處融洽。我只能賭一把，賭我先生是那種拖著不講清楚的人——他先向我坦白、試試水溫，但還沒告訴她說他已經告訴我了。那你可能又要問了：何必除掉她呢？他也可能還在考慮東、考慮西啊。

「不。無論如何，他都會留下她的。就算他不會，我們的生活也已經被她汙染了。她毒害了我的人生，所以我也要對她的人生下毒。

「我烤了兩個大黃塔，一個有毒，一個沒毒。當然，我把沒毒的做了記號。我開車到學校，買了兩杯咖啡去她的辦公室。那裡沒有別人，只有她一個。我跟她說我來市區辦點事，經過學校時看到那間可愛的小麵包店，我老公總是對他們的咖啡和糕點讚不絕口，所以我就進去買了兩個大黃塔和兩杯咖啡。想到其他人都放假了，就她一個人在辦公室，而我老公去明尼阿波利斯了，就剩我一個人在家。她很感動也很感激。她說一個人守著辦公室很無聊，校園餐廳又關了，想喝杯咖啡得到科學大樓，那裡的咖啡喝起來像加了鹽酸。哈哈！所以，我們倆就一起吃了個下午茶。」

「我不喜歡大黃的味道。妳這招用在我身上就行不通。」他說。

「在她身上行得通就好。我得冒險賭它的效果來得快，她還來不及察覺不對勁、來不及去洗胃。但也不能太快，免得她聯想到我身上。我不能留在現場，所以很快就溜了。整棟樓都沒有人，至今就我所知沒人看到我來過，也沒人看到我離開。當然，我知道一些不會被發現的小路。」

「妳以為妳很聰明，從犯罪現場跑掉了。」

「你也是啊。」

「我做的事可沒妳那麼偷偷摸摸。」

「你是不得已。」

「知道就好。」

「我也是不得已。我保住了我的婚姻。後來他也明白她反正不是什麼好東西。她一定會厭倦他的。她就是那種女人，只會造成他的負擔而已。他看清楚了。」

「妳最好沒在炒蛋裡亂加東西，否則我會讓妳後悔的。」

「當然沒有，我也不想。我又不是整天到處對人下毒。我不是什麼毒物專家，只是剛好懂那麼一點點而已。」

他突然站起來，撞翻了他坐的椅子。她注意到瓶裡沒剩多少酒了。

「車鑰匙給我。」

她一時反應不過來。

「車子的鑰匙，妳放哪去了？」

是有可能的。他是有可能一拿到鑰匙就把她除掉。如果跟他說她有癌症呢？別傻了，說這個才不會有幫助。未來有一天會病死可不能保證在今天就封住她的嘴。

她說：「沒人知道我跟你說的事。我只跟你一個人透露。」

這一招應該好多了吧。他應該聽得懂她交了個把柄到他手中吧。

他說：「目前還沒人知道而已。」她心想，感謝老天，這就對了。他聽懂了。他聽懂了嗎？

感謝老天……吧？

「鑰匙在藍色的茶壺裡。」

「在哪？妳他媽的藍色茶壺在哪？」

「流理檯最邊邊的地方——壺蓋破了，所以我們只用那個水壺來裝東西……」

「少廢話。閉上妳的嘴，否則我讓妳永遠說不出話。」他一手握拳，想把手塞進藍色茶壺裡，但塞不進去。「幹、幹、幹！」他邊罵邊把茶壺翻過來往流理檯上敲，不只車鑰匙掉了出來，房子的鑰匙、各式各樣的錢幣、一疊加拿大輪胎的舊禮券全都掉落在地，藍色的破瓷片則砸在砧板上。

「綁了紅繩的那一串。」她無力地說。

他把地上的東西踢來踢去，最後才拿起正確的那串鑰匙。

「所以，車子的事，妳打算怎麼說？就說妳賣給一個陌生人了，是嗎？」

她一時還沒意會到這句話的重大含義。等她懂了後，彷彿整個房間都在震動。她說：「謝謝你。」但她口乾舌燥，不確定自己發出聲音了沒有。不過，想必是有的，因為他說：「妳不用謝得太早。」

「我的記憶力很好。多久的事都記得一清二楚。妳得把這個陌生人說得跟我一點也不像。妳不想看到有人去把墳墓裡的屍體挖出來驗吧？妳記清楚了，只要妳洩露一個字，我就洩露一個字。」

她一直低著頭。不動也不說話，只是看著一地的狼藉。

人走了。門關上了。她還是動彈不得。她想去把門鎖上，但動不了，外頭傳來引擎發動又熄掉的聲音。又怎麼了？這個人情緒不穩，什麼事都做得出來。接著又是發動引擎的聲音，發動再發動，車子掉頭了，輪胎輾過石子地。她渾身顫抖地走向電話，發現他說的是真話，電話不通。

電話旁邊立著他們的眾多書櫃之一。這個書櫃收的多半是舊書，很多年都沒打開的書。《驕傲的塔》。阿爾貝特．史佩爾。瑞奇的書。

貝蒂．烏德希爾收集、實作、自創的《蔬果盛宴：豐盛、高雅、新鮮的驚喜佳餚》。

廚房完工之後，妮塔犯了一個錯——她學貝蒂的手藝學了一陣子。短短一陣子而已，因為搞半天瑞奇並不想被勾起那一切的回憶，而她自己也沒有洗洗切切燉東熬西的耐性。但她還是學到了一點令人意想不到的蔬果冷知識，例如某些熟悉常見、通常無害的植物有毒的一面。

她應該寫封信給貝蒂。

親愛的貝蒂，瑞奇死了，而我假裝成妳，救了自己一命。

貝蒂怎麼會在乎她的死活呢？這件事只值得告訴一個人。

瑞奇。瑞奇。現在，她算是真正體會到想念他的滋味了，就像天空中的空氣都被抽乾了似的。

她應該走路到村裡。鄉公所後面有一間警察局。

她應該辦一支手機。

她太累了、太抖了，一隻腳都抬不起來。她應該先休息一下。

＊　＊　＊

依舊沒鎖上的門傳來敲門聲，吵醒了她。是警察，不是村裡來的，而是省道的交通警察。他問她知不知道她的車子到哪了。

她看著之前用來停車的那塊石地。

「不見了。不知道到哪去了。」她說。

「妳不知道車子被偷了嗎？妳上一次看到它是什麼時候？」

「昨天晚上吧。」

「鑰匙留在車上？」

「忘記拔了吧。」

「我必須通知妳，出了一場嚴重的車禍。只有一輛車出事，就在靠威靈斯坦這邊，駕駛把車開進涵洞裡，車都撞爛了。不只如此，他殺了三個人，警方在追捕他。總之，我們得到的最新消息是這樣。發生在米契斯頓的一起凶殺案。妳沒碰到他算妳走運。」

「他受傷了嗎？」

「死了。當場死亡。算他罪有應得。」

接下來是一段善意而嚴厲的訓話。把鑰匙忘在車上。老太太一個人住。這年頭世事難料。世事難料。

臉

我相信我父親只看了一眼。他看著我，瞪大了眼睛，看見了，就那麼一眼。此後，他就決定對我視而不見了。

那年頭，他們不讓爸爸踏進寶寶誕生的殿堂，或產婦忍住不叫或失聲慘叫的那個房間。要等到媽媽都收拾乾淨了、在病房裡蓋著粉嫩色系的毯子清醒了，爸爸才會看到她們。所謂病房，可能是單人房，也可能是雙人房。我母親住的是單人房，因為她在鎮上的地位，事實上，也幸好是單人房，有鑒於事情後來的發展。

父親站在育嬰室的窗外第一次看到我，不知道是在他看到我母親之前還是之後。我寧可想成是之後。如此一來，當她聽到他氣呼呼的腳步聲來到門外，又聽到他氣呼呼的腳步聲穿過病房時，她還不知道他在氣什麼。畢竟，她為他生了個兒子。照理說，每個男人都想要個兒子吧。

我知道他說了什麼，或知道她轉述給我的部分。

「好大一片豬肝。」

接著，他又說：「想都別想帶他回家。」

我一邊的臉是正常的，全身從肩膀到腳趾也正常。我的身高是五十三．五四公分，體重三七七〇公克，皮膚粉嫩的小壯丁，儘管由於剛剛歷經平淡無奇的產程，身上可能還紅通通的。

我的胎記不是紅色的，而是紫色的。嬰幼兒時期顏色很深，隨著年紀漸長淡了些，但從沒淡到不造成影響。迎面而來的人首先注意到的一定是它。從我左邊或沒胎記那一邊走來的人到了右邊就會被它嚇到。它看起來就像有人往我身上潑了葡萄汁或油漆。認真潑出一大片，直到頸部才變成淡淡的幾滴，雖然它確實在掃過右眼的眼皮後完美繞過了我的鼻子。

「它襯得你的眼白更白、更亮了。」為了讓我學會欣賞自己，我母親說過一堆情有可原但實在很蠢的話，這是其中一句。奇妙的是，在媽媽的庇護之下，我差點就相信這種鬼話了。

當然，我父親不能不讓我回家。當然，我的在場、我的存在造成父母之間莫大的嫌隙。雖然我很難相信他們之前未曾有過嫌隙，或絲毫沒有互不理解或對彼此失望的地方。

我祖父沒受過什麼教育，他是一家製革廠的老闆，後來又開了手套工廠。隨著二十世紀的發展，往日榮景不再，但豪宅、廚子和園丁都還在。我父親上了大學、加入兄弟會，度過一段黃金歲月，並在手套工廠停業後進入保險業。身為高爾夫球和帆船好手，他在我們鎮上是個風雲人物，就跟他大學時代一樣。（我還沒提到我們住在我祖父蓋的維多利亞式豪宅，房子面向夕陽，坐落俯瞰休倫湖的山崖上。）

在家，我父親最鮮明的特色就是什麼都痛恨、什麼都鄙視。事實上，這兩個動詞往往連袂出席。對於某些食物、汽車的發明、音樂、講話的態度、穿衣的風格、廣播喜劇演員和後來的電視名人，他都是既痛恨又鄙視，更別說是在他那個年代普遍受到痛恨和鄙視的種族和階級了（雖然可能沒人像他痛恨、鄙視得那麼徹底）。事實上，他的多數意見出了我們家門、到了我們鎮上都沒人反對。他的帆船同好或兄弟會的老同學也沒有異議。我認為是他的氣勢令人慚愧、心虛，甚而敬佩起他來了。

有話直說。大家這樣形容他。

當然，像我這樣的一件產物，是他每次打開家門都必須面對的恥辱。他一個人吃早餐，不回家吃午餐。我母親跟我一起吃早餐、午餐和一部分她的晚餐，剩下的部分跟他一起吃。我想他們大概為這件事吵過架吧，後來就變成她坐在那裡看我吃完晚餐，而她自己的晚餐就跟他一起吃。

看得出來我對婚姻的和諧沒有貢獻。

但這兩個人是怎麼湊在一塊的呢？她沒上大學，得借錢才能就讀那個年代的師範專科學校。她怕坐船，高爾夫球也打得一塌糊塗。一個孩子很難判斷自己的媽媽漂不漂亮，有些人跟我說她很漂亮，就算真是如此，她的長相也不是我父親欣賞的那一型。他誇過某些女人是「大美人」，或者，到他晚年的時候，他會說是「小美女」。我母親不化妝，內衣款式保守，頭髮梳成一條緊繃的麻花辮，像個皇冠似地盤在頭上，突顯出她又寬又白的額頭。她的衣著跟不上流行的腳步，走的是不顯身材的貴氣路線——她是那種你可以想像她戴著一串高級珍珠項鍊的女人，但我想她應該從沒戴過。

我想，我要說的是，他們本來就是天差地別的兩個人。事實上，他倆就這樣不合下去可能還比較自在。我只是為他們的不睦提供了一個現成的藉口，甚至是一個天賜的良機。我在那座鎮上度過的歲月裡，自始至終都沒碰過一個離了婚的人。所以，別人家的屋簷下想必也有同床異夢的夫妻。世上想必還有其他認命的男男女女，接受了永無消弭之日的差異、永無原諒之日的言行舉止，以及永遠別想跨越的障礙。

以諸如此類的故事而言，接下來的發展毫不意外。我父親菸抽得太多、酒喝得太凶，雖然他多數的朋友也是如此，無論他們境況如何。他才五十多歲就中風，幾個月後就在床上病逝了。我母親也毫不意外地全天候照顧他。她把他留在家裡，自己照顧，而他沒有變得溫柔一點、感激一點，反倒罵她各種難聽的話。即使他病得話都說不清，她還是聽得出來他罵了什麼，他也似乎很欣慰她聽得懂。

葬禮上，有個女人對我說：「你的母親是一個聖人。」雖然我不記得她的名字，但倒是滿清楚記得她的樣子。鬈曲的白髮，擦了胭紅的臉頰，精緻小巧的五官，帶著哭腔的語調。我冷冷地瞪著她，心裡立刻就不喜歡這個人。當時我大學二年級，沒加入或沒獲邀加入我父親的兄弟會。我跟有志當作家和演員的人混在一起，雖然這些人目前只是風流才子、致力於虛度光陰的混混、反社會分子和剛誕生的無神論者。我才不屑什麼聖人呢。而且，坦白說，我母親也沒想當什麼聖人。她絕對沒有這麼神聖的想法，更不會妄想在我回家時叫我去父親的房間，試著跟他和解之類的。不管是哪一次回家，我都不曾踏進他房間一步。無所謂和解也無所謂祝福，沒有這種妄想。我母親可不笨。

她全心全意為我奉獻——我們母子都不會用「奉獻」一詞，但我想這是正確的說法。直到九歲為止，她都是自己教我。接下來，她把我送去寄宿學校。這聽起來像一場災難的經典配方——臉上有紫色胎記的媽寶，突然置身於惡毒青少年無情的嘲笑與攻擊之中。但我沒嘗到什麼苦頭，時至今日，我都不確定為什麼。我在同齡的人當中算是很高壯，這點優勢或許有幫助吧。但我想我們家的氣氛可能顯得其他地方的氣氛都很合理，甚至可以接受吧，即使這種接受不是什麼正面意義的接受。雖然常常見不到我父親，但我們家時時瀰漫著一股來自於他的低氣壓，一股融合了暴躁、冷酷和嫌惡的低氣壓。誰都不用努力對我好沒關係。我被取了「葡萄怪」這個綽號，但幾乎人人都有難聽的綽號。有個男孩的腳特別臭，就算每天洗澡也沒用，他還不是欣然接受了「臭蟲」這個外號。我適應得還不錯。我寫詼諧逗趣的信給母親，她也回以詼諧逗趣的信。信中，她略帶嘲諷地說著鎮上和教堂裡的事。我還記得她描述貴婦下午茶的三明治要怎麼切才正確的爭論。寫到我父親時，她甚至能筆調幽默而不尖酸地稱他為「夫君大人」。

截至目前，我都把父親寫成一個渾球，把母親寫成拯救者和保護者，我也認為事實就是如此。但在我的故事中，他們不是唯一的人物，我們家的氣氛也不是我唯一感受過的氣氛（這裡指的是在我甚至還沒去上學之前）。我後來視為人生大戲的那件事，已經在房子外面發生了。

人生大戲。寫起來還真不好意思。不知道聽起來會不會很廉價、很諷刺或很俗氣。但話說回來，有鑒於我的行業，我會這樣看待自己的人生、這樣比喻自己的人生，不也是很自然的事？

我後來成為了演員。意外嗎？大學時代，我當然都和活躍於劇場的人混在一起。大四那年，我還導演了一齣舞台劇。劇中有個源自於我自己的搞笑橋段，是關於我要如何只把沒胎記的半邊臉對著觀眾、必要時就在舞台上倒著走，以便演好自己的角色。但我其實不必採取這麼極端的手法。

當時，國家電台有個每星期天晚上定時播出的廣播劇，是個很有野心的節目，有改編小說，也有莎士比亞和易卜生的劇作。我的嗓子天生百變，經過一點訓練又更加進步。我拿到了角色，一開始只是小角色，但到了電視迫使這整個行業沒落下來前，幾乎每星期我都有演出。我就算不是聲名遠播，也擁有一票忠實聽眾。電台收過一些反對不雅用詞或亂倫情節（我們也演了一些古希臘的劇碼）的聽眾來信。但整體而言，我並沒有像我母親擔心的那般，收到排山倒海的負評。身為一個為我擔心不已的忠實聽眾，每星期天晚上，她都準時坐在收音機旁的椅子上收聽。

接著電視興起，我的演藝生涯也完了。但我的聲音還是有用武之地，我還是能以播音員的身分找到工作，先是在溫尼伯，後來又回到多倫多。在我職業生涯的最後二十年，我都是一個電音節目的主持人，節目在週間每天下午播出。大家常以為曲目是我選的，其實不然。我對音樂的鑑賞力有限。但我精心打造了一個和藹可親、有點古怪、歷久彌新的電台人物。節目收到許多來信。有來自老人院的，有來自盲人院的。有常常開車出差的人，他們的車程可能很漫長或很單調。有白天獨自在家烤蛋糕、燙衣服的家庭主婦。有坐在曳引機的駕駛艙裡開墾大片農地的農夫。來信遍及全國各地。

到我退休時，瞬間湧入的信件令我受寵若驚。聽眾寫信來說他們很失落，像是失去了一位摯友或家人。他們的意思是說，本來一週有五天都有我為他們填滿某一段時間。可靠、愉快，時間填滿了，心有了著落。為此，他們真的感激到都不好意思了。令人訝異的是，我竟然跟他們一樣激動。我得小心控制自己的聲音，免得在節目上讀信時哽咽破音。

然而，大眾很快就淡忘了節目與我。他們有了新的追隨對象。我退休退得很徹底，主持慈善拍賣會或發表懷舊演說的工作都推得一乾二淨。我母親高齡辭世，但我沒把房子賣掉，只是出租。現在我打算出售，也通知房客了。我想一個人在那裡住一段時間，尤其是在整理好花園之前。

這些年來，我並不孤單。除了聽眾，我還有朋友，也有過女人。當然，有些女人專收那種她們以為需要一點鼓勵的男人——她們一心想把你當成一塊招牌，將她們的慈悲為懷昭告天下。我對這種女人很提防。這些年來，跟我最親近的女人是電台的一位櫃檯小姐，挺好的一個人，自己帶著四個孩子。我一度以為，等她家老么長大離家，我們就會一起生活。但老么是個女兒，從未離開家裡就生了自己的孩子。而我們的期待、我們的戀情，不知怎麼也變淡了。我退休回到老家之後，我們用email保持聯絡。我邀請她來這裡看看我。但她突然就宣布說要結婚搬去愛爾蘭。或許是驚訝過度，或許是大受打擊，我都忘了問老么和她的寶寶會不會一起過去。

＊　＊　＊

花園亂七八糟。但我在花園裡比在屋裡自在，屋子的外觀沒變，內裡卻大幅裝修過。我母親把後面的起居室改成臥房，食品儲藏室則改成一套完整的衛浴。後來為了容納房客，又改低天花板，裝了便宜的門板，貼了俗豔的幾何圖形壁紙。花園沒有這些修修改改，只有大規模的疏於照料。古老的多年生植物散布雜草之間，比傘還大的鋸齒狀葉片標記出已有六、七十年歷史的大黃菜圃。蘋果樹還剩六棵，樹上掛著長蟲的小蘋果，我不記得是什麼品種了。我清過的地方看起來只有小小一塊，但清出來的雜草和枯枝卻堆成一座山。更麻煩的是，我得花錢請人運走。鎮上已經不准居民燒草。

以前這裡有一個叫彼特的園丁照料。我忘記他姓什麼了。他有一隻腳是跛的，頭也是歪的。我不知道他是出過車禍還是中風過。他動作很慢，但工作很勤快，情緒多少總是惡劣的。我母親以尊重的口吻輕聲細語地跟他說話，但她還是針對花圃提出了一些意見，他就算不認同，也還是照她說的做了。他不喜歡我，因為我老是在不該騎三輪車的地方騎三輪車，又老是把蘋果樹下當成我的祕密基地，可能也因為他知道我小小聲地叫他機歪彼特吧。也不曉得我是從哪學來的。是從漫畫嗎？

我突然想到了，他那麼討厭我，是因為我們兩個都有缺陷，奇怪，我以前怎麼都沒想到。我們很明顯都是外觀有異狀的苦主。你還以為這種人會同病相憐，但其實不見得。雙方可能會讓彼此想起自己寧可遺忘的事。

但我也不確定是不是這樣。在我母親的安排之下，多數時候，我似乎都對自己的缺陷渾然不覺。她宣稱我的氣管不好，她才在家自己教我，免得我感染好發於低年級學童的細菌。有沒有人信她，我就不知道了。至於我父親，因為他的敵意在我們家無所不在，所以我並不覺得那是專門針對我。

說到這裡，我不惜舊話重提也要再說一次：我認為我母親做得沒錯。把某個顯眼的缺陷當箭靶，挑釁你、排擠你，無所不在、無處可躲，勢必會在我幼小的心靈裡留下陰影。現在時代不同了，有我這種困擾的小朋友要面臨的危險恐怕不是嘲笑和孤立，而是過度的關心和浮誇的善意。我的觀察啦。我母親大概知道，那年頭的生活中有很多的活力、俏皮話和民間故事都來自純粹的惡意。

直到二十年前（也或許是更久以前），我們家的占地上都還有另一棟建築。我知道那是彼特收放園藝工具的木屋，各式各樣曾經對我們有用的雜物也都先堆在那裡，直到決定如何處置為止。一對活力充沛的年輕夫妻取代彼特後不久，那棟建築就拆掉了。金妮和法蘭茲用他們自己的卡車載他們自己的新潮設備過來。後來，他們經營起蔬果園，就不過來幫忙了。但在那之前，他們光靠除草就能養活青春期的子女。而我母親除了照顧我父親，也對別的事情失去了興趣。

她說：「我放下了。說也奇怪，原來要放下一切是那麼容易。」

說回那棟建築（瞧我東扯西聊繞來繞去）。在變成倉庫之前曾住過人。有一對貝爾夫妻，分別為我祖父母擔任園丁兼司機和廚子兼管家。我祖父有一輛他從沒開過的帕卡德[1]。到了我這一

---

1 Packard，十九世紀美國豪車品牌。

輩，貝爾夫妻和那輛帕卡德都不在了，但那個地方還是被暱稱為「貝爾小木屋」。

在我童年時期，貝爾小木屋曾有幾年租給一個名叫雪倫．薩特斯的女人。她和她女兒南西一起住在那裡。她本來是跟她先生一起來到我們鎮上。他先生是醫生，來這裡開了他的第一間診所，開業不到一年，他就敗血症死了。她跟她的寶寶還是留在鎮上。母女倆沒錢也沒人。所謂的沒人，就是沒人能幫她或要收留她。有一天，她在我父親的保險公司找到一份工作，便過來住在貝爾小木屋。我不確定這是什麼時候的事。我沒有她們搬進來的記憶，也沒有貝爾小木屋空著沒人住的記憶。當時，貝爾小木屋漆成灰粉色。我總認為那是薩特斯太太選的顏色，彷彿她就該住在灰粉色的房裡，別的顏色都不行。

當然，我稱呼她薩特斯太太，但我知道她的名字。其他成年女性的名字，我多半就不知道了。那年頭，雪倫是一個很少見的名字；這名字還跟我從主日學學到的一首讚美詩有關。我母親允許我去上主日學，因為那裡的孩子受到嚴密的監督，而且沒有下課時間。讚美詩的字句投射在銀幕，我們就跟著唱。我想，多數孩子就算還不識字，也從眼前這些字的形狀得到了一點關於這些詩句的概念吧。

在那陰涼的西羅亞池畔
百合多甜美
在那山腳下

雪倫的露珠玫瑰多芬芳[2]

我不敢相信銀幕一角真的有一朵玫瑰，但我看到了，至今還是歷歷在目，一朵淡粉色的玫瑰，雪倫這名字連帶蒙上了一層粉紅色的光暈。

我不是要說我愛上了雪倫．薩特斯。還是個小奶娃的時候，我就曾經愛上一個男孩子氣的年輕女傭，她名叫貝絲，會推著我的嬰兒車出去玩。我們在公園裡玩盪鞦韆，她負責在後面推，我盪得很高很高，差點沒從鞦韆頂上翻過去。後來，我還愛過我母親的一個朋友。她的大衣有一圈天鵝絨領圈，而她的聲音聽起來也莫名有種天鵝絨般的質地。雪倫．薩特斯沒有這些可愛之處。她沒有天鵝絨般柔軟的聲音，也沒有陪我玩的興趣。她又高又瘦，看起來不像生過小孩，全身上下無一臃腫之處，髮色是太妃糖的顏色，褐色帶著金邊，而且，在二戰期間，她還很講究地剪了個鮑伯頭。她擦大紅色的口紅，看起來塗得很厚，紅豔豔的嘴唇就像我從電影海報上看到的明星。她在她家裡通常穿一件和服，沒記錯的話，和服上應該有幾隻白鳥——是鸛鳥嗎？那種鳥的腳令人聯想到她本人的腳。她有很多時間都躺在沙發上抽菸，有時候，為了娛樂我們或她自己，她會把她的鳥仔腳直勾勾地踢到半空中，兩隻腳輪流踢，把腳上毛絨絨的拖鞋踢飛。當她沒

2 此處西羅亞池（Siloam）為聖經中耶穌用池水治癒盲人之地，「雪倫」實為「沙崙」平原（Sharon plain），聖經雅歌篇的新娘將自己比喻為沙崙平原盛產的玫瑰花。「沙崙」和「雪倫」的英文同為 Sharon。

生我們氣的時候，她的聲音聽起來就很沙啞、很煩躁。倒也不是不友善，但不像我心目中當媽媽的人會有的那種語調，就是那種溫柔有智慧，或那種嚴厲斥責孩子、暗示媽媽很難過的語調。

你們兩個煩人精。她是這麼叫我們的。

「滾出去，讓我清靜一下，你們兩個煩人精。」

說這話的時候，她已經在沙發上躺平，菸灰缸放在她肚子上。我和南西只是在地板上推玩具車。她到底還想多清靜呢？

她和南西三餐不定時，專吃一些亂七八糟的東西。而且，當她去廚房為自己弄食物時，她從來不會順便泡杯熱可可或拿幾片蘇打餅給我們。還有，她從來不會禁止南西直接用湯匙從罐頭裡挖濃得像布丁的蔬菜湯來喝，或直接伸手到紙盒裡抓一把早餐脆片吃。

雪倫·薩特斯是我父親的情婦嗎？他給她工作？粉紅色的小木屋也免費給她住？

我母親只說她的好話，還時不時同情地提起她年輕喪夫的悲劇。無論當時我們的女傭是哪一位，都會被派去送花園裡摘的覆盆子、馬鈴薯或帶殼的新鮮豌豆。我對豌豆的印象尤其深刻。我記得雪倫·薩特斯（照例躺在沙發上）用食指把豌豆一顆一顆彈到半空中，說：「給我這些要幹麼？」

「妳可以煮來吃，放在爐子上用水煮。」我熱心幫忙道。

「你是認真的嗎？」

至於我父親，我從沒看他和她同時出現過。為了從事各式各樣的運動，他上班上得有點晚，下班倒是下得非常早。有些週末，雪倫會搭火車去多倫多，但她向來都把南西帶在身邊。而南西總會帶著滿滿的歷險記和她看到的奇觀回來，例如聖誕花車遊行之類的。

當然，南西的媽媽也有不在家裡穿著和服倒在沙發的時候，想來這些時候她也沒在抽菸或清靜，而是在我父親的辦公室做著例行工作。我從沒見過那個傳說中的辦公室，那裡想必也不歡迎我。

這些時候——當南西的媽媽得去上班而南西得留在家裡時，有位卡德太太就會坐在那裡聽廣播肥皂劇。此人牢騷滿腹，自己躲在廚房大吃特吃，有什麼吃什麼，卻把我們趕出來。我從沒想過既然我們通常成天膩在一起，我母親大可一併照顧我和南西，或請我們的女傭順便照顧南西，不必多雇一個卡德太太。

現在想來，我們好像醒著的時候都玩在一起。這應該是從我五歲到八歲半左右的事，南西小我半歲。我們多半在戶外玩，但一定也有下雨的日子，因為我記得我們在南西的小木屋裡，惹得她媽媽很煩。我們不能靠近菜圃，還要小心別踩到花，但我們一下跑到種莓果的地方，一下跑到蘋果樹下，一下又跑到小木屋後頭雜亂的荒地——我們家用來躲德軍的防空洞和避難所就蓋在那裡。

我們鎮北真的有一座訓練基地，也有真正的飛機不斷從我們頭頂上飛過。有一次還墜機了，但那架失控的飛機掉進湖裡，令我們好不失望。也因為跟戰爭相關的那一切，我們不只把彼特當成地方上的敵人，還把他當成納粹、把他的割草機當成坦克車。有時候，我們會躲在有一棵野生酸蘋果樹掩護的營地，朝他丟蘋果炸彈。有一次他跑去跟我媽告狀，害我們不能去湖邊玩。

她常常帶南西跟我們一起去湖邊玩耍。不是去我們家山崖下有滑水道的那個，而是一個比較小、開車才能到的湖邊，那裡沒有鬧哄哄的泳客。事實上，我們兩個會游泳都是我媽教的。南西比我還勇往直前、橫衝直撞，我看了就氣惱。所以，一次趁著一道大浪打來，我把她拉到水裡，坐在她頭上。她憋住氣猛踢水，掙脫了我的束縛。

我母親訓斥我：「南西是女生，而且她還小，你要把她當親妹妹對待。」

我就是把她當親妹妹來對待啊。我不覺得她比我弱。個子比我小是真的，但有時那反而是一種優勢。我們爬樹時，她可以像猴子一樣掛在樹枝上。換作是我，樹枝才撐不住呢。還有一次打架——我不記得是為什麼了，反正她箝住我的手臂咬了一口，血都流出來了。那次我們被迫暫時分開，本來要分開一星期的。但我們很快就從隔著窗戶互瞪變成渴望和哀求，禁令也就解除了。

冬天，只要在我們家的占地上，我們都可以到處玩。我們用雪塊蓋堡壘，裡頭儲備木柴和雪球，有人經過我們就攻擊。只不過少有人經過，這裡是死巷。所以我們又堆了個雪人來攻擊。

如果暴風雪把我們困在屋裡，在我家就由我母親帶我們玩。如果我父親頭痛在床上休息，我們就得保持安靜。所以，她會念故事書給我們聽。我記得《愛麗絲夢遊仙境》。愛麗絲喝下藥水，個子變大以至卡在兔子洞裡，我們兩個聽了都很難過。

你或許會好奇，有關兩性之間的摸索呢？有的，我們之間也有這個部分。還記得在一個異常炎熱的日子，我們躲進小木屋後面的帳篷——我不知道那裡為什麼搭了一個帳篷。我們就是為了彼此探索刻意爬進去的。帳篷就像我們脫下的小褲褲一樣，有種情色卻又童稚的味道。各種花式搔癢一開始還很興奮，但我們很快就惹毛彼此，而且玩得滿身汗，身上又很癢，也很快覺得不好意思起來。離開帳篷後，我們對彼此莫名多了以前沒有的隔閡與戒心。我不記得還有沒有下一次，下一次的結果又是不是一樣。但如果有，我也不意外。

南西的臉我記得還沒她母親的臉清楚。我想她的髮色和膚色應該跟她媽媽一樣，就算不一樣，遲早也會變得一樣吧。自然而然由金轉棕的頭髮，但那時因為曬多了太陽，顏色變得比較淡。很紅、很紅的皮膚。對。紅通通的小臉頰還歷歷在目，紅得像蠟筆塗的。這也是因為夏天很多時間都在外面玩的緣故，再加上小孩子的精力旺盛。

在我家，自然是除了特定的房間以外，其他房間都禁止入內。我們不會妄想到樓上，也不會妄想到地窖或前廊和餐廳玩。但整個小木屋都是我們的天下，除了南西媽媽圖個清靜或卡德太太黏在收音機前的地方以外。就連我們都受不了午後的炎熱時，小木屋的地窖就是個好去處。樓梯沒有扶手，我們往下跳，愈跳愈大膽、愈跳愈大膽，最後一口氣跳到硬梆梆的泥土地上。跳樓梯跳膩了，我們還可以爬到一張舊行軍床上跳啊跳，邊跳邊揮舞著想像中的馬鞭。有一次，我們從南西媽媽的菸盒裡偷了一根菸來抽（我們只敢偷一根）。南西抽得比我好，因為她有練過。

地窖裡也有個老舊的木頭五斗櫃，櫃上放了幾罐油漆和亮光漆，多半都乾掉了。還有各式各樣硬掉的刷子、攪拌棒，以及幾塊用來試顏色或用來把刷子抹乾淨的木板。有的油漆蓋還蓋得緊緊的，我們吃力地撬開蓋子，發現裡頭的油漆很稠但攪得動。我們接著把刷子插進油漆裡，想把刷頭泡軟，然後又把刷子朝五斗櫃上敲，想把刷頭敲鬆。搞得亂七八糟，但沒什麼成效。不過，有一個罐裡裝的是松節油，這罐的效果就好多了。現在，我們開始拿可以用的刷子塗塗寫寫。多虧我母親，我有一定的讀寫程度。南西也是，因為她已經完成二年級的學業了。

「不要偷看。等我寫完再看。」我說著，稍稍把她推開一點。我想到要寫什麼了。但她反正也在忙她的。她拿著她的刷子在一罐紅色油漆裡攪來攪去。

我寫下納卒到此一遊。

「好了。妳看！」我說。

她背對著我，拿著刷子往自己臉上刷。

「我在忙。」她說。

當她把臉轉過來時，她的臉上豪邁地塗滿了紅漆。

「我現在看起來就跟你一樣了。」她一邊說，一邊往脖子刷過去。「現在我跟你一樣了。」她聽起來很興奮，我覺得她在嘲笑我。但她的聲音裡除了滿足還是滿足，彷彿她終於實現畢生追求的目標。

現在我要試著解釋接下來幾分鐘內發生的事。

首先，我覺得她看起來很可怕。

我自認我的臉上沒有任何一個部分是紅色的。事實上也的確不是。有顏色的那半邊是一般胎記的桑椹紫，何況我相信我也說過了，隨著年紀增長，顏色已經變淡了些。

但在我心目中，它也不是淡紫色的。我自認我的胎記是柔和的焦糖色，就像天竺鼠的毛。

我母親沒有愚蠢或偏激到不准家裡有鏡子。不過，鏡子有可能掛得太高，小朋友照不到。無庸置疑，浴室裡的鏡子就是如此。我唯一照得到的鏡子大大方方地掛在玄關。白天時玄關很暗，晚上光線也很微弱。想必就是從這裡得來的印象，我以為那半邊臉是一種柔和又朦朧的色調，如同畫上煙燻妝。

我習慣了這種想法，南西的塗鴉因而成了莫大的羞辱和惡毒的笑話。我使盡渾身力氣，把她往五斗櫃用力一推，然後就丟下她跑上樓去。我大概是想跑去照鏡子吧，或跑去找個人來告訴我她錯了。只要確認她錯了，我就可以卯起來討厭她。當下，我還來不及想要怎麼懲罰她，但我會給她點顏色瞧瞧的。

我穿過小木屋——那天是星期六，但南西的媽媽不見蹤影。我砰一聲甩上小木屋的紗門，跑到石子地上，接著跑到兩排高大壯碩的劍蘭中間的石板路上。我母親坐在我們家後陽台的藤椅看書，我看到她站了起來。

「不是紅的！」我氣得邊哭邊喊：「我的臉不是紅色的！」我母親一臉震驚地步下台階，但目前為止都還摸不著頭緒。接著，南西驚恐地跟在我後面，頂著一張大紅色的臉，從小木屋跑了出來。

我母親懂了。

「壞孩子，壞透了！」她對著南西大罵。我從沒聽過她用這種口氣說話。她扯開嗓門，發出抓狂、顫抖的聲音。

「不要靠近我們。妳敢靠近試試看。壞孩子，壞到骨子裡。妳是不是一點人性都沒有？從來沒人教過妳……」

這時，南西的媽媽走出小木屋。她拿著一條毛巾，溼漉漉的髮絲黏在她的眼睛上。

「靠，就不能讓我好好洗個頭……」

我母親也對她吼了起來。

「不要在我兒子和我面前講粗話！」

「嘿啦嘿啦妳最高貴啦。」南西的媽媽立刻回嗆：「也不看看妳個瘋婆娘，吼成什麼樣子。」

我母親深吸一口氣。

「我、不、是、瘋、婆、娘。我只是想告訴妳家沒教養的小孩，我們家再也不歡迎她了。壞心眼、沒家教，居然拿我兒子自己也沒辦法的事嘲笑他。妳沒教過她半點規矩。妳什麼也沒教過她。我帶她跟我們一起去湖邊玩，她甚至不知道要說謝謝。她連請、謝謝、對不起都不會。有妳這種成天穿著睡衣到處招搖的媽媽，也難怪……」

我母親一股腦宣洩著，她心裡那股憤怒、痛苦和荒謬的感覺彷彿滔滔不絕，即使這時我已經偷拉她的裙襬說：「別這樣、別這樣。」

正當她泣不成聲、邊哽咽邊顫抖的時候，場面又更難看了。

南西的媽媽撥開眼睛上的溼髮，站在那裡看。

她說：「我得提醒妳一件事。妳再這樣下去，他們一定會把妳捉去瘋人院。妳老公不愛妳，妳兒子生了一張大花臉，我又有什麼辦法呢？」

我母親雙手抱頭哭喊道：「喔……喔……」彷彿整個人都被痛苦吞沒。我們家當時的女傭葳瑪跑出來到陽台上，說：「夫人，好了，好了。」接著，她提高音量對南西的媽媽喊道：「妳回去。回妳屋裡去。走開！」

「喔，別擔心，我會回去的。妳以為妳是什麼東西？憑什麼叫我回去？為一個瘋婆娘做事妳也開心？」接著，她轉頭對著南西說：「瞧妳搞成這樣，我要怎麼把妳弄乾淨啊？」

她又抬高音量，故意說給我聽：「他就是個媽寶。瞧他黏在那個瘋婆娘身上的樣子。妳不准再跟他玩了。瘋婆娘養的媽寶。」

葳瑪和我一人一邊，想把我媽扶進屋裡。她抬頭挺胸站直，不再哀號，而是用小木屋那頭也聽得到的音量，故作愉快地說：「葳瑪，幫我拿我的修枝剪過來，好嗎？既然都出來了，我也可以順便修一下劍蘭，有幾棵整株都枯萎了。」

她修完之後，石板路上遍地都是劍蘭。無論是枯萎還是盛開的，全被剪得一枝不剩。

如我所言，這一切一定是發生在星期六。因為南西的媽媽在家，星期天不來幫忙的葳瑪也在。到了星期一，也或許更早的時候，小木屋就沒人了。或許葳瑪聯絡上俱樂部或高爾夫球場或任何地方，找到了我父親。他回家了，一開始還粗聲粗氣的，很不耐煩，但很快就順從了。順從是指他同意把南西和她媽媽弄走。我不知道她們去了哪裡。或許他先安排她們去住旅館，再幫她們找別的地方。我想南西的媽媽也不至於賴著不肯走。

我慢慢才明白以後再也見不到南西了。一開始，我很氣她，所以也不在乎。接下來，等到我問起她的時候，我母親勢必都是用一些模糊的說法敷衍過去，不想讓我或她自己想起那天痛苦激烈的場面。肯定就是在這個時候，她開始認真考慮送我去上學。事實上，我想就是那年秋天，我到雷克湖男子寄宿學校報到了。她可能認為一旦我適應了男校的生活，曾經有個女生玩伴的回憶就會淡去，變得微不足道，甚至變得很可笑吧。

我父親葬禮次日，我母親出乎意料地問我願不願意帶她出去吃晚餐（當然，應該是她帶我去才對）。她想去的餐廳要沿著湖畔開個幾英里，她希望那裡沒有人認識我們。

她說：「我只是覺得自己一輩子都困在這棟房子裡。我需要透透氣。」

到了餐廳，她小心翼翼地四下張望一番，最後宣布這裡沒有她認識的人。

「你願意陪我喝一杯嗎？」

我們開了大老遠，只為了讓她能在公共場合喝酒嗎？

酒送上來、我們也點過餐之後，她說：「有件事我覺得應該讓你知道。」

這句台詞大概是每個人最怕聽到的話了吧。無論是什麼事，你應該要知道的這件事極有可能很沉重，而且，這可能也代表別人一直在替你背負這個重擔，你自己卻無事一身輕。

我說：「我不是我爸親生的？萬歲！」

「別鬧了。你記得你小時候的玩伴南西嗎？」

一時間我還真想不起來。我想了想才說：「有點印象。」

當時，我跟母親的每一句對話似乎都需要技巧。我必須保持輕鬆、開玩笑、不為所動的態度。她的聲音和表情裡總是藏著一抹憂傷。她對自己受的苦從無怨言，但她跟我說過的人事物裡有那麼多無辜的受害者、那麼多的不公不義，我聽完之後，再怎麼樣也會帶著比較沉重的心情，回到我的朋友身邊，回去過我福星高照的人生。

我是不會配合的。她或許只是希望我能聊表一點同情，或只要我拍拍她就好。我不會給她她要的東西。她依然是一個很體面的女人，身上沒有歲月的痕跡，但我躲她就像躲瘟疫一樣，深怕染上那沒完沒了的千愁萬緒。我尤其不想聽她提起我的缺陷。在我看來，她似乎格外珍惜這個我解不開的桎梏，這個我不得不承認的桎梏，這個打從娘胎起就把我倆綁在一起的桎梏。

她說：「你如果常回家，說不定早就知道了，但那是我們把你送去學校不久前發生的事。」

南西和她媽媽搬去我父親名下的公寓，就在鎮上的廣場那邊。某個秋日早晨，南西的媽媽一大清早就撞見她女兒在浴室裡，拿刮毛刀的刀片往自己臉上割。地上、洗臉台上都是血，南西也渾身是血。但她不放棄她的目標，也絲毫沒有喊痛。

我媽又是怎麼知道的？我只能推測是小鎮傳聞，照理說這種事應該要諱莫如深、避而不談，但因為太過血腥（字面意思），大家又忍不住大談特談，非說個鉅細靡遺。

南西的媽媽拿一條浴巾把她包起來，不知怎麼把她送到了醫院。那年頭還沒有救護車。她可能到廣場攔了車吧。為什麼她不打電話給我父親？不知道，總之就是沒有。雖然濺了滿浴室的血，但刀傷不深，失血也不多——沒有割到主動脈。南西的媽媽罵個沒完，質問她女兒的腦袋正常嗎。

她不停說著：「生出妳這種小孩，我的運氣還真好啊！」

我母親說：「那年頭如果有社工，那個可憐的孩子一定會被送去保護機構安置的。」

接著，她又說：「是跟你同一邊的臉蛋。」

我本想默不作聲，假裝聽不懂她的意思，但我非說句話不可。

「她整張臉上都是油漆。」我說。

「是。但這次她更用心，只割了那一邊的臉頰，盡量把自己弄得跟你一模一樣。」

這次我忍住沒說一句話。

「她要是個男孩子也就罷了，但女孩子弄成這樣可怎麼好。」

「這年頭的整容手術能創造奇蹟。」

「喔，或許吧。」

停頓了一會兒，她又說：「小孩子真是重感情。」

「久了也就過去了。」

她說不知道她們後來怎麼樣了，不管是媽媽還是小孩。她很高興我從來沒問過，因為她不想在我還小的時候就跟我說這麼悲慘的事。

我也不知道說這個要做什麼，但我不得不說，母親上年紀以後整個人都變了，變得滿口胡言、滿腦亂想。她說我父親是大情聖，她自己則是「性感小野貓」，又尖笑著說我應該娶那個「刀疤女」，因為我們兩人一個半斤、一個八兩，都是大花臉，誰也不比誰好。

這我同意。小時候我還挺喜歡她的。

* * *

幾天前，在其中一棵老樹下收拾爛掉的蘋果時，我被蜜蜂螫了，螫在眼皮上，眼睛一下子就睜不開了。我只能靠單眼看路（被螫的是「好」的那半邊臉），獨自開車到醫院，結果他們居然說我得住院一晚。原因是我打完針後雙眼都要纏上繃帶，避免看得到的那隻眼睛過度疲勞。我度過了一個俗話說的「不平靜的夜晚」，一直醒醒睡睡的。當然，醫院本來就不是一個很安靜的地方，而就在那段暫時看不見的時間裡，我的聽力變得更敏銳了。有個腳步聲進來我的病房時，我聽得出來是一個女人，而且我感覺她不是護理師。

但當她說「很好，你醒著，我是來為你朗讀的」時，我認為我一定是聽錯了，她終究還是一位護理師。我伸直了手，心想她是來檢查病人的生命徵象。

「不、不是的。」她以堅定的口吻輕聲說道：「我是來念書給你聽的，如果你想聽的話。有些病人愛聽，因為閉著眼睛躺在床上很無聊。」

「讓病人選嗎，還是妳自己決定要念什麼？」

「病人決定，但有時我會提示一下，看他們是想聽聖經故事啦，還是聖經裡某個他們記得的片段啦，或他們小時候聽過的故事。我可是什麼都帶齊了。」

「我喜歡詩。」

「你好像沒有很想聽的樣子。」

我知道她說的沒錯，我也知道為什麼我不想聽。我本身就有在電台朗讀詩句的經驗，也聽過其他專業的聲音讀詩，有些朗讀風格我喜歡，有些我實在不敢恭維。

我還來不及解釋這一切，她就說：「這樣的話，我們來玩詩詞接龍好了。我念個一、兩句，看你能不能接出下一句。如何？」

感覺起來，她可能還滿年輕的，急於求表現，想在這一行有一番作為。

我說好啊，但交代她不要拿古詩來考我。

她以試探的語氣，開始背誦：「國王坐在丹夫林鎮……」

「喝著血紅色的葡萄酒。」我接了上去。我們就這麼妳一句、我一句，愉快地進行。她念得還不錯，儘管速度有點急，像個愛現的小孩似的。念著念著，我不禁對自己的聲音陶醉起來，時不時就拿出演員本色炫技一下。

「好聽！」她說。

「帶你看看百合生長的地方／在義大利的岸……」

她打斷我：「是『生長』還是『盛開』？我手邊沒有收錄這首詩的書，但我應該沒記錯。無所謂。很好聽。我一直都很喜歡你在收音機裡的聲音。」

「真的？妳聽過？」

「當然。很多人都聽過。」

她讓我自己繼續，不再為我提詞。你想得到的我都背了一輪。〈多佛海灘〉、〈忽必烈汗〉、〈西風頌〉、〈闊園野天鵝〉和〈青春輓歌〉。嗯，或許沒這麼多，也或許不是每一首都背得全。

「你背得上氣不接下氣了。」她說著伸出她的小手，輕巧地掩住我的嘴。接著，她的臉或她的半邊臉，貼上了我的臉頰。「我得走了。我走之前再來一首。這一題比較難，因為我不會從開頭背起。」

「沒有人會為你恆久哀悼／恆久禱告、恆久思念／你不在的地方……」

「我沒聽過這首詩。」我說。

「確定？」

「確定。妳贏了。」

這時，我有點起疑了。她似乎若有所思，不太高興的樣子。我聽到野雁叫著飛過醫院。一年當中的這個時節，野雁先是練習飛來飛去，接著飛得愈來愈遠，有一天就飛得不見蹤影了。人做了感覺很真實的夢常會懷著激動的情緒醒來，我醒來時既驚又氣，想回到她把臉貼在我臉上的那一刻。她的臉，貼著我的臉。但「夢」這種東西不會那麼聽話。

回到家，恢復視力以後，我找了找她留在我夢裡的詩句，但翻遍兩本詩集都沒找到。我開始懷疑其實沒有這首詩，而是夢裡編出來的，為了混淆我的視聽。

所以是誰編的？

然而到了秋末，我在整理一些舊書要捐給慈善二手市集時，一張泛黃的紙張掉了出來，紙上寫了鉛筆字。不是我母親的字跡，我也很難相信是我父親的字跡。所以是誰寫的？不管是誰，最後都寫了作者的名字——沃爾特．德．拉．梅爾[3]。沒寫詩名。我對這位作家的作品不熟。但我一定在哪裡看過這首詩，或許不是從這本書上，或許是從教科書上。我一定是把這些詩句深埋在潛意識裡了。為什麼呢？就為了在夢中被一個女童頑強的魅影拿來嘲笑嗎？

沒有一種傷心
是時間不能醫治的
沒有一種缺憾、背叛
是不能平復的

就讓靈魂得到安慰吧
儘管相愛的人
終將天人永隔
曾經相愛的一切
也將化為雲煙
看那陽光多燦爛
雨過天晴
花兒爭奇鬥豔
日子多美好
切莫苦思
愛與責任
在生命的盡頭
在一切的盡頭
久違的朋友或將重逢

3 Walter de la Mare，十九世紀英國詩人和小說家，下述詩句出自〈*Away*〉一詩。

沒有人會為你恆久哀悼
恆久禱告，恆久思念
你不在的地方
徒留空白

讀了這首詩，我並不難過。說也奇怪，某方面而言，它像是肯定了我當時已經做好的決定——房子我不賣了，我要住在這裡。

這裡是有故事的。人生中有些地方是有故事的，甚至可能只有那麼一個地方，發生了那麼一件事，其他地方便都比不上這一個地方。

當然，如果我跟南西偶遇，比方說在多倫多的地鐵上碰到了，兩個人都頂著一張很好認的大花臉，我知道我們很可能只擠得出一些尷尬的問候，一些不著邊際的話，或許匆匆介紹一下說了也沒用的個人生平。我會注意到她依然很明顯的疤痕或修補得幾近正常的臉龐，但我嘴上可能不會說什麼。或許會提到孩子們。無論她的面容修補得如何，她都可能是有孩子的。還有孫子。還有工作。我或許不用告訴她我是做哪一行的。我們可能會很震驚、很熱情，或急著想逃。

你認為一場偶遇會改變什麼嗎？

答案是當然會啊，和一陣子吧，和絕對不會。

有些女人

有時想到自己竟然這麼老了，連我都會心頭一驚。想當初，我住的小鎮每到夏天便會灑水，免得街上塵埃漫天。想當初，女孩子都穿束腰和裙撐，硬梆梆的裙撐可以自行立在地上。想當初，小兒麻痺和白血病是沒得醫的。無論跛腳與否，有些小兒麻痺患者會好起來。但白血病患者就只能臥床不起，在悲劇氣氛中歷經幾星期或幾個月的惡化，終至病逝。

十三歲那年的暑假，我就是拜白血病之賜，得到了我的第一份工作。柯羅茲爾少爺（布魯斯）從戰場安全歸來，他是開戰鬥機的，退役後上了大學，主修歷史，學士畢業，結了婚，這下卻得了白血病。他帶著少夫人回到我們鎮上，跟他的繼母柯羅茲爾老夫人一起住。柯少夫人（席薇雅）每星期有兩個下午不在，她要去四十英里外的大學教暑期課程，她和柯少爺就是在那裡認識的。她不在的時候，我就去幫忙照顧柯少爺。他躺在二樓前面轉角的臥房裡，目前還可以自行如廁。我只需端白開水給他、幫忙拉開窗簾或關上窗簾，或在他搖床頭鈴的時候看他要什麼。

通常他要的是把電扇搬開。他喜歡電扇吹來的涼風，但受不了電扇發出的噪音。所以，他會要我把電扇放在房裡吹一會兒，再搬到外面走廊上，但是要靠近他敞開的房門。

聽到這件事的時候，我媽不懂他們為什麼不讓他睡在一樓。一樓的天花板想必是挑高的，他在一樓會比較涼快。

我跟她說他們家一樓沒有臥室。

「呃，我的老天爺，他們就不能暫時隔一間出來嗎？」

這顯示出她對柯家或柯老夫人的規矩多沒概念。柯老夫人走路得拄著枴杖。我在他們家的下午，她會一步一步發出聽起來很不祥的聲音，上樓來看他的繼子一次。我不在他們家的下午，我想她頂多也只會上樓查看一次。另外就是在她上床睡覺前再例行查看一次。但在樓下隔出一間臥房的想法就像在客廳裝一間廁所一樣，只會惹得她大怒。幸好樓下已經有一間廁所了，就在廚房後面。但我敢說即便只有樓上這間廁所，必要時她也會一遍又一遍不辭辛勞爬上樓來，而不願做出那麼令人惶恐的激烈改變。

我媽有意投身古董業，所以她很想看看那棟房子的內部。她成功進門過一次，就在我第一次去幫忙的那個下午。我人在廚房裡，聽到她「呦呼」一聲，興高采烈地叫著我的名字，頓時嚇得呆立原地。接著是她做做樣子敷衍一下的敲門聲、她自動自發踏上廚房階梯的腳步聲，以及柯老夫人踩著遲重的步伐踱出日光室的聲音。

我媽說她只是來看看她女兒做得怎麼樣。

「沒怎麼樣。」柯老夫人站在客廳入口，擋住了她看古董的視線。

我媽又說了幾句令人難為情的話才走。當晚，她說柯老夫人修養不好，因為她只是老爺當初去底特律談生意搭訕來的第二任夫人，這也是為什麼她有抽菸的壞習慣，還把頭髮染得像柏油一樣黑，口紅塗得像嘴唇上抹了果醬。她甚至不是樓上那個可憐蟲的親媽。她才沒有當媽的頭腦。

（我們沒事就吵架，那次吵的是她跑來探班的事，但吵架的原因反正也不重要。）

在柯老夫人眼中，我一定就跟我媽一樣冒失無禮，一樣只顧自己高興。第一次去幫忙的那個下午，我就跑去打開後面起居室的書櫃，瀏覽整整齊齊一字排開的全套哈佛經典[1]。其中大部分的經典都令我望而生畏，但我抽了一本貌似小說的書出來，儘管書名是某種外語：*I Promessi Sposi*[2]。結果還真的是小說，而且是英譯本。

當時的我一定以為不管是哪裡的書，只要是書都可以免費自取，就像公共水龍頭的自來水。柯老夫人看到我拿著那本書，就問我是從哪拿的、拿來做什麼。我說是從書櫃裡拿的，拿上樓來讀。最令她不解的似乎是我從樓下拿書到樓上，閱讀的部分她則沒再多問，彷彿這個活動對她來講太陌生了，沒什麼好問的。最後，她說如果我想看書，應該自己從家裡帶書來。

反正*I Promessi Sposi*我也看不下去。我不介意放回書櫃。

病人房裡當然也有書。在那裡看書似乎是可以的。但那些書多半都攤開來，面朝下放著，彷彿柯少爺東讀一點、西讀一點，暫時把書擱在那裡。何況《文明試驗》、《反俄陰謀論》之類的

1 Harvard Classics，由哈佛大學第二十一任校長查爾斯・艾略特（Charles William Eliot）彙編的五十本經典書系。

2 義大利長篇歷史小說《約婚夫婦》。

書名也不吸引我。

而且，我外婆告誡過我，只要可以，就別去碰病人碰過的東西，免得感染細菌。端水給他的時候，杯子和我的手指之間也要隔一塊布。

我媽說白血病不是細菌傳染的。

「所以是怎麼來的？」我外婆問。

「醫生也不知道。」

「啊？！」

柯少夫人負責開車來我家接送我，儘管我們兩家的距離無非就是從小鎮這邊到那邊而已。她是一個高䠷、苗條、金髮、臉色多變的女人。有時她臉上這裡紅一塊、那裡紅一塊，彷彿被她抓過似的。據說她跟老公是姊弟戀兼師生戀，他是她任教的那所大學的學生。我媽說是不是姊弟戀沒人真的知道，畢竟他先去打仗才來念書，他當她學生的時候年紀未必比她小。大家嚼她舌根只因她學歷高。

另一件大家拿來嚼舌根的事，就是她現在明明可以自己在家照顧他，如同婚姻誓約裡承諾的，而不是暑假還跑去教課。我媽再次替她說話，說她一星期也不過離開兩個下午而已，有鑒於她很快就只能靠自己了，她總得保住她的飯碗吧。而且，她如果不偶爾離老夫人遠一點，妳不覺得她會瘋掉嗎？我媽總是為自食其力的女人說話，而我外婆總是為此咬著她不放。

一天，我試著跟柯少夫人席薇雅攀談。我只認識她這麼一個大學畢業生，更別提當老師的人了。當然，扣掉他先生不算，他已經沒多少日子了。

「湯恩比[3]是寫歷史書的嗎？」

「什麼？喔，是的。」

誰對她來講都不重要。我不重要。嚼她舌根或幫她說話的人也不重要。我們都跟燈罩上的小蟲一樣不重要。

柯老夫人真正關心的是她的花園。有個人會來幫她整理，他跟她差不多老，但筋骨比她靈活。他住在我們家那條街上。事實上，她就是從他那裡聽說我可能是個打工人選。在家，他只會嚼舌根和放任雜草亂長。但在這裡，他不只修修剪剪，還會為土壤鋪上覆蓋料，囉哩八嗦講究得很。而她就頂著大大的稻草帽，拄著她的枴杖跟前跟後。有時候，她會坐在長椅上抽她的菸，一邊也不忘發號施令。剛開始有一次，我斗膽走到修得完美無瑕的樹籬之間，問她和她的幫手要不要喝杯水，她驚叫道：「小心邊上的花！」叫完才說不要。

花園裡的花從來不會帶進屋裡。有些罌粟鑽了出去，在樹籬外面恣意生長，都快長到馬路

3 Arnold Joseph Toynbee，即前述《文明試驗》（*Civilization on Trial*）的作者。

了。所以，我問她可不可以讓我摘一束進來，放在病人房點綴一下。

「放在那個房間只會死。」她似乎沒意識到這句話在這種情況下的雙重意涵。聽到某些提議或想法，她那張滿是斑點的瘦臉就會顫抖，眼神變得凌厲陰森，嘴巴陣陣蠕動，像是嘴裡有什麼噁心的味道。當場她就會阻止你再想下去，像一棵張牙舞爪的荊棘般，硬生生擋住你的思路。

我並不是連著兩天都去打工。姑且說我的打工日在星期二和星期四好了。星期二只有我跟病人和柯老夫人，星期四還有別人會來，但他們沒告訴我。我聽到車子停在車道上，輕快的腳步聲跑上後面的台階，有個人沒敲門就直接走進廚房，喊著「桃樂絲」。在此之前，我還不知道柯老夫人名叫桃樂絲。來人的聲音像是一位小姐或女孩，口氣聽起來既大膽又調皮，你彷彿感覺得到她在搔你癢似的。

我跑下後面的樓梯，說：「她應該在日光室。」

「哎唷喂呀！妳是誰啊？」

我告訴她我是誰、在這裡做什麼，這位小姐就說她叫做羅克珊娜。

「我是整復師。」

我不喜歡被人發現我聽不懂對方在說什麼，便默不作聲，但她看出來了。

「沒聽過吧？就是幫人按摩的。妳沒聽過整復師嗎？」

現在，她打開她帶來的包包，拿出各式各樣的棉墊、布塊和包在絨布裡的扁頭刷。

「我需要熱水加熱這些東西。妳可以用電熱水壺幫我煮一點熱水。」她說。

這是一棟豪華的大房子，但水龍頭只有冷水，就跟我家一樣。

顯然，她認為我是那種會乖乖聽話的人，尤其是用這麼迷人的聲音下達的命令。她猜對了，儘管她或許沒猜到我之所以願意配合是出於好奇，而不是因為她的魅力。

現在才夏初，她就曬成了古銅色，一頭俏麗的短髮也閃著古銅色澤——這年頭只要一瓶染劑，你很容易就能染出那種髮色，但在那個年頭，有這種罕見的髮色很令人羨慕。咖啡色的眼睛，一邊臉頰有個小酒窩，笑容燦爛，神情俏皮，實在看不出她的年紀，也說不清她到底美不美。

她那曲線渾圓的屁股翹得老高，無一絲垮下來的贅肉。

我隨即得知她才剛搬來我們鎮上。她老公是修車工。她有兩個兒子，一個四歲，一個三歲。她促狹地眨眨眼說：「我想了很久都不知道他們是怎麼來的。」

他們本來住在哈密爾頓，她也是在那裡學按摩，沒想到她很有這方面的天賦。

「小桃兒躲哪兒去了？」

「在日光室。」我又說了一次。

「我知道。我只是開開她的玩笑。話說，妳可能不清楚按摩的流程。給人按摩的時候，妳得脫光衣服。對年輕人來講不是問題，但老人家……妳知道，老人家可能就會很害臊了。」

有一點她說錯了，至少在我身上不成立，就是年輕人脫光光不會害臊這一點。

「所以，妳可能還是快閃得好。」

這次我走前面的樓梯，她則忙著弄熱水。從前面走才能透過敞開的門偷看日光室一眼。那間房間有三面窗戶都被梓樹的大葉子遮住了，實在稱不上是日光室。

我看到柯老夫人四肢攤開，趴在一張沙發床上，頭轉向一邊，後腦勺對著我，全身一絲不掛。瘦巴巴、白蒼蒼的肉身就這樣攤在那裡，看起來不像她平日露出來的部分那麼衰老。她那雙青筋暴露、斑斑點點的手和長了黑斑的臉感覺還比較老。平時有衣服遮蓋的部分白裡透黃，像剛被剝掉樹皮的樹幹。

我坐在樓梯最上面，聽著按摩現場的聲音。拍打聲。呻吟聲。羅克珊娜現在的口吻變得很權威，有說有笑但霸氣十足。

「這裡很僵喔。哎唷喂呀。我得使出降龍十八掌才行。開玩笑的。欸，拜託一下，看在我的面子上，放鬆一點。妳知道妳這裡的皮膚很好嗎？後腰這裡，他們是怎麼說的？嫩得像嬰兒的屁股。現在我要多用點力了，這裡會有感覺唷。別緊張，放輕鬆。好孩子。」

柯老夫人被按得哎哎叫。一下子痛得哎哎叫，一下子又爽得哎哎叫。持續了一陣子之後，我聽得無聊了，便回去讀我從走道上的櫥櫃裡找到的《加拿大居家月刊》[4]。書很舊了，我看了看裡面的食譜，研究著以前流行的時裝，直到聽見羅克珊娜說：「好了，我把這裡收拾一下，然後我們就依妳的意思上樓去。」

上樓。我連忙把雜誌塞回我媽夢寐以求的古董櫥櫃裡，一溜煙跑到柯少爺的房間。他在睡覺，至少他的眼睛是閉著的。我把電扇挪了幾吋，拉平他的被子，然後跑去站在窗邊，撥弄著百葉窗。

後面的樓梯果然傳來動靜。柯老夫人拄著枴杖，踩著她那透著威嚇意味的緩慢步伐。羅克珊娜跑在前頭，喊著：「小心！小心！不管妳想去哪裡，遲早都到得了的。」

柯少爺現在睜開眼睛了。他臉上除了一貫的疲憊，還多了一分驚慌。但他還來不及回去假裝睡覺，羅克珊娜就衝進房裡來了。

「原來你躲在這裡啊。我剛剛才跟你的繼母說，我想是時候介紹我跟你認識了。」

柯少爺說：「妳好啊，羅克珊娜。」

「你怎麼知道我的名字？」

「壞事傳千里囉。」

柯老夫人這時正踩著沉重的步伐走進房裡，羅克珊娜對她說：「妳這兒子挺新鮮的嘛！」

「別再玩那個百葉窗了。」柯老夫人對我說：「妳沒事的話幫我拿杯涼水來。涼的就好，不要冰的。」

---

4 *Canadian Home Journal*，於一九〇五至一九五八年間發行的加拿大婦女雜誌。

「這是狗啃的嗎？」羅克珊娜對柯少爺說：「誰幫你刮的鬍子？什麼時候刮的？」

「昨天。我自己刮的。我盡力了。」他說。

「跟我想的一樣。」羅克珊娜對柯少爺說完又對我說：「妳幫她拿涼水的時候，可不可以順便幫我拿點熱水上來？我來幫他把鬍子好好刮一刮，這件事就包在我身上了。」

羅克珊娜就是這樣得來她的另一份工作。一週一次，按摩完刮鬍子。她在第一天就跟柯少爺打包票說不用擔心。

「我會把你伺候得服服貼貼的，就像你一定聽過我在樓下是怎麼伺候小桃兒的了吧。跑去學按摩之前，我可是當護理師的。嗯，準確來說是護理師的助手啦，就是那種什麼事都由妳來做、護理師們只負責把妳使喚來使喚去的小助理。無論如何，我學會如何把人伺候得服服貼貼的。」

小桃兒？柯少爺笑了。更詭異的是柯老夫人也笑了。

羅克珊娜熟練地刮起鬍子。她用溼海綿把他的臉、脖子、前胸、後背和雙手都擦了一遍。她把他的床單拉來拉去整理好，卻沒動到他一下，也不知是怎麼辦到的。她還把他的枕頭拍鬆，重新擺好。她邊忙邊說笑，從頭瞎扯到尾。

「桃樂絲，妳這個騙子。妳說樓上有病人，我走進這裡卻摸不著頭腦，病人在哪裡？沒有啊，我沒看到。有嗎？」

柯少爺說：「那妳說我是什麼人？」

「依我說，你是康復中的人。我不是說你應該起來跑跑跳跳，我可沒那麼蠢。我知道你需要臥床休息。但我會說你在康復中。沒有一個病人有你這種好氣色。」

我覺得她的甜言蜜語令人髮指。柯少爺的氣色明明就壞透了。她幫他擦澡的時候，只見一個高大的男人肋骨突出，瘦得像飢民。他的頭髮都掉光了，身上的皮膚看起來像拔了毛的雞皮，脖子一圈一圈的，像老人家的脖子。每次不管我要幫他做什麼，我都盡量不去看他，其實這也不是因為他又醜又病，而是因為他快死了。就算他看起來年輕俊俏，我心裡還是會有一樣的顧忌。我感覺得到這屋裡的死亡氣息，愈靠近這個房間，氣息就愈重，而他就是暴風中心，像天主教徒隆重放在聖體櫃裡的聖體。他是那個受苦受難的人，明擺著跟其他人截然不同，羅克珊娜卻帶著她的笑話和自以為是的娛樂活動，大搖大擺地闖進他的地盤。

東扯西聊、問東問西，例如問這屋子裡有沒有一種叫做彈珠跳棋的東西。這應該是她第二次登門的事吧，她問他一整天都做些什麼。

「看看書、睡睡覺。」

那他晚上怎麼睡得著？

「睡不著就躺著想事情。有時讀書。」

「這樣不會吵到你太太嗎？」

「她睡在後面那間臥房。」

「喔……你需要一點娛樂。」

「妳要唱歌跳舞給我看嗎？」

我看到柯老夫人別過頭去，露出她那情不自禁的詭異笑容。

羅克珊娜說：「不要太放肆了喔。你喜歡玩牌嗎？」

「恨透了。」

「這樣啊，那你們家有彈珠跳棋嗎？」

羅克珊娜這個問題是對著柯老夫人問的。老夫人一開始說她不知道，後來又說餐廳櫥櫃的抽屜裡說不定有棋盤。

於是，他們派我下樓去找。我帶著棋盤和一罐彈珠回來了。

羅克珊娜把棋盤放在柯少爺腿上，她跟我和少爺一起玩，老夫人說她一直學不會下跳棋，也沒辦法保持她的彈珠清醒（我很訝異她居然試著講笑話）[5]。羅克珊娜走一步棋就尖叫一聲，別人跳過她的彈珠就哀號一聲，但她很小心不要驚擾病人。她的身體坐得直直的，放下彈珠時動作輕得像羽毛。我也學她把動作放輕，因為我要是動作大了點，她就會睜大眼睛瞪著我。與此同時，她卻始終保持笑容，露出她的小酒窩。

我記得柯少夫人席薇雅在車上跟我說過，她先生不喜歡講話，他覺得講話很累，而他一累就會變得暴躁易怒。所以，我在想，他如果有暴躁易怒的時候，那就是現在了。被迫在他等死的床上玩愚蠢的遊戲。床單上都感覺得到他發燒的熱氣。

但席薇雅一定搞錯了。他有她不知道的耐心和禮貌。他對下等人（羅克珊娜想必是下等人）

很包容、很溫柔，即使此刻他一定只想躺在那裡，思考他的人生，迎向他的未來。

羅克珊娜幫他擦擦額頭上的汗，說：「別這麼興奮，你還沒贏呢。」

他說：「羅克珊娜、羅克珊娜。妳知道羅克珊娜是誰的名字嗎？」

「誰？」

我忍不住插嘴：「是亞歷山大大帝的妻子。」

我的小腦袋瓜裝滿諸如此類的冷知識。

羅克珊娜說：「是喔，那這個亞歷山大大帝是誰？」

當下，我看著柯少爺，明白了一件事情。一件令人震驚、令人難過的事情。他喜歡她的無知。我看得出來。他喜歡她的無知。她的無知是在他舌頭上融化的美味，甜得像舔了一口太妃糖。

* * *

第一天，她跟我一樣穿短褲，但後來就都穿某種材質閃亮硬挺的淺綠色洋裝。她跑上樓時，

5　英文俚語中，一個人「失去彈珠」（lose one's marbles）意指失去理智、神志不清或異想天開，「保持彈珠清醒」（keep one's marbles straight）意指保持清醒或理智。

你聽得見那身洋裝發出的沙沙聲響。她為柯少爺帶了一塊蓬鬆的羊毛墊，免得他長褥瘡。她總是對寢具的布置很不滿意，每次都要重新幫他整理一番。而不管她怎麼碎碎念，她的言行舉止從來不會惹他生氣。整理好後，她還會逼他承認這樣比較舒服。

她從來不會找不到話題。有時她準備了滿腹的謎語或笑話。有些是我媽會說很低級的那種笑話，不准出現在我們家，除非是來自我爸的某些親戚，除了低級笑話以外，他們基本上沒有別的話題。

這些笑話通常從某個假正經真下流的問題開始。

你聽過修女去買絞肉機的事嗎？

你知道新郎新娘在洞房花燭夜點了什麼甜點來吃嗎？

答案向來都是雙關語，所以講笑話的人可以假裝震驚地責怪聽眾思想齷齪。

就在大家聽慣了這些笑話之後，羅克珊娜接著說起我媽大概聞所未聞的那種笑話，主要是跟羊、母雞或擠乳器亂搞有關。

最後，她總會說一句：「是不是很扯？」她說要不是她老公從修車廠聽來的，她都不知道有這種事。

柯老夫人竟然笑了，這件事就跟那些笑話本身一樣令我驚奇。我在想她可能沒聽懂，只是不管羅克珊娜說什麼，她都聽得很高興罷了。她凹著臉頰縮著嘴，坐在那裡失神傻笑，彷彿有人送了一件正中下懷的禮物，就算還沒拆開，她也知道自己會很喜歡。

柯少爺沒笑。但他其實從沒真的笑過。他挑起眉毛，故作責備，一方面覺得羅克珊娜沒規矩，一方面又覺得她很可愛。或許是因為他修養好，或是因為他很感激她努力逗他開心，無論用的是什麼辦法。

我自己是一定會笑的，免得羅克珊娜認為我假清高。

為了炒熱氣氛，她還會說她自己的人生故事。從安大略省北部一個鳥不生蛋的小鎮來多倫多探望姊姊，接著就在伊頓百貨[6]找了份工作。一開始在員工餐廳當清潔工，後來因為手腳俐落、個性開朗被一位經理注意到，轉眼她就成了手套專櫃的櫃姐（她說得像是她被華納兄弟發掘了似的）。有一天，你猜誰來了？滑冰明星芭芭拉·安·史考特[7]走進店裡，買了一雙白色的長筒兒童手套。

與此同時，羅克珊娜的姊姊交了一堆男朋友，幾乎每天晚上都有約會，她得丟銅板決定跟誰出去。她派羅克珊娜到合租屋的前門打發落選者，她自己則從後門溜去見雀屏中選的人。羅克珊娜說，或許她就是這樣練出一副好口才的。而且，在她透過這種方式認識的男孩子當中，很快就有人變成約她出去，不找她姊姊了。他們不知道她真正的年紀。

「我自會找樂子。」她說。

---

6 Eaton's，創立於一八六九年，一九九九年結束營業，曾為加拿大最大的百貨公司。
7 Barbara Ann Scott（1928-2012），一九四八年奧運女子花滑冠軍，加拿大滑冰甜心。

我從她身上體會到，大家之所以愛聽某些健談的人（某些長舌婦）說話，不是因為她們說話的內容，而是因為她們說話的態度——她們說得神采飛揚、自得其樂，堅信自己說的話很有意思，非說給人聽不可。或許也有像我這樣不愛聽的人，但她們才不在乎，不聽是你的損失。況且，像我這樣的人反正也不是她們的目標。

柯少爺靠著枕頭坐在床上，看起來一臉陶醉。他陶醉地閉著眼睛、讓她說話，張開眼睛看到她的時候，就像在復活節早上發現一隻巧克力兔。接下來，他就盯著她那張動個不停的蜜糖嘴和她那扭來扭去的蜜桃臀。

柯老夫人則坐在她的搖椅上，懷著她那詭異的滿足感，輕輕地前搖後晃。

羅克珊娜在樓上的時間就跟在樓下按摩的時間一樣長，我在想她有沒有拿錢。要是沒有，她怎麼花得起這些時間？要是有，那除了柯老夫人，還有誰會付錢叫她做這種事？

為了什麼？

為了她繼子的愉快與舒適？我不信。

為了讓她自己得到詭異的樂趣？

一天下午，羅克珊娜離開他房間之後，柯少爺說他覺得比平常都渴。我下樓去拿向來冰在冰箱裡的水壺，幫他倒一點水上來。羅克珊娜正在收拾東西準備回家。

她說：「我從沒想過要待這麼晚。我可不想碰到那個老師。」

我一時意會不過來。

「妳知道，就是席薇雅。她也不太喜歡我吧？她送妳回家的時候，從沒在車上提過我嗎？」

我說不管是哪一次送我回家，席薇雅都不曾提到羅克珊娜的名字。而且，為什麼她要跟我提到妳呢？

「桃樂絲說席薇雅不知道怎麼討他歡心。她說他跟我在一起開心一百倍。桃樂絲說的。她就算當著席薇雅的面說過這種話，我也不意外。」

我想著席薇雅是如何每次一回家就跑上樓，急紅了臉，迫不及待衝進她先生的房間，甚至都沒跟我或她婆婆說句話。我想說一下這件事，我想替她說句話，但我不知如何開口。何況像羅克珊娜這麼有自信的人輕易就能把我打敗，即使只是用置之不理的方式打敗我。

「妳確定她從沒說過我什麼？」

我又說了一次她沒有，從來沒有。「她回到家的時候都累癱了。」

「是啊。誰不累呢？有些人只是學會假裝不累罷了。」

這時，為了堵她的嘴，我還真擠出一句話來：「我還滿喜歡她的。」

「妳『還滿』喜歡她的？」羅克珊娜語帶嘲諷地學我說道。

她開玩笑地猛扯一下我才剛自己修過的劉海。

「妳的頭髮應該好好整理一下。」

桃樂絲說的。

羅克珊娜性好受人愛慕，如果她要的是一份愛慕，那麼桃樂絲要的是什麼呢？我感覺這背後的陰謀詭計暗潮洶湧，但我也說不上來。或許，她只是喜歡有羅克珊娜在屋子裡，喜歡這屋子裡有她的活力，喜歡把這股活潑的氣氛延長雙倍之久。

仲夏過去。井裡的水位降低了。灑水車不來了。有些店家在櫥窗上貼了像是黃色玻璃紙的東西，防止店內的商品褪色。樹葉變得斑斑點點，草也乾了。

柯老夫人日復一日叫她的園丁翻土。天氣乾燥的時候就是要翻土，翻啊翻啊，把底下溼潤的土翻上來。

八月第二週過後，學校裡的暑期課程就結束了。到時候，席薇雅・柯羅茲爾每天都在家。

柯少爺還是很高興見到羅克珊娜，但他常常不小心睡著。她的笑話或趣事說到一半，他就坐在那裡睡著了，連頭都沒歪一下。不一會兒又醒過來，問說這是什麼地方。

「這裡是你家。你這個瞌睡蟲。你要注意聽我說話啊。我應該打你屁股一下，還是……我搔你癢好了？」

誰都看得出來他每下愈況。他的臉頰凹陷，像個老頭子似的。光線都能穿透他的耳朵，彷彿那對耳朵不是肉做的，而是兩片透明的塑膠（雖然在那年頭不說「塑膠」；我們都說「賽璐珞」）。

席薇雅最後一天上課、我最後一天去打工的日子剛好是按摩日。為了結業典禮什麼的，席薇雅必須提早去學校，所以我自己走去他們家。我到的時候，羅克珊娜已經在那裡了。柯老夫人也在廚房，她們雙雙看著我，像是忘了我要來，我彷彿打擾到她們了。

柯老夫人說：「我是特地為妳訂的耶。」

她指的一定是餐桌上點心盒裡的馬卡龍。

羅克珊娜說：「我懂，但我跟妳說過了，我不能吃那種東西，不行就是不行。」

「我特地請哈威去麵包店拿回來的。」

哈威就是我們的鄰居，也就是她的園丁。

「那好，就給哈威吃吧，我是認真的，我真的會嚴重過敏。」

柯老夫人說：「我只是覺得我們可以吃點特別的東西，享受一下，有鑒於這是我們最後一天……」

「最後一天沒有她在，是，我懂，但我吃了還是會冒一堆疹子，變得像一隻斑鬣狗。」

最後一天沒有誰在？

席薇雅。當然了。席薇雅。

柯老夫人穿著一件美麗的黑色絲緞裙，裙子上有睡蓮和天鵝的圖案。「她在的時候就不會有好料可吃了。妳等著瞧。」

「好啦，我們把握今天的時間，開始辦正事吧。別管那個點心了，不是妳的錯。我明白妳是好意。」

「我明白妳是好意。」柯老太太酸溜溜地學她說話。語畢，她倆一起看著我，羅克珊娜接著說：「水壺收在老地方。」

我把柯少爺的水壺從冰箱裡拿出來，突然想到她們可以請我吃一顆點心盒裡金光閃閃的馬卡龍，但她們顯然想都沒想到。

我以為柯少爺應該是枕著枕頭、閉著眼睛躺在床上，但他清醒得很。

「我一直在等……」他深呼吸一口氣，又說：「等妳上來。」他說：「我想請妳……幫我做一件事，可以嗎？」

我說當然可以。

「幫我保密？」

他房裡最近出現了一個便器，我一度擔心他是要請我扶他去上廁所。但這沒什麼好保密的吧？

好。

他叫我去床鋪另一頭的寫字檯，打開左邊的小抽屜，看看裡面有沒有一把鑰匙。

我照做了，找到一把很重的老式鑰匙。

他要我出去房間外面，鎖上門，然後把鑰匙藏到安全的地方，或許就藏在我的短褲口袋。

不要告訴任何人我做了什麼。

直到少夫人回來為止，都不要讓任何人知道我有鑰匙，等她回來就把鑰匙交給她，懂嗎？

懂。

他向我道謝。

不客氣。

他跟我說話的時候，臉上都有一層汗，眼睛亮得像他發燒了。

「誰都不能進來。」

「誰都不能進來。」我複述。

「我繼母或羅克珊娜都不行。只有我太太可以。」

我從外面鎖上門，再把鑰匙收進短褲口袋。但我又怕鑰匙會從薄薄的棉質布料透出來，所以下樓到後面的起居室，把鑰匙藏在那本*I Promessi Sposi*裡面。我知道羅克珊娜和柯老夫人不會聽到我的聲音，她們正忙著按摩。羅克珊娜換上她那副職業口吻。

「我今天可得費一番功夫，把妳的氣結按開。」

然後我聽到柯老夫人被按得很舒服的聲音。

「……用力一點，再用力一點。」

「當然了，我不用點力不行啊。」

我一邊走上樓，一邊又想到一件事。

他顯然想讓人以為門不是我鎖上的，而是他自己鎖上的。但如果是他自己鎖上的，而我就跟平常一樣坐在樓梯最上面，那我勢必會聽到他來鎖門的聲音，我也勢必會出聲喊他，然後驚動到屋子裡其他人。所以，我又回到樓下，坐在前面那道樓梯最底下的一階。從這裡，我就不可能聽到他的動靜了。

今天的按摩療程好像只是公事公辦，她們顯然沒有說說笑笑之類的。很快的，我就聽到羅克珊娜跑上後面的樓梯。

她停了下來，說：「嘿！布魯斯。」

她居然叫他布魯斯。

她轉了轉門把。

「布魯斯？」

接著，她一定是把嘴巴湊在鑰匙孔上說悄悄話，希望她說的話只有他聽得到。我聽不清楚她說了什麼，但我聽得出來她在求他。一開始還用逗他的語氣，接下來就變成哀求了。過了一會兒，她聽起來像在喃喃禱告似的。

放棄求他之後，她開始上上下下地捶著門，捶得不大力，但捶得很急。

一會兒過後，她也放棄捶門了。

她以較為強硬的語氣說：「好了，如果你有辦法過來鎖門，那你就有辦法過來開門。」

毫無動靜。她走了過來，視線越過樓梯欄杆，看到了我。

「妳把柯少爺的水送進他房裡了嗎？」

我說送了。

「所以，那時候他的房門沒鎖上、關上之類的？」

沒有。

「他跟妳說了什麼嗎？」

「他只說了謝謝。」

「哦？他的房門鎖住了。我叫不動他。」

後面的樓梯上方傳來柯老夫人的枴杖叩、叩、叩的聲音。

「發生什麼事了？」

「他把自己鎖在裡面，我怎麼喊都不理我。」

「什麼叫做把自己鎖在裡面？可能只是門卡住了吧。被風一吹就卡住了。」

那天沒有風。

羅克珊娜說：「不然妳自己試試。明明就鎖住了。」

柯老夫人說：「我都不知道這房門有鎖。」彷彿她不知道就能否定事實似的。接下來，她敷衍地轉了轉門把，又說：「嗯，看起來是鎖住了。」

我猜他算到了。他算到她們不會懷疑我，她們會認為這件事是他主導的。事實上也是。

羅克珊娜說：「我們得破門進去。」她踢了房門一下。

柯老夫人說：「別踢了。妳想把門踢壞嗎？進不去的。這是實心橡木門。這屋裡的每一扇門都是實心橡木門。」

「那我們就得報警了。」

一陣停頓。

羅克珊娜說：「他們可以爬上窗戶。」

柯老夫人深吸一口氣，斷然說道：「妳不知道自己在胡說什麼，我不會讓警察進到屋裡來。我不要看到警察像毛毛蟲一樣在我家牆壁上爬來爬去。」

「我們不知道他在裡面會做出什麼事。」

「哦？他愛做什麼是他的事，不是嗎？」

又一陣停頓。

現在傳來了腳步聲——羅克珊娜的腳步聲退到後面的樓梯那裡。

柯老夫人說：「很好，妳知道就好。妳最好在忘記這房子是誰的之前乖乖滾蛋。」

羅克珊娜走下樓梯。枴杖跟在她後面叩、叩兩聲，就沒再繼續往下走了。

「還有，休想背著我去找警察來。他不會聽妳的差遣。誰才該在這裡發號施令啊？顯然不是妳。聽到了嗎？」

很快我就聽到廚房門甩上的聲音，接著是羅克珊娜發動車子的聲音。

我不像柯老夫人那麼擔心警察會來。我們鎮上的警察指的就是馬克拉迪。冬天的時候，他負責到學校來警告我們別在街上玩雪橇。夏天的時候，他負責到學校警告我們別在磨坊的引水渠道戲水。兩件事我們都還是照做不誤。我無法想像他爬到梯子上或隔著鎖住的門對柯少爺說教。太可笑了。

他會叫羅克珊娜管好自己的事，少管柯家的閒事。

然而，想像老夫人發號施令的樣子就很合理了。而且，有鑒於顯然已經失寵的羅克珊娜不在這裡了，我覺得老夫人現在就很有可能坐鎮指揮起來。她可能會把矛頭指向我，責問我跟這件事有沒有關係。

但她甚至沒去搖晃門把，只是站在鎖住的門前，說了一句話。

「體力很好嘛。」她嘀咕道。

然後，她就下樓了。穩固的楞杖傳來跟平常一樣刺耳的叩叩聲。

我等了一陣子才到廚房去。柯老夫人不在那裡，也不在起居室、餐廳或日光室。我鼓起勇氣敲了敲廁所門，接著打開門，她也不在那裡。我從廚房流理台上方的窗戶往外望，看到她的草帽沿著雪松樹籬上方緩緩移動。她頂著高溫跑到花園，在花圃之間踱來踱去。

我不擔心羅克珊娜擔心的事。我想都沒多想一下。因為我認為一個行將就木的人沒道理鬧自殺。不可能有這種事。

但話說回來，我還是很緊張，便吃了兩顆還晾在廚房餐桌上的馬卡龍，希望能藉甜食平復緊張的情緒，但簡直食之無味，我接著就把點心盒塞進冰箱裡，免得想吃更多顆來緩和情緒。

席薇雅到家的時候，柯老夫人還在外面。席薇雅回來了，她也沒進屋裡來。

一聽到車聲，我就從書裡拿出那把鑰匙。席薇雅一進門，我便把鑰匙交給她，匆匆交代重點，省略大部分的細節。反正，她也不會在那裡等著聽我說細節。她三步併作兩步跑上樓去了。

我站在樓梯最下面，豎起耳朵來聽。

毫無動靜。悄無聲息。

接著傳來席薇雅的聲音，驚訝，不太高興，但不慌不忙。太小聲了，我聽不清楚她說了什麼。不出五分鐘吧，她就下樓來說該送我回家了。她那東紅一塊、西紅一塊的臉現在滿臉都脹紅了，一副又驚又喜、難掩幸福的樣子。

這時，她才猛然想起：「對了，我婆婆呢？」

「應該在花園吧。」

「好，我想我最好先跟她說一聲，等我一下喔。」

跟老夫人說過話之後，她沒那麼喜形於色了。

「可想而知……」她一邊倒車，一邊說：「妳一定想像得到，我婆婆不太高興。我沒有責備妳的意思。妳做得很好，對柯少爺很忠心。妳不怕嗎？不怕柯少爺出事嗎？怕不怕？」

我說不怕。

接著我又說：「我看羅克珊娜很怕的樣子。」

「霍伊太太嗎？喔，難為她了。」

柯家這裡被鎮上的人稱為柯家丘，我們開下柯家丘的坡路時，她說：「我想他沒有惡意。他不是故意要嚇她們的。妳知道，人在生病的時候，人在病了很久之後，可能就無法顧及別人的感受。即使旁人對你那麼好，大家都竭盡所能來幫你，你還是會跟他們作對。老夫人和霍伊太太無疑盡力了，但少爺就是不想再讓她們靠近他了。他受夠她們了。妳懂嗎？」

她說這段話的時候都不知道自己臉上掛著笑容。

霍伊太太。

我聽過這個名字嗎？

她說得這麼溫柔、這麼尊敬，卻又帶著滿滿的優越感。

我相信席薇雅的說法嗎？

我相信那是他給她的說法。

那天，我確實又看到羅克珊娜一次。就在我第一次從席薇雅口中聽到這個稱呼的當下，我看到她了。霍伊太太。

她——羅克珊娜——坐在她的車子裡，停在柯家丘底下的第一個十字路口處，看著我們開過去。我沒轉頭看她，因為我忙著聽席薇雅說話。

當然，席薇雅不會知道那是誰的車。她不會知道羅克珊娜一定又跑了回來，想弄清楚狀況。

也或許她只是繞著這個街廓兜圈子，打從離開柯家之後，她就一直在這裡瞎繞——有可能嗎？

羅克珊娜可能認得席薇雅的車。她會注意到我。從席薇雅跟我說話時親切、認真的樣子和隱約的笑意，她會知道現在一定沒事了。

她沒有掉頭開回山坡上的柯家。喔，沒有。我從後視鏡看到她開過十字路口，往鎮東的戰時住宅區[8]開過去。她家在那一區。

「起風了，天上這些雲或許會帶來雨水呢。」席薇雅說。

天空中白雲高掛，又白又亮的雲朵沒有一點烏雲的樣子。之所以有風也只是因為車子行駛中，車窗搖了下來。

＊　＊　＊

我很清楚席薇雅和羅克珊娜之間的角力，但我很難理解她們爭的那件獎品——油盡燈枯的柯少爺。我也無法想像他在生命的盡頭還要費盡最後一絲力氣去做這種決定。鬼門關前的情慾——或說真愛，以他們的情況而言。我每每想到總是不寒而慄。

席薇雅帶柯少爺到租來的湖畔小木屋養病，秋葉落下之前，他就在那裡病逝了。

霍伊一家度日如常，繼續過著工人家庭的日子。

我媽後來病榻纏綿，她的發財夢也全碎了。

桃樂絲．柯羅茲爾不幸中風，但後來不僅康復，還出了名地愛在萬聖節買糖請小朋友吃。想當初，她可是命令這些小朋友的哥哥姊姊離她家門遠一點。

我長大了、老了。

8 wartime house，加拿大在二戰期間專門蓋給工人住的房子，戰後也供退伍軍人居住。

兒戲

事後，我們家想必有過一番議論吧。

太遺憾了，多**可怕**啊。（我媽）

應該要有人看著啊。輔導員都到哪裡去了？（我爸）

如果我們經過那棟黃色的房子，我媽甚至可能會說：「還記得嗎？記得妳以前很怕她嗎？那個可憐的孩子。」

我媽老愛抓著我在遙遠的孩提時期的小辮子不放，甚至當成寶似地珍藏。

孩提時期，你每年都會變一個人。通常是在秋天，告別暑假的鬼混與懶散，重新回到學校，往上升一屆的時候。在這個時候，你對改變的感受最為強烈。之後，你或許不確定是何年何夕改變的，但改變一樣持續著。很長一段時間，你輕易就將過去卸下了，感覺自然而然、順理成章。過去的一幕幕並未消失，但是變得與你無關了。也或許有一天又會迴光返照，早就斷得一乾二淨的過去突然冒出來，吸引你的注意，甚至非要你做點什麼不可，即使你很顯然什麼也做不了。

瑪琳和夏琳。大家都覺得我們一定是雙胞胎。首先，那年頭流行雙胞胎的名字要押韻。寶妮和康妮。羅納德和唐納德。其次，我們——夏琳和我——戴了成對的帽子。那種帽子叫苦力帽，就是那種圓錐形的寬邊草帽，用一條帶子或有彈性的繩子從下巴繫住。二十世紀後期，苦力帽隨著電視上越戰的畫面變得廣為人知。西貢街道上騎腳踏車的男人就戴這種帽子，襯著背景裡炸毀的村莊走在路上的女人也戴這種帽子。

那時——我是指夏琳和我參加夏令營時，說「苦力」二字確實可能不帶任何冒犯之意。說「老黑」或「猶太佬」也是。那時我正值青春期，應該還沒想過「猶太佬」的「猶太」就是「猶太人」的「猶太」[1]。

所以，基於我們的名字和帽子，輔導員（這指的是瑪薇思，也就是活潑開朗的那位，我們很喜歡她，只不過更喜歡漂亮的那位，也就是寶玲）第一次點名的時候便指著我們說：「雙胞胎，到！」不等我們否認就接著去點別人的名字了。

即使在那之前，我們一定就已注意到彼此的帽子，也默默認可了彼此，否則，我們兩人或其中一人就會趕緊扯掉頭上全新的帽子，準備塞到行軍床底藏好，宣稱是被媽媽逼著戴的，討厭死了之類的。

我或許認可了夏琳，但我不確定要怎麼跟她交朋友。那一批營隊裡的女孩子普遍是九到十歲，儘管有少數幾個年紀大一點的。九、十歲的女孩子不像六、七歲的女孩子那麼容易選好朋友或湊成一對。我就只是跟著其他和我同鎮的女孩，走進一棟還有空床位的小木屋，把我的東西丟在咖啡色的毯子上而已，我跟那些女孩都沒有特別要好。接著，我聽到身後有個聲音說：「能不能讓我睡在我的雙胞胎姊妹旁邊呢？」

是夏琳。她在跟一個我不認識的人說話。一棟小木屋大概能容納二十多個女孩子吧。對方聽了她說的話，只回了一聲「當然」就讓位給她了。

夏琳刻意用了特別的語調，諂媚中帶著打趣和自嘲，把話說得像鈴鐺般悅耳動聽。馬上就看得出來她比我有自信。她有自信那個女孩會讓開。她很確定對方不會斷然回她一句「我先來的」（這裡有些女孩是獅子會或教會出錢讓她們來的，不是父母供她們來的，換作是那種家教沒那麼好的女孩，也可能回她一句「滾一邊去，我才不走」）。不。夏琳有自信只要她開口，誰都會「想要」照她說的做，不只是「同意」而已。對我也一樣，她看準我不會丟下一句「誰跟妳雙胞胎」就轉身整理我的東西。當然，如她所料，我非但沒有拒絕她，還覺得受寵若驚。我看著她得意洋洋地倒出行李箱裡的東西，得意到有些東西都掉到地上了。

1 苦力（coolie）本意指來自亞洲國家的外勞，故帶有歧視亞洲人的貶義。老黑（darkie）帶有歧視黑人的貶義。猶太價（jewing a price down）意指討價還價、貪小便宜，源自西方對猶太人很會做生意的刻板印象，故帶有歧視猶太人的貶義。

我只擠得出一句：「妳已經曬黑了。」

她說：「我很容易曬黑。」

這是我倆的第一個差異。我們一一比較彼此的差異。她很容易曬黑，我很容易長雀斑。我們都是褐髮，但她的髮色比較深。她有一頭波浪鬈髮，我則頂著一頭的毛躁。我比她高兩公分。她的手腕和腳踝比較粗。她的眼睛比較綠，我的眼睛比較藍。我們不厭其詳地檢視和羅列彼此的不同，就連背上的痣或斑和二腳趾的長度都不放過——我的二腳趾比大腳趾長，她的二腳趾比大腳趾短。我們也一一細數截至當時為止生過的病、出過的意外，乃至身上動過刀的地方。我們都切除了扁桃腺，這是那年頭常見的預防措施。我們都得過痲疹和百日咳，但沒得過腮腺炎。我拔掉了一顆虎牙，因為它已經壓到別的牙齒了。她有一片拇指甲的月牙有缺損，因為那根拇指被窗戶壓到過。

講完身上的特點和事蹟之後，我們接著聊起家裡的事，聊大事，聊小事，聊我們兩家不一樣的地方。她是家裡的老么，也是唯一的女孩子，而我是獨生女。我有個小兒痲痺的阿姨只活到上高中，而她——夏琳——有個哥哥在海軍服役。當時正值戰爭期間，營火晚會的歌唱活動會選〈英格蘭永在〉、〈橡樹之心〉、〈一統山河吧，不列顛尼亞〉之類的歌曲，有時也唱〈楓葉永恆〉[2]。雖然距離遙遠，但轟炸、戰役和沉船是不變的日常。近處不時也有既可怕又刺激的空襲，在驚心動魄之餘，也有莊嚴肅穆的一面。同鎮或同一條街的鄰居男孩喪命了，他住的房子就算沒有掛上花圈或黑布，屋裡也似乎透著一股凝重的氣氛。宿命已定，整棟屋子都籠罩在低氣壓之下，儘管屋裡沒有什麼特別的動靜，頂多只看到一輛不屬於這家人的車停在人行道邊，顯示有親戚或牧師來慰問喪家了。

營隊裡有一位喪偶的輔導員，她的未婚夫在前線陣亡了，她把他的手錶（我們覺得那應該是他的手錶）當成胸針，別在她的衣服上。對於她的喪夫之痛，我們也想同情她、關心她，但她聲音很尖，對人頤指氣使，甚至還有個難聽的名字——阿爾發。

宗教是我們的另一個日常，照理說營隊裡也要強調這件事才對。但由於主辦單位是加拿大聯合教會，對這件事就不像浸信會和聖經基督教會那麼囉唆，也沒有羅馬天主教會和聖公會那麼多的繁文縟節。我們的父母多半隸屬於加拿大聯合教會（儘管有些由別人替她們出錢來這裡的女孩不屬於任何教會），很習慣聯合教會親和、入世的風格。我們甚至都不知道原來自己過得很輕鬆，只有晚禱、餐前感恩歌和早餐後半小時的特別談話時間（亦即「談心時光」）。就連談心時光都跟上帝或耶穌關係不大，談的主要是日常生活中的誠實、友愛和純潔的思想，還有要我們發誓長大後絕不抽菸、喝酒之類的。沒人反對或試圖蹺掉諸如此類的活動，一來是我們很習慣，二來是坐在湖畔曬太陽很舒服。這個時節陽光和煦，要跳進水裡又嫌冷了一點。

成年女子之間也跟夏琳和我一樣。大人或許不會去數彼此背上的痣和比較腳趾的長度，但若

2 〈英格蘭永在〉（*There'll Always Be an England*）、〈橡樹之心〉（*Hearts of Oak*）、〈一統山河吧，不列顛尼亞〉（*Rule Britannia*）、〈楓葉永恆〉（*The Maple Leaf Forever*）皆為軍歌或愛國歌曲。

是一認識便覺莫名投合，她們也會覺得有必要吐露重要的訊息和重大的事件，包括眾所周知的事和不為人知的祕密，接著還要把這些大事之間的空白悉數填滿。如果雙方都感受到這份溫暖與迫不及待，那麼她們就不太可能厭倦彼此。聊到再小的瑣事、再蠢的傻事，或自揭一些自私、欺騙、卑鄙、邪惡的醜事時，她們都會一起笑出來。

當然，雙方必須極其信任彼此，但那份信任瞬間就能建立起來，只需要一眨眼的功夫。

我見識過。照理說，女性之間的這種交流應該從古時候就開始了。女性長時間坐在營火旁，邊聊天邊攪拌木薯粥；外出到叢林中狩獵的男性則被剝奪了談話的機會，因為出聲會嚇跑野生動物（我是一名人類學家，雖然我挺散漫的）。我見識過諸如此類的女性交流，但不曾參與過。不算真的參與。有時我假裝參與，因為似乎不得不參與，但對方總能察覺到我的虛與委蛇。我應該要試著跟她交流一下的女人就會覺得摸不著頭緒，變得小心翼翼起來。

原則上，我覺得跟男人相處輕鬆多了。男人不期待諸如此類的交流，也難得有真心想聊的時候。

我所說的女女親密交流非關情慾，也不涉及孩童之間的性遊戲——在青春期之前，我也有過這方面的經驗。那時一樣要交換祕密，其中或許不乏謊言，接下來可能就會玩在一起。一時玩得興高采烈，或許會玩生殖器，或許不會。隨後是噁心、否認和嫌惡的感覺。

夏琳跟我說過她哥的事，但她說那件事的時候是發自內心地嫌惡。所謂她哥，指的就是當海軍的那個哥哥。她去他房間找她的貓，不小心撞見他和他女友在做那件事。他們從不知道她看到了。

她說，他上上下下的時候，他們還發出啪啪啪啪的聲音。

我說，妳的意思是他們啪啪啪啪拍打床鋪嗎？

她說，不是啦，是他那根進進出出的時候啪啪響。噁心死了。超變態的。

而且，他的屁股很白，光溜溜的屁股蛋上還長痘痘。噁心死了。

我跟她說了如春的事。

七歲之前，我們一家都住在所謂的複式屋。那年頭或許還沒有「雙戶屋」這種說法，但反正那棟房子也不是均分為兩戶。如春的外婆租了後面的房間來住，我們家租前面的房間來住。那棟房子蓋得很高，光禿禿的，醜不拉嘰，漆成黃色。我們住的小鎮很小，沒什麼住宅的分區可言，但若是有得分，那棟房子應該剛好介於體面和破爛之間。我說的是二戰前、大蕭條時期尾聲的情況（我相信那時的我們還不認識「大蕭條」一詞）。

我爸是老師，工作穩定但收入不豐。在我們住的那條街另一頭，遠到漸漸看不見的地方，住著既無工作也無收入的人家。如春的外婆想必有點錢，因為她說起「那些領救濟金的人」語氣充滿不屑。我相信我媽弱弱地反駁她過，說「那不是他們的錯」之類的。這兩個女人不算朋友，但共用起曬衣繩來倒是和樂融融。

如春的外婆名叫霍姆太太。偶爾有個男的會來找她。我媽稱他為「霍姆太太的朋友」。

妳不准跟霍姆太太的朋友說話。

事實上，他來的時候，我甚至不准到外面玩，更別提有機會跟他說話了。我連他長什麼樣子都不記得，儘管我記得他的車，深藍色的福特V－8。我對車子特別感興趣，可能是因為我們家沒車。

接著如春就出現了。

霍姆太太說如春是她的孫女，我們也沒理由認為不是，雖然絲毫不見中間那一代的蹤影。我不知道是霍姆太太去把她接回來的，還是開福特V－8的那位朋友送她來的，總之她是在我上小學前的暑假冒出來的。就我記憶所及，她應該沒跟我說過她的名字——她沒辦法像一般人那樣溝通，我也不認為我問過她。打從看到她的第一眼，我對她就有一種前所未有的反感。我說我討厭她，我媽說她又沒對妳做什麼，幹麼討厭她？

那個可憐的孩子。

孩子們所謂的「討厭」有各種不同的意思，也可能是覺得害怕的意思。不是怕受到攻擊——比方當妳好端端地走在人行道上，有些大男孩會騎腳踏車衝到妳面前鬼吼鬼叫——不是那種害怕。以如春而言，我怕的不是有形的傷害。我對如春的那種害怕，比較像是對巫術或陰謀詭計的害怕，就像人在很小的時候，可能會怕某些房子的外觀或樹幹的形狀，或是怕陰森的地窖、衣櫥的深處之類的。

她比我高很多，我不知道她大我幾歲——兩歲？三歲？她很瘦，真的是紙片人，頭又那麼小一顆，令我聯想到蛇頭。頂上細細的黑髮又塌又扁，而且蓋住她的前額。臉上皮膚黯淡無光，就像我們家舊帳篷的帆布，臉頰也鼓得像帳篷被風吹得鼓起來。她的眼睛總是瞇成一條線。

但我想，在別人眼中，她的長相並沒有特別礙眼的地方，像我媽就說她很漂亮，或幾乎稱得上漂亮（「是不是很可惜？她其實可以很漂亮。」）。依我媽的看法，她的言行舉止也無可挑剔。「她只是沒她這個年紀該有的樣子。」這是超級迂迴、過度委婉地在說如春還不會認字、寫字、跳繩或玩球，還有她的聲音嘶啞又沒有抑揚頓挫，一句話斷在各種奇怪的地方，彷彿她被自己想說的話噎到似的。

我一個人在玩的時候，她對我的干擾和她對遊戲的破壞，完全是一個年長女孩在以大欺小，不是一個年幼女孩不懂事。而且，這個年長女孩既無技巧也無權力，只有一副拗脾氣和一份不知道自己不受歡迎的白目。

小孩子的想法當然刻板得很，對於任何異樣、反常、脫序的人事物，立刻就會心生排斥。何況身為一個獨生女，我一直都備受寵愛（雖然也沒少挨罵）。我是一個害羞、彆扭又早熟的孩子，私下有各種偷偷喜歡和偷偷討厭的東西。我討厭老是從如春頭髮上滑下來的賽璐珞髮夾，也討厭她老是請我吃的紅綠條紋薄荷糖。事實上，她不只是請我吃；她會試圖抓住我，一邊把那些糖果塞進我嘴裡，一邊以她那斷斷續續的方式笑個不停。直到今天，我都不喜歡薄荷糖的味道。還有「如春」這個名字，我也不喜歡。聽在我耳裡，這名字一點都不像春天，也不像綠草或花冠或裙襬飄飄的女孩。它聽起來比較像是一道薄荷綠的黏液留下的頑固汙漬。

我也不相信我媽是真心喜歡如春。但在我看來，因為她天性中的虛偽，也因為她似乎下定決心就是要惹我不高興，所以她才假裝可憐她。她叫我要對人家好一點。一開始，她說如春不會待太久，暑假結束就會回她原來的住處了。接下來，當如春很顯然沒有別的地方可以回去時，用來安撫我的說詞又變成我們一家很快就會搬走，我只要再對她好一陣子就可以了（事實上，我們過了整整一年才搬走）。最後，我媽失去耐心了。她說她對我很失望，她想不到我骨子裡這麼壞。

「她生下來就是這樣，妳怎麼能怪她呢？這怎麼會是她的錯呢？」

我覺得這話很沒道理。如果我能言善道一點，或許就會反駁說我不怪如春，只是不想讓她靠近我。但我當然怪她了，我毫不懷疑就是她的錯。就這一點而言，無論我媽怎麼說，我的想法多少都跟那個年代約定俗成的想法一致。我看得出來，當大人提到「阿達阿達」或「秀逗秀逗」的人時，臉上都會流露一種笑容，那種笑容裡有著藏不住的得意和理所當然的優越感，而我認為這一定也是我媽私底下的真面目。

我開始上小學。如春也開始上小學。她被分到校園一角一棟特殊大樓裡的特教班。那棟樓其實是鎮上最早的校舍，但那年頭沒人有那個閒功夫關心地方歷史，幾年後它就被拆除了。下課時間，那棟樓的學生就在一個圍起來的角落裡玩。早上，他們比我們晚半小時上學。下午，他們比我們早半小時放學。大家在下課時間都不准去鬧他們，但由於他們通常都掛在圍欄上，看著普通班的動靜，所以偶爾也有人衝過去，對他們叫囂，或揮舞棍子嚇嚇他們。我從來不曾靠近那個角落，也不太會看到如春。是在家裡的時候，我才不得不跟她打交道。

一開始，她會站在那棟黃色房子的角落裡看我，而我會假裝不知道她在那裡。接下來，她會晃到前院，占據屋前我們家那一半房屋的台階。如果外面太冷了，或是我想進屋上廁所，我都必須冒著碰到她或被她碰到的風險靠過去。

我從沒見過有誰能像她那樣，在一個地方待那麼久，一動也不動，只是一直盯著一件東西。通常是我。

我有一個掛在楓樹上的鞦韆，所以我要嘛面向房屋，要嘛面向街道。換言之，我要嘛就是面對她，要嘛就是知道她在背後盯著我，而且可能會跑過來推我。一段時間過後，她果然就決定要這麼做了。她總是推得我彎下腰去，但這還不是最可怕的。最可怕的是她的手指按在我背上。隔著大衣，隔著裡面的衣服，我都能感覺到她的十根手指，就像一排冰冰涼涼的狗鼻子。我的另一個活動是用樹葉蓋房子。我把掛鞦韆的那棵楓樹的落葉掃成一堆，抱起來搬到一旁丟在地上，搬了一趟又一趟，最後再用樹葉拼成房子的平面圖。這裡是客廳，那裡是廚房，這裡軟綿綿的一大坨是臥室的床鋪，諸如此類的。這個遊戲不是我發明的。在每一節的下課時間，女孩們都會用樹葉在操場上蓋更豪華的大房子，裡面甚至還有裝潢，直到工友把落葉全部掃成一堆燒掉。

一開始，如春只是看著我玩，瞇著眼睛的表情似是困惑不解，又像是高高在上（她怎麼會自認高高在上呢？）。接著，她果然就靠上前來，抱起滿懷的樹葉。或許是因為遲疑或笨拙，她懷裡的樹葉散了一地。更有甚者，她抱的不是堆在一旁備用的樹葉，而是我蓋好的樹葉屋的牆壁。她撿起散落的樹葉，走了幾步，然後放手讓樹葉掉下去——她把樹葉丟在我其中一個乾淨的房間裡。

我吼著叫她住手，但她又彎身去撿散落的樹葉，反正抱也抱不住，她乾脆就亂撒起來，撒得地上到處都是，然後她開始這裡踢一踢、那裡踢一踢，亂踢一通。我吼得聲嘶力竭，但再怎麼吼也沒有用，說不定她還以為我在鼓勵她呢。於是我就低下頭來衝向她，朝她的肚子撞過去。我沒戴帽子，所以我的頭髮直接接觸到她穿的羊毛大衣或夾克，感覺就像我的頭撞上毛茸茸又硬梆梆的肚皮似的，噁心死了。我大喊大叫地衝上台階跑進屋裡告狀，我媽聽完來龍去脈，居然說了一句更氣人的話：「她只是想玩。她不知道怎麼玩。」

次年秋天，我們就搬去一間新的平房了。而且，我連經過那棟黃色的房子都不必。那棟黃屋只讓我想起滿滿的如春，彷彿它染上了她那雙瞇瞇眼的邪氣。黃色的油漆就像一種侮辱的顏色。偏向一邊、不在正中間的前門又更添畸形。

新平房離學校近，跟那棟黃屋也只隔三條街。但以我當時對小鎮規模和街道複雜度的理解，我以為我徹底逃離如春的魔掌了。結果不然。不盡然。有一天，一個同學和我在大街上迎面碰到了如春。那天大概是我們其中一人的媽媽派我們去跑腿吧。跟如春擦身而過時，我沒抬頭看，但我聽到了一聲聊表招呼或以示認識的輕笑。

我同學跟我說了一件很可怕的事。

她說：「以前我還以為她是妳的姊姊。」

「啊？」

「呃，我知道妳們住同一棟房子，所以我心想妳們一定是一家人。反正不是姊妹也是表姊妹之類的。妳們不是嗎？表姊妹？堂姊妹？」

「並不是！」

特教班那棟舊大樓被判定為危樓，裡面的學生便挪到教堂去上課。現在平日裡教堂就由鎮上租給特教班使用。教堂剛好在我爸、我媽和我住的平房對街的轉角，如春有不同的路線可以走去上學，但她選擇經過我們家的那條路。房子離人行道只有幾步，這表示她的影子幾乎可以落在我們家的台階上。如果她想，她也可以把石頭踢到我們家的草地上。而且，除非我們拉下百葉窗，否則她可以看到我們家的玄關和前面的房間。

特教班上課的時間改成跟普通班一樣，至少早上上學的時間是一樣的。下午，特教生還是比較早放學。他們換到教堂之後，校方想必是認為上學途中就不用把他們跟我們錯開了。這表示我有可能在外面人行道上碰到如春。我總是會先察看一下她過來的那個方向，萬一看到她了，我就閃進屋裡，藉口說我忘了帶東西，或我的鞋子會磨腳、要貼一片OK繃，或我的髮帶鬆掉了。現在，我再也不會蠢到提起如春的名字了，否則我媽只會說：「那又怎麼樣？妳怕什麼呢？妳覺得她會把妳吃了不成？」

那又怎麼樣？我是怕被汙染，還是怕被傳染？如春從頭到腳乾乾淨淨、從裡到外健健康康，也不太可能發動攻擊，爆打我或拉我頭髮之類的。但只有大人才會蠢到認為她沒有力量。更有甚者，她的力量是專門衝著我來的。我是被她盯上的那一個。至少我感覺是如此。就好像我們兩人之間有某種難以言喻也無法解除的默契，以友愛之名，揮之不去，儘管我只覺得討厭而已。

我想，我討厭她就像有些人討厭蛇、毛毛蟲、老鼠或蛞蝓。沒什麼正當理由。不是因為她能造成什麼傷害，只是因為她能擾亂你的心思，她能讓你受不了你過的日子。

跟夏琳提到她的時候，我們已經聊得很深入了。夏琳和我有聊不完的話題，似乎只有在游泳或睡覺的時候才會暫停一下。比起夏琳她哥上下擺動的痘痘臀，如春這個話題顯得弱了點，也沒那麼令人作嘔。還記得我跟夏琳說如春的可怕無法用言語形容，但接下來，我還是用言語形容她這個人和我對她的感覺了。而且，我一定形容得很到位，因為就在為時兩星期的夏令營快要結束前，某天中午，夏琳衝進餐廳，一臉既驚恐又興奮的微妙表情。

「她在這裡、她在這裡。那個女生。那個可怕的女生。如春。她就在這裡！」

午餐結束了。大家正在收拾善後。我們每天都把自己的杯盤放到廚房的架上，讓值日生拿去洗。收拾好之後，我們就會成群結隊去每天下午一點開門的福利社。夏琳剛跑回宿舍拿錢。她老爸是企業家，身為有錢人家的孩子，她對錢還挺粗心大意的，總是把錢塞在她的枕頭套裡。我是一定會隨身收好，除了游泳的時候以外。我們當中有錢的人午餐過後都會去福利社，買點吃的蓋掉飯後甜點的味道。我們就算不喜歡也還是會嚐一嚐那些點心，只為了看看是不是一如所料難吃——西谷米布丁、口感粉粉的烤蘋果、黏稠的蛋奶凍。夏琳衝進來的時候，乍看她臉上的表情，我還以為她的錢被偷了。但接著我又想，掉錢這種事不會讓她臉色大變，更不會讓她驚喜成那個樣子。

如春？如春怎麼會在這裡？搞錯了吧。

那天一定是星期五。夏令營還剩兩天，我們再過兩天就要回家了。結果原來是有一群特教生（在這裡也叫他們特教生）被帶了過來，和我們一起共度最後一個週末。為數不多，總共大概二十人吧，有的來自我住的小鎮，有的來自鄰近的鎮上。事實上，夏琳正在跟我通風報信的時候，我們就聽到一聲哨音響起，輔導員阿爾發跳到長凳上宣布消息。

她說，她知道我們都會盡力讓訪客覺得賓至如歸，這些新來的夏令營夥伴帶了自己的帳篷和輔導員過來，但他們會跟我們一起吃飯、游泳、玩遊戲，也會參加早上的談心時光。阿爾發的聲音裡藏著熟悉的警告或訓誡意味，她說，她相信我們都會把握這個結交新朋友的機會。

這些新成員花了點時間搭帳篷、放好行李。有些人顯然滿不在乎，自顧自晃來晃去，輔導員得把他們吼回來和抓回來。由於當時是我們的自由活動或午休時間，我們去福利社買了巧克力棒、甘草口味扭扭糖或蜂巢脆餅，躺在床上享用。

夏琳不斷說著：「想得到嗎？想得到嗎？她在這裡耶。我不敢相信。妳說她是不是跟蹤妳來的？」

「搞不好喔。」我說。

「妳說我有辦法一直幫妳擋下去嗎？」

在福利社排隊的時候，整群特教生剛好從外面經過，我頭一縮，叫夏琳幫我擋好。我從夏琳背後偷看了一眼，認出如春那低垂的蛇頭。

「我們得想個辦法幫妳偽裝一下。」

聽了我的說法，夏琳似乎認為如春是有意來騷擾我的。而我也認為事實就是如此，只不過那種騷擾比我所能敘述的更隱晦、更幽微。我讓夏琳幫我想辦法，因為那樣比較刺激。

如春並沒有立刻認出我來，因為夏琳和我一直很巧妙地躲來躲去，或許也因為她就跟多數特教生一樣，茫茫然搞不清楚狀況，不知道自己來這裡幹麼。他們很快就被帶到湖畔盡頭，上他們自己的游泳課。

晚餐時間，他們進來的時候，我們剛好唱歌唱到一半。

當我們同在一起　在一起　在一起

當我們同在一起

其快樂無比

接著，輔導員刻意將他們分散開來，讓他們跟我們其他人坐在一起。他們都掛了名牌。我對面坐著瑪莉．艾倫什麼的，不是我鎮上的人。但我還來不及高興，就看見如春來隔壁桌坐下了。她的個頭比旁邊的人都高，但感謝老天，她跟我面對著同一個方向，所以用餐期間她看不到我。

她是他們當中最高的一個，但卻不像我記憶中那麼高大、那麼不容忽視。原因可能是我在去年暴風抽高，而她可能已經完全停止發育了吧。

用餐過後，我們起身收盤子的時候，我一直垂著頭，不去看她的方向，但我知道她是何時看到我、認出我、露出她那瞇眼歪嘴的笑容、發出她那噎到似的詭異笑聲。

夏琳說：「她看到妳了。別轉頭。別看。我來擋住妳。走。繼續走。」

「她跟過來了嗎？」

「沒有。她只是站在那裡看妳而已。」

「她在笑嗎？」

「算是吧。」

「不要讓我看到她。我會吐出來。」

在剩下的一天半，她要怎麼迫害我呢？夏琳和我反覆說著這個動詞，儘管如春其實從未靠近我。「迫害」。聽起來有一種大人味、司法味。我們隨時保持警覺，像她在跟蹤我們似的，或至少是在跟蹤我。我們試著掌握如春的一舉一動，夏琳會跟我回報她的神態或表情。我確實冒險看過她一、兩眼，就趁夏琳說「好，她現在不會注意到」的時候。

在我偷看她的時候，如春顯得有些垂頭喪氣，或悶悶不樂，或不知所措。就像多數的特教生，彷彿她也覺得無依無靠，不明白這是哪裡或她為什麼在這裡。儘管她沒惹什麼麻煩，但有些特教生引起了騷動。他們或者亂晃到湖灘後面的松樹、香柏、白楊混和林裡，或者沿著通往公路的沙子路一直走。之後，輔導員就把大家集合起來，叫我們要幫忙看好這些新朋友，他們不像我們對這裡那麼熟。夏琳聽了就戳戳我的肋骨。她當然不知道如春的改變。夏琳不會知道如春好像喪失自信或體型縮水了。她只是持續向我回報如春的表情有多狡猾、多邪惡，說她面露凶光。或許她形容的沒錯。或許，從夏琳這個陌生人身上，從我的這位新朋友或新保鑣身上，如春察覺到這裡的一切都不一樣、不熟悉，所以她才會一臉防衛，儘管我沒看到。

「妳都沒跟我說過她的手。」夏琳說。

「她的手怎麼了？」

「我沒見過那麼長的手指。她的手指可以纏繞在妳的脖子上掐死妳。她可以。晚上要是跟她睡一個帳篷，豈不是很可怕？」

我說對，很可怕。

「只不過她那個帳篷都是笨瓜，他們不會注意到。」

最後那個週末，營隊的感覺整個都變得不一樣了。沒有什麼劇烈的改變。餐廳的鑼聲照常按時宣布開飯。伙食沒有變好也沒有變差。午休時間照常，遊戲時間照常，游泳時間照常。福利社照常營業。我們照常集合談心。但營隊裡瀰漫著一股心不在焉的浮躁氣氛。就連輔導員也是，他們不再將一樣的訓話或鼓勵掛在嘴邊，還會失神地看著你，像是想不起自己平常都會說些什麼。而這一切似乎是從特教生抵達之後開始的，他們的存在改變了營隊。這裡本來是一個真正的夏令營，就跟一個孩子的學校生活或生活中的任何部分一樣，自有一套不可避免的規矩、限制與樂趣。他們來了之後，營隊生活卻一點一滴開始瓦解，暴露出這一切只是臨時的。演出來的。

是不是因為我們看著這些特教生，心想連他們也可以來參加夏令營，那我們算什麼呢？有部分是這個原因。但也有部分是這一切就快結束了，每天的例行作息都會被打破，爸媽會來接我們回去，我們會回到原來的生活中，輔導員也會變回一般人，平時他們甚至不是老師。我們生活在一個就快要拆掉的舞台布景中，這兩個星期以來滋長的友誼、敵意和勾心鬥角都會隨之煙消雲散。誰能相信這只是兩星期的事呢？

沒人知道該怎麼說，但營隊裡瀰漫著一股疲乏，一種厭倦、煩躁的情緒，就連天氣也彷彿呼應了這種氣氛。過去兩星期或許不是天天放晴，但多數人心裡一定會帶著晴朗的印象回家。而現在呢，天色在星期天的早晨變了。我們在戶外靈修的時候（談心時光到了星期天都改成戶外靈修），空中頓時烏雲密布。氣溫沒變，就算有也是變得更熱了，但空氣中有種所謂風雨欲來的感覺，同時卻又那麼凝滯。星期天，牧師從鄰近的鎮上開車過來加入我們。輔導員和牧師都不時戒備地抬頭看天空。

確實掉了幾滴雨，但也就幾滴而已。靈修順利結束，天空沒有降下狂風暴雨。烏雲反倒散了點，不到放晴的地步，但至少我們最後一次的游泳活動不必取消。游泳過後不會有午餐時間，廚房在早餐過後就關閉了。福利社的百葉窗也不會拉開。午後不久，爸媽就會來接我們回家，專車會來接特教生回家。我們的東西都大致收拾好了。床單拆掉了。蓋起來總覺悶溼、粗糙的褐色毯子也折好放在床腳了。

就算有滿滿的人在裡面吱吱喳喳地換泳衣，住宿區的小木屋也顯得只是一個臨時落腳的地方，而且氣氛熱絡不起來。

湖畔也一樣。比起往常，沙子好像變少了，石子倒是變多了。而且，沙子看起來也是灰撲撲的。乍看之下，湖水好像很冷，儘管其實溫溫的。即便如此，我們也提不起勁游泳了。多數人只是漫無目的地在水裡踩來踩去。兩位游泳輔導員（寶玲負責管我們，另一位中年婦女負責管特教生）得對我們拍手吆喝。

「快點啊，等什麼呢？今年夏天最後一次機會了。」

我們當中的游泳好手通常會立刻衝向浮台。游得還可以的人（包括夏琳和我在內）則至少要游到浮台再回來一次，證明我們可以頭在水裡游至少兩碼距離。寶玲通常會先直接游到那裡，在深水區守著，以免有人出事，並確保每個該游過去的人都游完了。然而，這天乖乖照規矩游過去的人似乎變少了，寶玲一開始為了叫大家下水，基於鼓勵或不耐煩吆喝了一下，但接著就只是在浮台周邊載浮載沉，跟那些從一而終的游泳好手說說笑笑。多數人還是在淺水區玩水，有的只游個幾呎或幾碼就站起來對彼此潑水，有的在水裡倒栽過來水母漂，大家好像都懶得再游泳了。多數特教生甚至都沒走到水深過膝的地方，負責管特教生的那位太太也站在水裡，水深還不到她的腰，她那件印花連身泳裙的上半身都沒沾到水。她彎著身體，撈起水來朝她負責看管的特教生潑過去，笑著跟他們說：是不是很好玩啊？

夏琳和我所在的水位只到我們的胸口。我們屬於鬼混摸魚的那一群，一下玩水母漂，一下躺著拍水，一下趴著打水，反正也沒人叫我們別再玩了。我們試試看能在水裡睜開眼睛多久，又鬼祟祟地從後面跳上彼此的背。周圍還有很多人也一樣在嘻嘻哈哈打打鬧鬧。嬉鬧間，有些人的父母或幫忙來接小孩的人提早到了，還表明說他們沒時間浪費，於是有些人就從水裡被叫了上去。場面又是一陣吆喝和混亂。

「看！看！」夏琳從水面上冒出來呸著水說。我剛把她推到水裡，她滿頭滿臉滿嘴都是水。我一看原來是如春朝我們過來了。她戴著一頂淺藍色的橡膠泳帽，十指纖長的手拍著水，臉上露出微笑，彷彿她突然恢復了把我玩弄於股掌之間的力量。

我沒跟夏琳保持聯絡。我甚至不記得我們怎麼道別的。有沒有道別都很難說。印象中，兩家的父母大概同一時間抵達，我們匆匆上了車，回到各自的生活——不然呢？夏琳家的車肯定不像我們家的車那麼破、那麼吵、那麼靠不住，但就算不是這個原因，我們也不會想到要介紹雙方的家人認識。包括我們在內，每個人都急著離開，顧不得身後某件失物是誰的、誰找到家人沒有、誰上了專車沒有的吆喝。

多年後，我偶然看到了夏琳的婚紗照。在那個年代，婚紗照還會登在報紙上。小鎮如此，大城亦然。我就是在多倫多的一份報紙上看到的，當時我人在布魯亞街的一間咖啡館，邊等朋友邊看報。

婚禮辦在貴湖市。新郎是多倫多本地人，奧斯古德法學院畢業生，長得挺高的——不然就是夏琳長大後的個子小小的。即使頂著當時流行的安全帽頭，一頭濃密而有光澤的頭髮澎得像一顆巨型安全帽，她的身高都還不及他的肩膀。髮型顯得她的臉很小很擠、很不起眼，但我注意到她的眼線畫得很濃，埃及豔后風，嘴唇沒有血色。聽起來好像很可怕，但那年頭流行的就是這種造型。全身上下，唯一看得出一點兒時輪廓的，就是她那滑稽可愛肉嘟嘟的小下巴。

報上說她（新娘）畢業於多倫多的聖希爾達學院。

所以，我在多倫多念大學學院的時候，她一定也在同一座城市念聖希爾達學院[3]。我們說不定曾經同時走在校園裡的同一條路上，只是沒有碰到。我不認為她會躲我。我就不會躲她。當然，一旦發現她念的是聖希爾達，我就會覺得我才是正經的大學生。我的朋友和我都認為，聖希爾達是花瓶學院。

現在，我是人類所的研究生。我已打定主意終生不婚，儘管我不排斥談戀愛。我留了一頭長直髮——我和我的朋友們追求的是嬉皮風。如今想來，我的童年回憶淡了、遠了，不重要了。

我可以寫信到夏琳的父母家，報上登了他們在貴湖市的地址。但我沒這麼做，因為我覺得為了結婚去祝賀一個女人是天底下最矯情的事。

* * *

但她寫信給我了，事隔十五年後吧。她寄信到幫我出書的出版社。

信中寫道：「我的童年老友瑪琳，在《麥考林》[4]雜誌看到妳的大名，我真是又激動又高興。想到妳居然寫了一本書，我也覺得好不可思議。我們才剛度假回來，所以我還沒找妳的書來讀，但我一定會盡快去找，也會好好讀一讀的。我才翻了翻我們不在的這段期間累積的雜誌，妳那張驚人美照和那篇有趣的書評就躍入眼簾。我心想一定要寫封信恭喜妳。

「或許妳嫁人了，但用妳婚前的閨名來寫書？或許妳有自己的家庭？請務必寫信告訴我妳的近況。很遺憾，我沒有孩子，但我忙著當志工、做園藝、跟小克（我老公）開帆船出海遨遊。似乎總有做不完的事。我目前在圖書館委員會擔任委員，他們要是還沒訂購妳的書，我就扭斷他們的手臂。

「再次恭喜妳一聲。我得說我很驚訝，但並不意外，因為我始終覺得妳會有異於常人的成就。」

那次我也沒跟她聯絡，因為這麼做好像沒有意義。一開始，我並未把信末的「異於常人」放在心上，但之後回想起來，我不禁有點心驚肉跳。然而，我告訴自己她沒有別的意思。至今，我也依然相信她是無心的。

---

3 大學學院（University College）和聖希爾達學院（St. Hilda's College）為多倫多大學（University of Toronto）下設的不同學院，兩者位於同一座校園中。

4 *Maclean's*，加拿大歷史悠久、發行量最大的新聞雜誌。

她說的那本書是從一篇半途而廢的論文衍生出來的。我後來寫了別篇論文，但等到有時間的時候，我又基於個人興趣回頭進行原先那個研究。從那之後，我還跟別人合寫過兩本書，善盡我身為一個學者的本分，但我獨立完成的那本是唯一為我贏得外界一點注意的書（不用說也受到了同行的一點批評）。那本書現在已經絕版了。書名叫做《白痴與偶像》——換作是現在，出版社一定不會讓我取這種書名；就連在當時，幫我出書的出版社也捏了一把冷汗，儘管大家都承認這個書名很吸睛。

我試圖探究的是不同文化如何看待身心異常的人。在相關論述中，你可不敢用「原始」一詞來形容這些文化。「低能」、「殘廢」、「智障」之類的詞彙當然也要棄之不用，而且可能有很好的理由——不只因為諸如此類的字眼隱含一種優越的態度和慣有的刻薄，也因為它們不足以表述一切。這些字眼排除了這些人身上許多不同凡響、不可思議或至少也是強過一般人的特長。探索各式各樣被視為神聖、神奇、危險或可貴的能力所受到的崇拜與迫害，乃至於這些能力被貼上的標籤（這些標籤不盡然是錯的），正是這個研究有趣的地方。我竭盡所能做了史料研究和當代研究，將詩歌和小說作品都涵蓋進來，當然也沒漏掉宗教習俗。想當然耳，我的專業因為過度引經據典、所有的資料都來自書上受到了批評，但那時我沒拿到研究補助，沒辦法跑遍世界各地去做田野調查。

當然，我看得出其中的關聯。我想，這世上可能只有夏琳也看得出那一層關聯。說也奇怪，在當時的我看來，童年是那麼遙遠，那麼無關緊要，僅僅只是一切的起點罷了。從那之後，人生繼續，我們順利長大成人，可以放心了。

「閨名」，夏琳信中寫道。我很久沒聽到這個說法了。它跟聽起來既貞潔又可悲的「老處女」相去不遠。而且，在我身上當然不適用。就連看到夏琳的婚紗照那時，我都已經不是處女了，我也不認為她還是。倒不是說我有過一堆情人——其中多數人我甚至不願稱之為情人。就跟我輩多數的未婚女性一樣，我算得很清楚。十六個。我敢說許多年輕一輩的女孩子才二十幾歲或十幾歲就已經達到這個數目了（我收到夏琳來信時的數目當然比較少，說真的，我現在實在懶得算清楚了）。其中有三人是重要的，而且按時間順序算來，這三位都排在前六位當中。我所謂「重要」是指這三位……不，只有兩位，第三位是單方面的，他對我來說遠比我對他來說重要。好，所以就這兩位，「重要」是指我跟他們交往的過程中，會有那種妳想要坦白一切的時候，遠不止於奉上妳的身體，而是把妳的整個人生都放心地交到對方手中。

我一直忍住沒這麼做，但只是勉強忍住而已。

所以，看來我也不盡然放心。

不久前，我收到另一封來信，是我退休前任教的大學轉寄給我的。我從巴塔哥尼亞旅行回來的時候（我成了重度旅行愛好者），發現這封信在家等著我，已經等了一個多月了。

信是打字的，不是手寫的——來信者在開頭就立刻為此致上歉意。

「我的字見不得人。」他寫道。接下來，他介紹自己是「您兒時的手帕交夏琳」的先生。他說他非常、非常遺憾通知我這個不幸的消息。夏琳在多倫多的瑪格麗特公主醫院，她的癌細胞已經從肺部擴散到肝臟。很遺憾，她當了一輩子的老菸槍，剩下的日子不多了。這些年來，她不常提起我。但每當提起我，她總是很為我非凡的成就高興。他知道她有多珍惜我這個老友，如今，到了生命的盡頭，她似乎很想見我一面。她請他幫忙聯絡我。他說，或許因為童年的回憶最是珍貴，童年的情誼最是堅貞。

嗯，我心想，她現在說不定已經死了。

但如果她已經死了——這樣一想，我就想通了——如果她已經死了，我跑去醫院問一下狀況也不會怎麼樣。到時候，我的良心或不管什麼東西都會是清白的。我可以回個字條，跟他說很不幸我剛好不在，但我已經盡快趕過去了。

不。最好還是別回什麼字條。免得他冒出來感謝我。「手帕交」三個字令我渾身彆扭。就跟「非凡的成就」一樣，只是彆扭的方法不同而已。

瑪格麗特公主醫院離我住的大樓幾條街而已。我在一個晴朗的春日步行過去。我不知道為什麼我不打個電話就好了。或許我想告訴自己我已經盡力了吧。

我從櫃台得知夏琳還活著。被問到想不想見她的時候，我很難拒絕。

我搭電梯上樓，還在想著就算到了她那一層樓，就算到了護理站前，我還是可以轉身走人。或者，我也可以一出電梯就掉頭，搭下一班電梯下樓。樓下櫃檯的小姐不會注意到我離開了。事實上，她注意到下一個排隊的人身上時，就不會再留心我了。即使她注意到了，那又有什麼關係呢？

我想，我會覺得很不好意思吧。不是因為我的無情，而是因為我的不堅定。

我停在護理站前，護理師給了我病房號碼。

那是一間單人房，小小一間，沒有美輪美奐的設備、鮮花或氣球。一開始，我看不見夏琳在哪裡。床前有一位護理師彎著身體，床上像是有一大坨棉被，但不見人影。我心想，是腫大的肝臟。我但願自己早就趁來得及跑走了。

護理師站直了，轉過身來對我笑。她是個棕色皮膚、身材豐滿的婦女，溫柔、迷人的嗓音可能表示她來自西印度。

「妳是瑪琳！」她說。

也不知她在高興什麼。

「她很期待妳的到來。妳可以靠近一點啊！」

我聽她的話靠上前去，低頭看到一副腫脹的身軀、病懨懨的尖臉、顯得病人服太寬鬆的雞脖子、頭皮上幾根短短的毛（依舊是褐色的）。哪有一點夏琳的影子。

以前我也看過垂死之人的臉。我媽媽的臉。我爸爸的臉。甚至是我不敢愛的男人的臉。我不意外。

護理師說：「她現在睡著了。她真的好希望妳來喔！」

「她沒有失去意識？」

「沒有。但她一直昏睡。」

有了。我看到了。我看出夏琳的影子了。是什麼呢？或許是嘴角的抽動，有她兒時那副自信、調皮的樣子。

護理師以她溫柔、愉快的語調對我說：「我不知道她認不認得出妳。但她很希望妳來。有個東西要給妳。」

「她會醒過來嗎？」

護理師聳聳肩。「我們常常要幫她注射止痛藥。」

她打開床邊桌。

「就是這個。拿去吧。她說如果她等不到了，就請我轉交給妳。她不想請她先生幫忙。既然妳來了，她應該會很高興的。」

信封封了起來，有我的名字在上面，以字跡顫抖的大寫字母寫成。

「不能給她先生看到唷。」護理師眨眨眼，笑開了嘴。她是不是嗅到了一絲非法的氣息？一個女人的祕密？一份舊情？

她說：「明天再來吧。誰說得準呢？只要有機會，我就告訴她。」

一下來到大廳，我就讀起那封信。裡面的字跡近乎正常，不像信封上那般歪歪扭扭、橫七豎八。當然，她也可能是先寫了信、裝進信封裡，把信封好之後就收起來，心想她會親手交給我。

後來她才覺得有必寫上我的名字。

瑪琳，我先寫下這封信，免得病情嚴重到無法說話的地步。請妳照我說的做。請妳去貴湖市的主教座堂找霍夫斯特德神父。萬應聖母主教座堂。很大的教堂，不用名稱也能找到。霍夫斯特德神父。他自然知道該怎麼做。這件事我不能請老克幫忙，也永遠不想讓他知道。只有霍神父知情。我問過他了，他說他可以幫我的忙。瑪琳，拜託妳去找他吧。保佑妳。跟妳沒有關係。

老克一定是她先生。他不知情。他當然不知情了。

霍夫斯特德神父。

跟我沒有關係。

我大可一到外面街上就把信揉了丟掉。於是我就這麼做了。我丟掉信封，讓風把信封吹到大學大道的水溝裡。接著我才想起信不在信封裡；信還在我的口袋裡。

我絕不會再去醫院看她一次。我也絕對不會去貴湖市。

她叫她先生小克。現在我想起來了。他們一起開帆船遨遊海上。克里斯多福。小克。克里斯多福。老克。

返回我住的大樓之後，我卻沒有搭電梯上樓，而是下樓到車庫。衣服也沒換，我就坐上我的車，把車開到外面街上，朝嘉丁納高速公路駛去。

嘉丁納高速公路。四二七號公路。四〇一號公路。剛好碰上尖峰時刻，不適合出城的壞時機。討厭死了。我不常在這種時候開車，也沒自信這麼做。汽油只剩一半，更慘的是我想上廁所。到米爾頓那裡吧。我可以從米爾頓下高速公路去加油，順便上個廁所，也順便重新考慮一下。眼前除了繼續往北開再往西開，反正我也不能做什麼。

我沒下高速公路，而是開過密西沙加匝道口，接著又開過米爾頓匝道口。我看到一塊顯示還剩多少公里到貴湖市的路牌，默默按照我的老習慣把公里大致換算成英里，心想汽油應該夠用。西下的太陽是我給自己一路不停向前開的藉口。隨著太陽降低，光線又會變得更刺眼。城裡就算再晴朗的日子也籠罩著霧霾，出了城可就沒有霧霾擋光了。

從貴湖市下交流道之後的第一站，我就下車走去洗手間，兩條腿僵硬得走路都會抖。上完廁所，我把油箱加滿，付錢時順便問了主教座堂怎麼走。我得到的指示不是很清楚，只知道它坐落在很大的一座山丘上，從市中心隨便哪裡都找得到路過去。

事實當然並非如此，儘管我幾乎是開到哪都能看到它。四座精美的高塔上矗立著精巧的塔尖。我本來以為只是一座很大的教堂而已，沒想到它也很美。當然，它也真的很大。以一個規模相對來得小的城市而言，它算是相當雄偉壯觀的一座主教座堂（雖然後來有人告訴我它其實不算主教座堂[5]）。

夏琳會是在這裡結婚的嗎？

不。當然不是。她去了聯合教會辦的夏令營，營隊裡雖然有各式各樣的新教徒，但沒有信天主教的女孩子。何況還有瞞著老克的事。

也說不定她偷偷改教了。從發生那件事之後。

我及時找到去主教座堂停車場的路，然後就坐在那裡考慮該怎麼做。我穿著休閒長褲和夾克。對於天主教的教堂或主教座堂的穿衣規範，我的想法是舊時的想法了，都不知道現在這一身服裝行不行。我努力回想在歐洲參觀主教座堂時都是怎麼穿的。手臂不能露出來？頭巾呢？裙子呢？

山丘上天高氣爽、一片寂靜。四月，枝頭都還沒冒出一片嫩葉，但太陽畢竟仍是當空高掛。積雪不深，灰撲撲的雪像是教堂停車場鋪的地磚。

我身上這件夾克夜裡穿太薄了，也或許這裡比較冷，風也比多倫多強。

此時教堂可能已經鎖上了。沒人了。鎖住了。

雄偉的前門看似如此。我甚至懶得爬上臺階去試試，因為我決定尾隨兩位老太太——跟我一樣老。她們才從街上爬了好長的路上來，只見她們直接略過門前臺階，繞到教堂側邊比較好走的入口去了。

裡面人比較多，可能有個二、三十人吧，但他們不像是來做禮拜。眾人分散在教堂長椅各

5 主教座堂（cathedral）是設有主教座位的教堂，由於是教區擁有首席地位的教堂，建築規模比一般教堂來得大，因此常被俗稱為大教堂。

處，有的跪著，有的聊天。我前面的兩位老太太看都沒看，就把手浸到大理石洗禮盆裡，邊淨手邊向一位先生打招呼。這位先生正把一個個奉獻籃擺到桌子上，她們跟他說話也沒小聲一點。

「外面只是看起來很溫暖而已啊！」其中一位老太太說。那位先生回說風冷到都能把鼻子凍掉。

我認出告解室來了。就像一排各自分開的小木屋或哥德風的兒童玩具屋。色澤暗沉的木頭，繁複的雕工，深咖啡色的簾子。別的地方都金碧輝煌、光彩奪目。挑高的穹頂是最空靈的天藍色。穹頂下方與牆面銜接的圓弧處，裝飾了漆成金色的聖像主題圓形浮雕。在黃昏時分的陽光照耀下，彩繪玻璃化為璀璨的珠寶。我小心翼翼地沿著一條走道走去，想去看一眼祭壇。但位於西側的祭壇區太亮了，令我無法直視。我只看到窗戶上方畫了天使。成群結隊的天使，像光一樣清新、飄逸、純潔。

這裡是最講究規矩的地方，但似乎沒人堅持什麼規矩。聊天的女士聊個沒完，聲音雖輕柔，但音量並未壓低。其他人制式地點點頭、畫畫十字，便跪下來忙自己的事了。

我也該去忙我的事了。我四處張望，都沒看到一位神父的蹤影。神父就跟一般人一樣也有上下班時間吧。他們也會開車回家，走進客廳、書房或自己的小天地，鬆開領結，打開電視，倒杯飲料，想著晚餐要不要好好吃一頓。來教堂的時候，他們就是正正式式來上班的。身披祭袍，準備主持儀式。比方主持彌撒？

或比方聽人告解。但話說回來，他們什麼時候在這裡，你永遠也不知道。這些中間隔著格柵的小隔間，進出不是都有專用的門嗎？

我得找個人問問。布置奉獻籃的那位先生似乎是在這裡做事的人，儘管他顯然不是接待員。沒人需要接待。大家自由選擇想坐或想跪的地方，坐到一半或跪到一半也可能臨時決定換個位子，或許是珠光寶氣的陽光太干擾了吧。出於我在教堂裡的老習慣，我輕聲細語地跟那位先生說話，小聲到他得請我再說一次。也不知是因為困惑，還是因為不好意思，他遲疑地朝其中一間告解室點了點頭。我得說得很明確、很堅定才行。

「不是，我沒有要告解。我只是想找一位神父。有人叫我來找他談。霍夫斯特德神父。」

籃子先生消失在旁邊走道的盡頭，過了一會兒就帶了一位健步如飛、體格粗壯的年輕神父過來。這位神父穿的是一般的黑色便服。

他示意我到一個我之前沒注意的房間。其實也稱不上是房間，我們只是穿過教堂後面的一道拱門，而不是房門。

「在這裡比較好說話。」他邊說邊為我拉了一張椅子來坐。

「霍夫斯特德神父……」

「喔，不是的，我得告訴妳，我不是霍神父。霍神父今天放假，不在這裡。」

我一時不知該如何繼續下去。

「我會盡力幫妳的。」

我說：「我有個朋友。她在多倫多的瑪格麗特公主醫院，病得奄奄一息了……」

「好的，好的。我們知道瑪格麗特公主醫院。」

「她請我……我這裡有張她寫的字條。她想見霍夫斯特德神父。」

「她是這個教區的嗎？」

「我不知道。我不知道她是不是天主教徒。但她是這裡的人，貴湖市人。我跟她很久沒見面了。」

「那妳是什麼時候跟她聊的呢？」

我解釋了一番，說我沒跟她說上話，她在睡覺，但她留了這張字條給我。

「但妳不知道她是不是天主教徒？」

他的嘴角有個裂開的瘡，說起話來一定很痛吧。

「我覺得她是，但她先生不是，而且他不知道她是。她不想讓他知道。」

我說這些是希望能把情況解釋得清楚一點，儘管我不確定實情如何。我有預感這位神父很快就會徹底失去興趣了。「霍夫斯特德神父對這一切應該很清楚。」我說。

「妳沒跟她講到話？」

我說她打了針，昏睡不醒，但也不是都不會醒，我想她一定還是有清醒的時刻。我特別強調這一點，也是因為我認為有必要。

「妳知道，如果她想找神父告解，醫院裡也找得到神父。」

我想不出還能說什麼了。我拿出那張字條，把紙撫平交給他。現在看來，上面的字跡不像我之前認為的那麼清楚，只是比信封上的字清楚而已。

他露出一臉苦惱的表情。

「老克是誰？」

「她老公。」我擔心他可能會問老克的名字，以便跟他聯絡，但結果他只問了夏琳的名字。妳那位朋友的名字呢？他問。

「夏琳．蘇利文。」我竟然記得她的姓氏，也太神奇了。而且我頓時鬆了口氣，因為蘇利文聽起來像是一個天主教的姓氏。當然，這可能只代表她先生是天主教徒。但神父或許會推斷是她先生背棄了天主教的信仰，所以夏琳才要對她先生保密，也所以夏琳才要急著找神父。

「為什麼她非找霍神父不可呢？」

「應該是有什麼特別的事情吧。」

「所有的告解都很特別。」

他作勢起身，但我坐定不動。他只好又坐了回去。

「霍夫斯特德神父今天放假，但他人在貴湖市。我可以打電話問問他這件事。如果妳堅持的話。」

「那好，麻煩你了。」

「我很不願意打擾他。他身體不舒服。」

我說如果他狀況不好，沒辦法自己開車，那我可以載他去多倫多。

「必要的話，我們可以安排車子接送他。」

他四處張望一番，沒看到他想找的東西，便從口袋拿出原子筆，決定用那張字條的背面來寫字。

「如果妳可以幫我確認一下她的名字。夏綠蒂……」

「是夏琳。」

整個交涉的過程中，我都沒有和盤托出的衝動嗎？一次也沒有嗎？瞥見那浩瀚卻狡猾的寬恕，你大概以為我可能會說出來，明智地說出來。但是沒有。告解非我所好。木已成舟。縱有成群結隊的天使，縱使聖母像的眼裡流下血來，也沒用。

我坐在車裡，天氣再冷也沒想到要發動引擎。我不知道接下來要做什麼。意思是我知道可以做什麼。我可以找到去公路的路，加入沒完沒了、閃閃爍爍的車流，駛向多倫多。我也可以找個地方過夜，如果我覺得沒力氣開車的話。多數旅館都會提供牙刷，不然也有牙刷販賣機。我知道自己得做什麼、能做什麼，但此時此刻，我實在力不從心。

湖上的快艇應該要跟岸邊保持一大段距離，尤其應該遠離我們的營區，他們掀起的水波才不會影響我們游泳。但在最後一天早上，在那個星期天早上，有兩艘快艇互相較量起來，愈繞愈近——當然還不到浮台這裡，但近到足以掀起波浪。浮台晃來晃去，寶玲不悅地大罵，但兩艘船發出的噪音太吵了，駕駛根本聽不到。就算聽得到，反正他們也已經掀起一道水波。水波朝岸邊湧了過來，淺水區的人要嘛隨著波浪跳起，要嘛一個不穩栽了下去。

夏琳和我雙雙失去重心。我們背對浮台，因為我們正看著如春朝我們靠近。我們站在水深大約到腋下的地方，似乎就在聽到寶玲罵人的同時，我們隨著湧來的湖水往上一浮。可能就跟其他人一樣，我們也尖叫了一陣吧。一開始是嚇到尖叫，恢復平衡之後，看著水波掃過去，又興奮得尖叫。接下來的波浪沒那麼強，所以我們穩得住。

就在失去重心的那一刻，如春朝我們栽了過來。我們鼓動手臂、滿臉是水地浮出水面時，如春整個人都在水裡，四肢攤開。周圍一片尖叫和鼓譟。水波漸弱，大家反倒玩得更起勁了，沒被第一波攻勢擊倒的人也假裝被第二波擊倒。如春的頭沒有浮出水面，她現在雖然不是一動不動，但也只是緩慢地繞著圈圈，輕飄飄的像水母。夏琳和我的手按住她，按在她的橡膠泳帽上。

這可能只是意外。就彷彿我們設法穩住重心的時候，隨手抓住近處一個很大的橡膠物體，沒意識到那是什麼東西，或沒意識到自己在做什麼。我想過了。我認為我們會受到寬恕的。小孩子嘛。一時驚慌而已。

是啊。就是這樣。無心的。

真的嗎？我們一開始真沒主動做出任何決定嗎？我們沒有看著彼此，決定接下來故意要做的事情？故意的。因為當如春的頭努力浮出水面的時候，我們確實四目相對，交換了眼神。她的頭堅持要浮起來，就像一鍋滾水中的水餃。她的身體只是在水裡漫無目標、軟弱無力地亂動，但她的頭知道自己該做什麼。

要不是那頂橡膠泳帽上有著凸起的花紋，讓它變得比較好抓，我們可能就手一滑，鬆開那顆橡膠頭了。我還清楚記得那頂帽子的顏色，乏善可陳的淺藍色。但我一直沒看懂它的花樣，不知是魚、美人魚，還是一朵花，凸起的紋路貼著我的手掌。

夏琳和我看著彼此，沒低頭去看自己的手在幹麼。她的眼睛睜得大大的，滿眼的興奮，我想我的眼睛也一樣吧。我認為我們沒有做壞事的感覺，也沒有為自己的邪惡沾沾自喜的意思。我們只是把握不可思議的良機，順手做了該做的事，就彷彿那一刻是我們人生中的高潮、自我實現的巔峰。

你或許會說，我們已經無法回頭了。我們別無選擇了。但我發誓，選擇從來不存在，我們從沒想過什麼選擇不選擇。

整件事為時可能不到兩分鐘吧。還是三分鐘？又或者一分半鐘？

談天氣似乎顯得很多餘，但喪氣的烏雲不知在何時散開了——或許是在快艇闖過來的時候，或許是在寶玲大叫的時候，或許是在第一道水波打過來的時候，或許是我們手掌下的橡膠物體失去自由意志的時候——雲破天開，太陽冒了出來，有更多的家長出現在湖畔上，有人叫我們別再玩了、全部上岸。游泳時間結束了。對這個夏天來說。對住得離湖邊或市立游泳池很遠的人來說。私人泳池只存於電影雜誌上。

如我所言，我不記得跟夏琳道別和坐上車子的部分，因為這個部分不重要。在那個年紀，一切都會結束。你覺得再自然不過。

我倒是很確定我們不曾說過「別說出去」這種老套、侮辱智商又多此一舉的廢話。

我能想像騷動的開始，但現場還有其他爭相冒出來的小插曲，不安的情緒蔓延得沒那麼快。有個小孩掉了一隻涼鞋。最小的孩子當中有一個在大叫，說是眼睛進沙子了。有個孩子還吐了，或許是在水裡玩得太興奮，或許是看到家人太興奮，也或許是偷吃糖吃得太急了。

不一會兒，但不是馬上，不安的情緒就會穿透這一切。有人不見了。

「誰不見了？」

「其中一個特教生。」

「可惡。就知道特教生會出事。」

負責看管特教生的那個女人跑來跑去，身上依舊穿著那件印花泳衣，手臂的蝴蝶袖和兩腿的肥肉晃來晃去。抓狂的嗓音帶著哭腔。

誰去樹林裡找一下，步道上也找找看，喊她的名字看看。

「她叫什麼名字？」

「**如春**。」

「等等。」

「怎麼了？」

「水裡是不是有個東西？」

但我相信這時我們已經走遠。

林木

羅伊是為家具裝墊和拋光的師傅。他也接修理桌椅的工作，不管是缺了幾根橫條、少了一隻腳，或有其他慘不忍睹的狀況，他都可以重新組裝好桌椅。現在很少人做這一行了，他的生意忙到應付不來，也不知該怎麼辦才好。他不請幫手的藉口是政府會叫他弄一堆繁文縟節，但真正的理由或許是他習慣獨立作業——打從退伍以來，他一直都是單打獨鬥。對他來講，旁邊老有別人在是不堪設想的事。如果他和太太莉亞生了個兒子，這孩子或許會在耳濡目染之下長大，等到年紀夠大了就加入他的行列，一起經營這個小生意。甚至，即便生的是女兒也可以。他曾想過要訓練他太太的姪女黛安。她還小的時候總愛在一旁看他忙東忙西，也在十七歲閃婚之後來當過他的幫手，因為她和她老公缺錢用。但她懷孕了，聞了除漆劑、木材著色劑、亞麻仁油、亮光漆和燒木柴的味道就想吐。至少這是她給羅伊的說法。她跟他太太說了真正的原因——她老公覺得女孩子家不適合這種工作。

所以，現在她是四個孩子的媽，在一間老人院的廚房工作。顯然她老公覺得做這個就沒問題。

羅伊的工作室在屋後的倉庫裡，冷天就靠柴燒火爐取暖。為了取得火爐要用的木柴，他又私下培養出另一個興趣。這個私下的興趣倒也不是祕密。意思是說大家都知道，只不過沒人知道他對這件事的看重，或這件事對他來講的意義。

這件事就是砍柴。

他有一輛四輪驅動的大卡車、一柄電鋸和一把八磅重的斧頭。他花愈來愈多的時間窩在樹林裡砍柴，多到砍來的柴超過他需要的量，於是他便賣起木柴來了。現代化的房子往往在客廳和餐廳各有一個壁爐，起居室還有一個火爐。而且，大家希望爐子裡一年四季隨時有火，不只是在聖誕節或辦派對的時候才有。

剛開始的時候，莉亞很擔心他一個人跑去樹林裡。一方面怕他一個人會不會出意外，一方面也怕他疏忽了本業。不是說他的品質會受到影響，而是他的進度。她說：「你可不能讓客戶失望。如果有人說他什麼時候要拿到什麼東西，那一定是有理由的。」

她認為他的生意多少帶有義務性質——他做這件事是為了助人。當他提高價格時，她覺得很不好意思（其實他也很不好意思），還特意費了一番唇舌，跟人解釋原料如今要花他多少成本。

她還在上班的時候，他不難趁她出門再出發去砍柴，趁她下班前趕回家。她原先在鎮上的牙醫那裡上班，負責接待和記帳。這份工作對她、對牙醫都好，因為她愛跟人講話，而她又來自一個情義相挺的大家族，全家族的牙齒都只肯給她的老闆照料。

包括姓波爾的、姓賈特的、姓普爾的在內，她的三親六戚沒事就來家裡串門子，不然莉亞也會去他們某一家串門子。大家不見得相處融洽，但無論如何都要膩在一起。碰到聖誕節或感恩節，家裡隨便就能擠進二、三十人。普通的星期天，他們也能召集十幾個人聚在一起——看電視、聊天、做菜、吃東西。羅伊喜歡看電視，也喜歡聊天，也喜歡吃東西，但不喜歡同時做其中某兩件事，更不喜歡三件事一起來。所以，每逢他們選定他家作為星期天的聚會地點，他就習慣躲去他的工作室，生一堆火——不是用鐵木，就是用蘋果木，兩種都好，但蘋果木尤其有一股香甜、舒心的氣味。在工作室外滿是汙漬和油漬的架子上，他總是放著一瓶裸麥威士忌。家裡也有，他也不吝於請客人喝，但在工作室獨飲的滋味更美妙，正如同沒人在旁邊說「哇，好香喔」的時候，木柴的香氣也更好聞了。他在忙家具活或在樹林裡砍柴的時候從不喝酒，只有在家裡高朋滿座的星期天才喝。

他躲起來耍孤僻並不會造成困擾。她的三親六戚不覺得受到怠慢——他們對於像羅伊這樣的姻親興趣缺缺，一來他沒為家族貢獻子嗣，二來他跟他們不太一樣。他們一個個人高馬大話又多，而他短小精悍話又少。他太太基本上很隨和，而且她就愛羅伊本來的樣子，所以她既不會責備他，也不會替他道歉。

說不上來為什麼，比起兒女成群的夫妻，他們都覺得彼此更重要。

去年冬天，莉亞老是病著，流感和支氣管炎幾乎沒好過。她認為病患帶到牙醫診所的病菌全都傳染給她了，於是她便辭掉工作——她說反正她也做得有點累了，而且她想要有更多時間去做她一直想做的事。

但羅伊始終沒機會知道她想做的是什麼。她的體力一落千丈，恢復不過來。而且，她的性情似乎也隨之大變。客人只會讓她很緊張——尤其是那些三親六戚。她沒力氣聊天，也不想出門。她還是會把家裡收拾好，只不過做一下家事就得休息一下，所以簡單的家務都要花她一整天。她沒了看電視的興致，儘管羅伊在看的時候還是會跟著看。她那心寬體胖的身材也消瘦下來，整個人變得沒有曲線。她的臉上和棕色的眼睛裡沒了那份溫暖、那份光彩——不管是什麼，反正顯得她好看的東西都沒了。

醫生開了一些藥給她，但她也說不上來有沒有用。她的一位姊妹帶她去看自然療法的治療師，光是諮詢就花了三百塊，重點是她也不知道有沒有用。

羅伊想念他以前的老婆，想念她的笑話和活力。他希望她回來，但他束手無策，只能耐心對待這個死氣沉沉、無精打采的女人。有時她還會莫名揮一揮眼前，像是要揮開蜘蛛網或撥開纏住她的荊棘。然而，問起她的視力，她又說沒問題。

她再也不開車了。羅伊去砍樹的事，她也不再置喙一語。

黛安說（大概只剩黛安還會來他們家），或許有一天就好了，也或許不會有這一天。

醫生說的也差不多，只不過醫生的遣詞用字比較小心。他說，吃了他開的藥，至少她不至於太嚴重。羅伊心想，怎樣叫做太嚴重？什麼時候看得出來？

有時，他會發現鋸木廠的人砍伐過的樹林，枝梢就留在地上[1]。有時，他會發現林管處的人來勘查過的樹林，他們判定應該要砍掉的樹都做了環割[2]記號，這些樹要嘛生病，要嘛畸形，要嘛不適合做木材。舉例而言，鐵木就不適合做木材，山楂樹和千金榆也不適合。每當發現這樣的樹林，他就會去跟林主或地主交涉，價格談成了，他就進去取走木頭。這個活動多半是秋末進行，也就是十一月或十二月初，因為這是賣木柴的時節，也是把他的卡車開進樹林裡最好的時機。早期的林主會親自去伐木和搬運木材，地上總是留有一條好走的路，這年頭就不見得了。你往往得要穿過農地開進去，而在一年當中，只有犁地前和收成後這兩個時間才能這麼做。

收成後的時機又更好，此時農地凍得硬梆梆。而今年秋天木柴的需求量比往年都大，羅伊一星期得去個兩、三趟。

許多人靠樹葉或樹木的形狀和大小來辨認樹種，但走在沒有樹葉的樹林深處，羅伊認的是樹皮。鐵木作為一種厚重又可靠的木柴，矮矮壯壯的樹幹上有著表面粗糙的棕色樹皮，但樹梢部位的枝條卻是光滑平坦，而且紅得很明顯。櫻桃是樹林裡最黑的樹了，樹皮上布滿錯落有致的美麗鱗片。多數人都會很驚訝樹林裡的櫻桃樹長得有多高，一點也不像果園裡的櫻桃樹。蘋果樹就比較像果園版的了——個頭不高，樹皮不像櫻桃樹那麼黑，也沒有那麼明顯的鱗片。梣樹是一種

1 伐木後需經打枝、截梢以利搬運，亦即去除枝椏與樹梢，故伐木作業現場留有大量截去不要的枝梢。

2 girdle，亦稱環剝、開甲或騸樹，意指割去一圈樹皮。

雄壯威武的樹木，樹幹上有著燈芯絨般一條條突起的紋路。楓樹灰色的樹皮有著不規則的表面，陰影形成黑色的條紋，這些條紋有時大致呈長方形，有時並不，無拘無束的隨興風格，很適合樸實無華、隨處可見的楓樹，也很符合多數人對樹木的想像。

山毛櫸和橡樹則又是另一回事——兩種樹都生得很搶眼、很招搖，但都不像現在幾乎絕跡了的榆樹般體態婀娜。山毛櫸有著光滑的灰色樹皮，猶如象皮，老有人愛在上面刻字。隨著年深日久，這些細細的刻痕橫向發展，愈拉愈寬，終至糊成一片，無法辨識。

樹叢中的山毛櫸可以長到百呎高。這種樹在開闊的地方會伸展開來，寬度長得跟高度一樣。但在樹叢裡，山毛櫸就是往上抽高，到了樹梢再來個急轉彎，梢頂的枝椏生得就像鹿角。但這種長得很囂張的樹可能有紋理扭曲的弱點，從樹皮的波紋可以看得出來。紋理扭曲代表這棵樹容易裂開或被強風吹倒。至於橡樹，這種樹在這個國家不是那麼常見，至少不像山毛櫸那麼常見，但總是一眼可辨。正如同楓樹彷彿是尋常人家院子裡必備的樹，橡樹彷彿是故事書裡不可或缺的元素。在每一個以「很久很久以前，在樹林裡」開場的故事中，樹林裡都長滿了橡樹。葉面泛著光澤、輪廓凹凸有致的深綠色樹葉為橡樹更添美貌，但就算樹葉都掉光了，也不減橡樹特有的丰采。你還是能從表面紋路繁複的深灰色軟木厚皮和歪七扭八、奇形怪狀的樹枝，一眼認出橡樹。

羅伊認為，只要你知道自己在做什麼，一個人去砍柴就沒什麼危險。砍倒一棵樹之前，首先要評估重心，接著砍一道七十度角的楔形切口，讓重心剛好落在切口的上面。當然，切口在哪一邊決定了樹要倒向哪一邊。你從對側把樹砍倒，對側下刀的地方要和第一個切口的高點平行，兩側切口不要相連。意思就是你不會把樹砍穿，最後會留下一截沒有砍斷的木頭，這裡就是整棵樹的重心，這棵樹要從這裡倒下去。倒下時最好不要碰到別棵樹，但有時避無可避。萬一倒在別棵樹上，而且沒辦法用卡車拴個鏈條把它拖出來，那你就要從下方將樹幹分段砍斷，直到上面的部分鬆落為止。樹倒下來，壓在它自己的枝椏上，為了把樹幹弄到地上，這時你就要砍掉它的枝椏，依序砍到底下支撐它的枝椏為止。底下的枝椏受到壓迫，可能彎得像一把弓。此時的祕訣在於你砍的方式要讓樹幹順勢滾出去，你才不會被底下的枝椏打到。樹幹安全落地後，你就把樹幹砍成可以放進火爐的長度，並用斧頭劈開一截截火爐長度的圓木。

有時也會碰到意想不到的狀況。有些難搞的圓木用斧頭就是劈不動，得把圓木放倒，用鏈鋸鋸開。這種從側面鋸開的劈柴法產生的木屑是長條狀的，鏈鋸邊鋸就邊把木屑抽走。還有，有些櫸樹或楓樹得用弦切法，在一大塊的圓木上，順著年輪四周切啊切，切到圓木幾乎修成一個方塊，變得比較好劈為止。有時也會碰到年輪之間長了黴菌的朽木。但一般而言，木塊的硬度都在意料之中——主幹比枝條硬，長在開闊處的粗壯樹幹又比擠在樹叢中的細瘦樹幹來得硬。

是有意外。但你可以做好準備。只要做好準備，也就沒有危險了。他曾想跟他太太解釋這一切。從各道工序到意外狀況，從意外狀況到辨認樹種。但他不知道怎麼說，她才會有興趣聽。有時，他但願自己在黛安年幼時就把畢生所學傳授給她，如今她再也不會有時間聽了。

況且在某種程度上，他關於木頭的念頭太私人了。這些念頭是貪念，更是執念。在其他方面，他從來都不是一個貪心的人。但他卻可以整夜躺在床上，想著他覬覦的一棵壯麗的山毛櫸，想著那棵樹會不會就像看起來那般令人滿意，還是有可能藏了什麼蹊蹺。他想著本縣每一塊他還不曾見過的林地，因為這些林地位於農場後方，躲在私人土地後面。如果他開車穿過一片樹林，他就會左看右看，把頭轉過來又轉過去，深怕漏看了什麼。就算是對他來講沒有用的樹木，他也看得津津有味，例如一片瘦弱又稀疏、不值得浪費力氣的千金榆。他看到沿著淺色樹幹斜切下去的深色脊線——他會記得那些脊線的位置。他想把他看過的每一片樹林都化為腦海裡的地圖，儘管他可能會說這張圖有實際的用途，以此合理自己的行為，但他也知道事實不盡如此。

初雪過後一天左右，他在一片樹林裡查看一些做了環割記號的樹。他有權進入那片林地——他和叫蘇特的林主談好了。

這塊林地邊上有一堆違法傾倒的垃圾。很多人偷偷把垃圾丟到這個隱密的地點，因為鎮立垃圾場的開門時間或位置對他們來講不方便。羅伊看到有東西在動。是一隻狗嗎？

但接著那道身影就直立起來，他看出那是一個穿了一身髒衣服的男人。事實上，那是波西·馬歇爾。他在垃圾堆中翻來翻去，看能找到什麼東西。以前，在這種地方，有時能找到有價值的舊瓦罐、舊瓶子，甚至能找到銅鍋爐，但現在不太可能了。波西反正也不是一個有眼光的拾荒客，他只是在找任何能拿來用的東西——儘管在這堆塑膠容器、破紗窗和填料都跑出來的床墊中，很難看出有什麼可用之物。

波西獨居在一棟空屋後面的一個房間裡，那棟空屋位處離這裡幾英里的一個十字路口，窗戶都用木板封起來了。他在馬路上和小溪邊遊蕩，自言自語走遍全鎮，有時顯得像一個弱智的流浪漢，有時又顯得像一個消息靈通的地方耆老。他那營養不良、髒兮兮、不舒適的生活是他自己的選擇。他試過遊民收容所，但受不了每天例行的作息，也受不了跟一堆老人住在一起。很久以前，他是從經營農場起家的，做得還不錯，但日出而作、日入而息的日子太單調了，於是他一路沉淪，走私，隨機闖空門，斷斷續續坐過牢。過去十年來，他又在老人年金的協助下，一路往上爬，生活多少有了保障。地方報紙甚至登過他的照片和報導。

奇人異士。在地的自由靈魂，分享人生故事和獨到見解。

他吃力地從垃圾堆中爬出來，像是覺得有義務攀談一下。

「你要把這裡的樹弄走？」

羅伊說：「可能吧。」他心想波西或許想討一點木柴來用。

「那你最好手腳快一點。」波西說。

「怎麼了嗎？」

「這些樹都要包給別人了。」

羅伊忍不住好奇，只好稱了波西的意，問問他是怎麼回事。波西是個長舌公，但不是騙子。至少對他真正感興趣的事情不會說謊，也就是做買賣、遺產、保險、闖空門等等跟錢有關的事。

如果你以為不曾有過錢的人腦子裡沒在忙著想錢，那你可就錯了。把他想成一個佛系流浪漢的人可能會很訝異，他其實並非滿腦子不切實際的哲思，也不是一個成天沉湎於往日回憶的人。雖然要他說的話，他也是說得出滿口哲理。

波西開始娓娓道來：「我從鎮上聽來這麼一號人物。搞不太清楚。反正他好像是有個鋸木廠，跟河岸旅館簽了約，一天一考得[3]，供應他們整個冬天需要的木柴。旅館一天就要燒這麼多。一天一考得。」

羅伊又問：「你從哪聽來的？」

「啤酒吧囉。我三不五時就去喝一杯，從不超過一品脫。講話的那些人我不認識，但他們跟我一樣沒喝醉。說是那片林子在哪裡哪裡什麼的，我一聽可不就是這裡嗎？蘇特的林子。」

羅伊上星期才跟蘇特談過，他以為差不多都談定了，依慣例把他要的搬走就對了。

他輕描淡寫地說：「那很多欸。」

「是很多。」

「如果他們打算全部拿走，他們得有許可證才行。」

「那還用說。除非其中有鬼。」波西興味盎然地說。

「不關我的事。我忙我的就夠了。」

「那還用說。你忙你的就夠了。」

回家的路上，羅伊沒辦法不去想這件事。他不時就賣一些木柴給河岸旅館。但他們現在一定是想有個穩定的貨源，而那個貨源不是他。

已經開始下雪了，他想著現在要把那麼多木柴弄出來的問題。唯一能做的就是趁隆冬之前把圓木拖到空地上，盡快拖出來，堆成一大堆，鋸成一段段，之後再劈柴。而要把圓木拖出來，你得有推土機，不然至少也要有大台的拖拉機。你得開一條路，把圓木拴上鏈條拖出來。工程浩大，你得有一支團隊，一、兩個人完成不了。

所以，聽起來不像他這種賺外快的小生意。有可能是大型團隊，說不定根本是外地來的。

羅伊跟艾略特·蘇特談的時候，他都沒透露半點消息。但也可能是他們後來才去找他談，而他決定讓推土機開進來，把他隨口跟羅伊說好的事拋到九霄雲外。

晚上，羅伊考慮打個電話問問情況。但他又想，蘇特如果真的改變了主意，他也不能怎麼樣。口頭約定沒什麼約束力。蘇特大可叫他退出。

現在可能最好就是假裝沒聽過波西說的事，沒聽說有別人要來——反正在推土機開來之前，盡快去樹林裡拿走他能拿的就對了。

當然，波西總有聽錯的可能。他不太可能只為了看羅伊苦惱捏造這件事，但他有可能誤會

3 cord，木柴單位，一垛 3.62 立方公尺的木柴為一考得。

了。

然而，羅伊愈想就愈覺得沒有這個可能。他的腦海一直浮現推土機的畫面，推土機、捆了鏈條的圓木、空地上堆成一座小山的圓木、手拿鏈鋸的工人……這年頭都這樣。大規模作業。

他這麼在意這件事，有一部分也是因為他本來就對河岸旅館很感冒。河岸旅館是派拉格林河畔的一間度假旅館，蓋在一個舊磨坊的遺址上，離波西．馬歇爾住的十字路口不遠。事實上，波西住的那塊地和那棟房子都歸旅館所有。他們本來計畫把房子拆了，但結果無所事事的旅館房客很愛沿那條路走過去，對著那棟破房子、屋旁的舊鐵耙和翻倒的馬車、沒用的古早汲水器拍照。若是得到波西的首肯，他們也會把波西拍進去。有些客人還畫素描呢。這些人從渥太華和蒙特婁之類的地方遠道而來，顯然以為自己來到了蠻荒地帶。

本地人則是在特別的日子才會去旅館吃大餐。莉亞去過一次，跟牙醫、牙醫太太、口腔衛生師和口腔衛生師的老公一起去。羅伊不肯去。他說他不想花那麼多錢吃一頓飯，即便付錢的是別人。但羅伊也不確定他到底哪裡不爽這間旅館，他並不反對花錢享受一下的想法，也不反對有些人就是靠想要花錢享受的人撈錢。沒錯，旅館的古董是別的工匠修復的，破舊的椅墊也是別的師傅換新的——那些工匠和師傅根本都不是本地人。但如果旅館找上他，他也可能會推掉，說他手邊的工作已經忙不過來了。當莉亞問他究竟是哪裡跟那間旅館過不去，他唯一能想到的說辭就是黛安曾去應徵當服務生，他們沒錄用她，說她太胖了。

「哦？她是啊。她是太胖了。連她都說自己太胖了。」莉亞說。

也是啦。但羅伊還是覺得那些人勢利眼。很會撈錢，又歧視胖子。他們仿照復古的雜貨店和歌劇院蓋新的建築只是為了作秀。他們燒木柴也是為了作秀。一天要燒一考得。所以，這下子會有大公司開著推土機進來，像夷平一塊玉米田一樣推倒整片樹林。他們這種人就是會想出這麼蠻橫的計畫，做出這麼粗暴的掠奪之舉。

他把聽來的消息告訴莉亞。出於習慣，他還是會把大事小事說給她聽，但他也習慣了她現在其實沒有真的在聽，就連她有沒有回話，他都不太注意了。這回她只是附和他說過的話。

「無所謂。反正你忙你的就夠了。」

無論她的狀況好不好，這種反應都在他的意料之中。她沒把他的話聽進去。但太太們不都這樣嗎？或許先生們也一樣，大概有一半的時候都沒把話聽進去。

次日上午，他忙一張摺疊桌忙了一陣子，打算在工作室待一整天，完成幾件逾期的工作。接近中午，他聽到黛安的汽車消音器發出的噪音，便朝窗外看了看。她現在都會來帶莉亞去做腳底按摩——她認為那對莉亞有好處，莉亞反正也不反對。

但她沒朝屋子走去，卻朝工作室走來。

「午安！」她打招呼。

「午安。」

「工作忙嗎？」

「老樣子囉。派個差事給妳？」羅伊說。

這是他們的老規矩了。

「我有任務在身了。聽著，我來就是為了請你幫個忙。我想跟你借卡車。明天。帶阿虎去看獸醫。我沒辦法用車子載牠。牠太大隻了，塞不進去。不然我也不想麻煩你。」

羅伊說沒問題。

他心想，阿虎看獸醫，他們可要花不少錢了。

她問：「你明天不用卡車嗎？我是說，你開汽車就可以了嗎？」

當然，他本想明天去那片樹林，只要今天完成手邊工作的話。現在，他只得改變主意，決定今天下午就去。

「我會幫你把油加滿。」黛安說。

所以，另一件他要做的事，就是記得去把油加滿，免得黛安跑去加油。他正想跟她說：「妳知道嗎？有件事我沒辦法不去想，所以我要去……」但她已經走出工作室的門，去找莉亞了。

她們一離開視線，他就把東西收拾好，爬上卡車，開到昨天去過的地方。他一度考慮經過波西家的時候停一下，找波西問個清楚，但他想了想，又覺得問他也沒用。波西看他這麼想知道，搞不好還會編起故事。他又考慮去找林主聊，但也基於跟昨晚一樣的理由決定不要。

他把卡車停在通往樹林的小路前。這條小路到了後面就漸漸消失了，但他在走到盡頭之前便已岔了出去。他沿著樹林外圍查看狀況，看起來跟昨天一樣，沒有跡象顯示這片樹林落入了任何的陰謀詭計。他帶了鏈鋸和斧頭，默默覺得動作要快一點，如果有什麼人冒出來，如果有誰質問他，他就說他取得了林主的同意，別的事他不知道。他還會說，除非林主親自過來叫他走，否則他打算一直砍下去。如果林主真的出面，那他當然就會滾蛋。但那不太可能，因為蘇特是個行動不便的大胖子，他不愛在自己的土地上逛來逛去。

「……又沒有官方授權……」羅伊就像波西・馬歇爾一般自言自語道：「我要看到白紙黑字。」

他想像自己跟未曾謀面的陌生人說話。

不管是什麼樹林，林子裡的地面往往比周遭土地更為高低不平。羅伊總以為是樹木倒下造成的。樹木倒下時，泥土連同根部翻起，然後樹木就倒在那裡，日漸腐爛。樹木倒下、腐爛的地方最後化為土堆，根部帶走泥土的地方則形成坑洞。但他不知從哪讀到（最近才讀到的，他但願自己想得起來是哪裡），原因來自很久很久以前，就在冰河時期過後。冰河時期，土地各層之間形成冰層，冰層把土地推高，形成不規則隆起的地面，就像今日的北極地區。在未經整地的地方，地面就還是會高低不平。

現在發生在羅伊身上的事，是最稀鬆平常卻又最難以置信的事了。任何一個漫不經心在樹林裡遊蕩的人，任何一個癡癡欣賞著大自然的觀光客，任何一個以為穿梭林中就跟公園散步一樣的人，都有可能發生這種事。有些人穿著輕便的鞋子，沒穿登山用的靴子，走路時也不注意地面。羅伊成千上萬次走在樹林裡，都沒發生過一次，連差一點也沒有。

天上下了一陣子小雪，土地和落葉都變得很滑。他的一隻腳滑了一下，扭到了，另一隻腳穿過白雪覆蓋的矮木叢，踩進地裡去了，地面比他想的還要低。換言之，他不小心一腳踩進（幾乎是跌進）應該要小心試探看看的地方。除非無處可以下腳，否則這種地方連試著踩踩看都不應該。即便如此，情況是怎麼樣的呢？他沒有像栽進土撥鼠洞那樣重摔下去。雖然失去了平衡，但他還是不甘心地搖搖擺擺，不相信自己會跌倒，接著才不甘心地摔了下去，打滑的那隻腳不知怎麼卡在另一隻腳底下。落地時，他把鏈鋸舉得遠遠的，斧頭則甩了出去。但甩得不夠徹底，斧柄狠狠地砸到他身上，就砸在扭到的那隻腳的膝蓋上。鏈鋸把他的重心拉了過去，但至少他沒有跌在鏈鋸上。

他感覺自己就像是慢動作跌下去的，深思熟慮卻避無可避的慢動作。他大有可能摔斷肋骨，但是他沒有。斧柄有可能彈上來，打中他的臉，但是也沒有。他有可能在自己的腿上鋸出一道很深的傷口。他想著所有的可能性，卻沒有鬆一口氣的感覺，反倒很疑惑這種種的可能怎麼都沒有發生。因為這起意外開始的方式，因為他打滑、踩穿樹叢、跌到地上的方式，太愚蠢也太詭異了，令他難以相信接下來竟然沒有任何荒唐的後果。

他開始把自己拖出來。兩邊膝蓋都很痛——一邊是因為被斧柄砸到，一邊是因為重重磕在地上。他抓到一棵小櫻桃樹的樹幹——落地時，他也有可能一頭撞到這棵樹。他抓住小樹的樹幹，一點一點把自己拉上來了。他試探地把右腳踩在地上，左腳騰空，只是稍微碰地而已。等等他再來試試這隻腳。他彎身去撿鏈鋸，差點又一個腿軟坐了下去。一陣劇痛從地面竄上來，一路直竄腦門，痛得他忘了鏈鋸，只顧直起身來，想確認劇痛從何而來。那隻腳——他彎身的時候把左腳踩下去了嗎？那股劇痛又一路回到左腳的腳踝。他盡量把左腳伸直，考慮了一下，接著謹慎地嘗試把左腳踩在地上，再試著把全身的重量壓上去。他不敢相信痛成這樣。他不敢相信那份疼痛會持續到把他打敗的地步。左腳腳踝想必不只扭到，還扭傷了。會不會扭斷了呢？從靴子的外觀看來，左腳腳踝跟完好如初的右腳腳踝沒有兩樣。

他明白自己必須忍痛走出去。為了離開這裡，他必須習慣那份疼痛。他試了又試，但沒有進展。他不能把全身的重量壓上去。一定是斷了。腳踝骨折——即便如此也是輕傷，老太太在冰面上滑倒的那種輕傷。他很幸運。腳踝骨折。輕傷。儘管如此，他還是一步都走不了。走不了就是走不了。

最後，他終於體認到，為了回到卡車那裡，他只能放棄那柄斧頭和那把鏈鋸，手腳並用爬出去。他很輕很輕地跪了下來，轉了一圈，找到他的足跡。靴子留下的鞋印現在都蓋滿了雪。他想檢查放鑰匙的口袋，確認拉鍊是拉上的。他把頭上的鴨舌帽甩掉，就讓帽子躺在雪地上——帽舌擋到他的視線了。現在，雪直接落在他沒戴帽子的頭上，但沒有那麼冷。一旦接受了爬行這種行進方式，在地上爬其實也沒那麼糟——意思是並非不可能，儘管對他的雙手和沒事的那邊膝蓋很吃力。他現在夠小心了。小心翼翼地爬過草叢，爬過樹苗，爬過高低不平的地面。就算碰到有一點坡度的地方，可以讓自己滾下去，他也不敢嘗試——他得顧好那隻受傷的腳。他很慶幸自己沒經過沼澤地，也很慶幸自己沒有耽擱時間就開始往回爬。雪愈下愈大，他的足跡就快湮滅掉了。要是不能沿著足跡回去，從地面的高度很難判斷他走對路了沒有。

一開始，他還覺得眼前情況很不真實，現在似乎感覺愈來愈自然了。雙手、手肘和一邊膝蓋著地，整個人貼近地面，碰到一截圓木，試試看有沒有腐爛，肚子靠著圓木，把自己拉過去。雙手沾滿了雪、爛葉和泥土——他沒辦法戴著手套。除非裸著冰冷、刮傷的手，否則抓不住、摸不透樹林裡地面上的東西。他不再訝異自己怎麼會出這種事了。雖然一開始還覺得難分難捨，現在他也不再想著被他丟下的斧頭和鋸子，不再回顧事發當下了。無論如何，發生了就是發生了。整件事不再顯得反常、離奇或難以置信。

有一道陡坡要爬上去。來到這道坡前，他停下來喘了口氣，很欣慰已經爬了這麼遠。他把手塞進夾克裡暖一暖，一次一隻，兩隻手輪流。不知道為什麼，他突然想起黛安和她那件不合身的紅色雪衣。他決定不管她了，她的人生是她的人生，為她操心也沒用。他想到他的太太，陪他看電視、假裝一起笑的太太。想到她的安靜。至少她吃得飽、穿得暖，她不是拖著沉重的腳步在馬路上遊蕩的難民。他心想，還有更不幸的人，更不幸的事。

他開始沿那道坡爬上去，把手肘和痠痛但能用的膝蓋撐在可以下手或下腳的地方。他咬緊牙根爬呀爬，彷彿只要咬緊牙根就不會溜下去。看到裸露的樹根，他就抓住樹根。看到粗壯的雜草，他就抓住雜草。有時他撐不住往下滑，但他會緊急煞車，重新一吋一吋往上爬。他從不抬頭看自己還要爬多遠。如果他假裝這道坡沒有盡頭，一旦爬到坡頂就會是多出來的福利和驚喜。

爬這道坡花了很久時間，但他最後終於把自己拖到平地上了。而且，透過前面的樹叢和飄落的雪花，他可以看到停在那裡的卡車。他的卡車，紅色的馬自達老車，忠實的老朋友，奇蹟般地等在那裡。成功來到平地上，他又提高了對自我的期許。他先跪著，輕輕地，不要壓迫到受傷的那隻腳，單靠沒事的那隻腳，顫抖地拖著另一隻腳站起來，身體晃得像喝醉了一樣。他試著單腳跳了一下。不行。他會失去平衡。他試著放一點重量到受傷的那隻腳上，但只是很輕很輕地試一下，他就知道自己會痛暈過去。於是他回到老姿勢，手腳著地爬了起來。但他沒有穿過樹叢，而是右轉去找他知道的那條小路。來到小路上就比較好爬了，他爬過堅硬的車轍，在日照下融化的泥土現在又漸漸結凍了。膝蓋痛，手掌痛，但除此之外就比他剛才爬過的路途輕鬆多了，輕鬆到他幾乎整個人飄飄然起來。他可以看到卡車就在前頭，看著他，等著他。

他應該可以開車。幸好傷的是左腳。現在，最嚴酷的考驗過去了，他一方面鬆一口氣，一方面又不禁懊惱起來。誰要去幫他拿回鋸子和斧頭呢？他怎麼跟人解釋要去哪兒找呢？雪多快就會將一切掩埋？他什麼時候才能走路？

多想無益。他揮開所有的雜念，抬頭再看一眼卡車，鼓勵一下自己。他又停下來休息、暖手。現在，他是可以把手套戴回去，但何必毀了那雙手套呢？

一隻大鳥從旁飛出樹林，他歪頭去看是什麼鳥。他覺得只是一般的老鷹，但也說不定是禿鷹。如果是禿鷹，看到他受傷，牠就會盯上他，心想牠走運了？

他等著看牠繞回來。等牠繞回來了，他便可以從牠的翅膀和飛行的方式看看牠是不是禿鷹。

正當他定睛細看的時候，就在他耐心等待、注意看鳥兒的翅膀時——是禿鷹沒錯——對於過去二十四小時盤據他腦海的那件事，他也有了截然不同的想法。

卡車在動。是什麼時候發動的？他在看那隻鳥的時候嗎？一開始只是微微動了一下，就壓在車轍上晃了晃而已——搞不好是幻覺。但他可以聽到引擎聲。車在動。有人趁他分心時爬上車了嗎？還是其實一直都有人在車裡等？他確實鎖了車，鑰匙也在他身上。他又摸了摸拉上拉鍊的口袋。有人就在他眼前偷他的卡車，而且還沒用鑰匙。他跪在原地揮手大喊，彷彿這麼做有什麼用似的。但卡車沒有倒車開出去，反倒沿著小路顛簸地朝他直直開過來。現在，開車的人按了按喇叭，不是警告，而是打招呼。車子慢了下來。

他看到是誰了。

這世上唯一一個有備用鑰匙的人。唯一一個有可能開這輛車的人。莉亞。

他靠一隻腳掙扎地站起來。她跳下卡車跑過來扶住他。

「我剛剛跌了一跤。」他喘著氣告訴她：「我這輩子沒做過這麼蠢的事。」接著，他才想到要問她是怎麼過來的。

「這個嘛，當然不是飛過來的了。」她說。

她說她開車來的，說得好像她從沒放棄過開車一樣。她開車來的，但她把車子停在外面路上了。

她說：「那輛車太輕了，不適合走小路，而且我怕輪胎卡在泥巴裡。但其實不會，地上的泥都結冰了。」

她又說：「我看得到這輛卡車，就走了進來，走到卡車那裡，我就打開車門，爬上車坐在那裡等，心想你很快就會回來了，畢竟下雪了嘛，但我沒想過你會爬著出來。」

或許是因為走路，或許是因為天冷，她容光煥發，聲音也顯得高亢。她彎身查看他的腳踝，說是好像腫起來了。

「已經是不幸中的大幸了。」他說。

她說，這是她唯一沒擔心的一次，唯一該擔心卻沒擔心的一次（他懶得說她已經好幾個月什麼都不關心了）。她沒有半點不祥的預感。

她說：「我只是想過來告訴你我的想法，因為我等不及了，我在按摩的時候想到的。然後我就看到你在地上爬，我心想：不會吧！天啊！」

什麼想法？

「喔，什麼想法。喔，嗯，我不知道你會怎麼想，之後再跟你說吧。我們得先去治你的腳。」

什麼想法？

她的想法就是波西聽說的事純屬子虛烏有。波西是聽到有人在聊這片林子，但沒有什麼外地人拿了許可證要來砍樹，他聽到的就是羅伊本人的事。

「因為艾略特．蘇特這個老傢伙很多嘴。我認識他的親戚，他太太是安妮．波爾的姊姊。他到處吹噓他談成了一筆交易，而且加油添醋說了一堆有的沒的，最後就傳成河岸旅館一天要一百考得。有人喝啤酒的時候聽到其他喝啤酒的人在聊，事情就變成這樣了。何況你跟他都約定好了啊，我是說，口頭協議也是一種約定……」

「說來也真蠢……」羅伊說。

「我知道你會這麼說，但你想想……」

「說來也真蠢，但就在五分鐘之前，我才冒出跟妳一樣的想法。」

就是這個想法。他抬頭看那隻禿鷹的時候，腦袋裡冒出來的就是這個想法。

「所以，這不就得了？」莉亞心滿意足地笑了起來。「只要稍微跟那間旅館沾上邊的事，最後都會傳成一件大事。那種扯上很多錢的大事。」

這不就得了，他想。他聽到的就是他自己的事。一切騷動的來源就是他自己。

推土機沒有要開過來，拿著鏈鋸的工人們沒有要聚集到這裡。樺樹、楓樹、山毛櫸、鐵木、櫻桃樹都是他的。目前都是他的。

莉亞扶他扶得很喘，但還是能擠出一句：「英雄所見略同。」

此時不是談她的改變的好時機，就好像你不該趁一個人爬上梯子時大聲向他道恭喜。

半由莉亞攙扶，半由他自己出力，爬上副駕駛座的時候，他敲到了自己的腳，不禁發出一聲慘叫。如果只有自己一個人，他大概不會叫成這樣吧。他不是故意要誇大，只是把慘叫當成一種形容的方式，說給他的太太聽。

甚或是獻給他的太太聽。因為她恢復了活力，他應該要為她高興，但他卻沒有應有的表現。他發出的慘叫是為了替自己掩飾，或為了替自己開脫。當然，他心裡自然還是有點保留，不知道這是不是曇花一現，還是她從此以後都好了。

但就算她從此以後都好了，他還是覺得悵然若失。這一天有得也有失，就算他有力氣也不好意思承認的損失。

天色太暗了，雪太濃了，他的視線只能看到最外圍的一排樹。之前，他也曾在這種時候進到那片樹林裡，在初冬夜幕降下的時候。但現在他才仔細看了看，注意到之前不曾注意到的地方。原來那片樹林那麼密。那麼濃密，那麼隱密。不是一棵樹緊挨著另一棵樹的關係，而是全部的樹挨在一起，互相扶持，彼此交織，融為一體，在背地裡悄悄轉變。

「樹林」一詞還有別的說法，隱約在他腦海裡載浮載沉，想抓卻抓不住。接近了，但沒抓到。那是一個很冠冕堂皇的說法，感覺既冷漠又不祥。

他僵硬地說著：「我掉了斧頭。我掉了鋸子。」

「那又怎樣？找人幫你去拿回來就是了。」

「還有我們家的車。妳要不要下車？妳去開那輛車，卡車我來開？」

「你瘋了嗎？」

她的聲音顯得心不在焉，因為她正把卡車退到可以迴轉的地方。慢慢倒車，但又不會太慢。在車轍間顛簸，但沒有偏離小路。他不習慣從這個角度看後視鏡，於是他搖下車窗，探出頭去看，讓雪撲在他臉上。這麼做不只是為了看看她開得怎麼樣，也為了幫自己醒醒腦，因為他愈來愈暈了。

他說著：「慢點。這就對了。等等。現在可以了。開得很好。開得很好。」

他一邊說，她也一邊在說醫院的事。

「當務之急是讓他們看看你……」

就他所知，她從沒開過這輛卡車。

她開得這麼順，簡直不可思議。

森林。他想起來了。就是這個詞。不是什麼罕見的詞，但他可能從沒用過。比起樹林，森林聽起來很正式，正式得令他敬而遠之。

彷彿做個結語般，他說了句：「荒涼無人的森林。」

太多幸福

「許多未曾研究過數學的人把它和算術混為一談，以為它是一門枯燥乏味的學問，殊不知這門學問其實需要莫大的想像力。」——索菲亞·柯瓦列夫斯基（Sophia Kovalevsky）

之一

一八九一年一月一日，一名小個子女性和一名大個子男性走在熱那亞的老墓園裡。兩人年約四十。女性有一顆稚氣的大頭和一頭濃密的黑色鬈髮，臉上一副略帶懇求的急切表情。她的面容已有幾分老態了。男性是個彪形大漢，一三〇公斤的體重分布在碩大的骨架上。身為俄羅斯人，常有人說他活像一頭熊，也常有人說他就像東歐大草原上驍勇善戰的哥薩克人。此刻他彎下身來，在筆記本上抄寫墓碑上的文字，一邊收集碑文，一邊推敲他乍看之下不甚明白的縮寫，儘管他會說俄語、法語、英語和義大利語，也懂古典拉丁文和中世紀拉丁文。他的學問之淵博就跟他的體格之魁梧一樣，雖然專攻政府法，要他教美國當代政治制度的發展、俄國社會和西方社會的特殊習俗、古代帝國的法律和常規也是沒有問題的。但他可不是學究。他機智風趣，受歡迎得很，各方面來講都是很隨和的人。而且，拜他在哈爾科夫附近的房地產所賜，他可以過著天底下最舒適的生活。但他在俄羅斯卻不能擔任教職，因為他自由黨員的身分。

他的名字很適合他。馬克辛。馬克辛．馬克西莫維奇．柯瓦列夫斯基。

跟他在一起的女性也姓柯瓦列夫斯基。她嫁給他的一位遠房表親，不過現在喪偶了。

她跟他說笑：

「你知道我們倆有一人會死。我們倆有一人今年會死。」

他聽得心不在焉，隨口問了句：怎麼說？

「因為我們新年第一天跑來墓園。」

「真的欸。」

「還有一些事情你不知道。」她以她一貫的冒失急著說：「我可是八歲之前就知道了。」

「我猜是因為女孩子比較常跟廚房女傭待在一起，而男孩子都在馬廄吧。」

「男孩子在馬廄不會聽到生生死死的事？」

「不太多。都專注在別的事情。」

那天下了雪，但地上的雪軟綿綿的。他們走過的地方留下了融化的黑色腳印。

她初見他是在一八八八年。斯德哥爾摩要成立一所社會科學院，他來當顧問。就算沒有特別的吸引力，共同的國籍和共同的姓氏也足以把他倆湊在一起。她有責任好好招待並在各方面照顧這個在祖國不受歡迎的自由黨同伴。

但結果她一點也不覺得那是一種責任。他們一見如故，就像兩人真是失聯已久的親人。歡聲笑語和一連串的問題隨之而至。兩人心有靈犀一般，滔滔不絕地說著俄語，彷彿西歐的語言都是沒有實質、徒具形式的牢籠，已經把他們關了太久，或只是蹩腳的替代品，不足以代替真正的人類語言。他們的行為也很快就踰越了斯德哥爾摩的規矩。他在她的公寓待到深夜。她到他的旅館單獨跟他共進午餐。他不小心在冰面上滑了一跤，傷到了腳，她幫他清理和包紮，更有甚者，她還把這件事說出去。當時的她對自己是那般篤定，對他又格外篤定。她借用法國詩人繆塞的句子，在給朋友的信中形容他道：

> 他既開朗又陰鬱……
> 是難相處的鄰居，也是一等一的盟友……
> 不正不經卻又裝模作樣……
> 天真爛漫卻又老練世故……
> 分外真誠卻又異常狡猾。

最後，她寫道：「總而言之，他是個真正的俄國人。」

胖馬克辛。那時她是這樣叫他的。

「除了跟胖馬克辛在一起的時候，我從來不曾那麼想寫下浪漫的篇章。」

以及「他占據太多空間了，不只是沙發上的空間，還有一個人心裡的空間。有他在，我心裡就容不下別的東西。」

此時的她應該要日以繼夜為了投稿伯丁獎努力。「我不只拋開了我的函數，也不管我的橢圓積分和僵硬的身體[1]了。」她跟米塔-列夫勒[2]開玩笑道。同為數學家的米塔-列夫勒勸馬克辛是時候去烏普薩拉教書一陣子了，於是，她把心思從他身上拉回來，從白日夢回到剛體運動上，苦思怎麼用有兩個自變數的Θ函數解開所謂的美人魚問題[3]。苦思歸苦思，她還是忙得很幸福，因為她心裡有他。待他從烏普薩拉回來，她已腦力透支但勝券在握，而且是雙喜臨門——她的論文只剩最後的修飾和匿名投稿，她的心上人歸心似箭，雖然抱怨連連但很高興重回斯德哥爾摩，而且，她認為他處處暗示有意與她共度一生。

都怪伯丁獎毀了他們。索菲亞是這麼認為的。一開始，她自己也被騙了，吊燈啦、香檳啦、各種恭維啦，把她迷得團團轉。到處一片讚歎之聲，到處有人抓起你的手親吻，美好的假象掩蓋了不便提起但不會改變的事實。事實是他們永遠不會給她一份應得的工作。她的機會配不上她的天賦。如果能在一間省立女中找到教職，她就算是很走運了。正當她陶醉於得獎榮耀之際，馬克辛跑了。當然，對於真正的原因，他隻字未提，只說他有論文要趕，他需要博略[4]的清靜。

他覺得自己受到冷落了。身為一個不習慣受到冷落的男人，長大成人以來，他可能從來不曾在任何一間沙龍、任何一場宴會上受到冷落。就連陪索菲亞去巴黎領獎時，他也沒那麼受到冷落。在索妮亞[5]的光芒之下，他就跟平常一樣，並未相形失色。儘管她是一張令人好奇的新面孔、一個令人興味盎然的數學怪胎，兼具數學的天賦和女性的羞怯，挺迷人的一名女子，在一頭鬈髮之下藏著不凡的頭腦，但他也是一個財力雄厚又名聲顯赫的男人，體型不容忽視，才智也不容忽視，而且別有一股幽默風趣、口才辨給的男性魅力。

他從博略寫來冷淡、陰沉的道歉信，回絕她忙完之後就去看他的提議。他說，有一位女士住在他那裡，他不可能介紹她倆認識。這位女士此刻狀況不好，需要他的照顧。他說，索妮亞應該回瑞典去；有一群朋友在等她，她在那裡應該很快樂。學生需要她，年幼的女兒也需要她（她

1 此處一語雙關，一件物體當中每個質點之間的相對位置固定不變，此物體即為物理學上所謂的「剛體」（Rigid Body），字面意思為僵硬的身體。

2 Mittag-Leffler（1846-1927），瑞典數學家。

3 數學中所謂的美人魚問題，意指解題難如登天，要找到答案就像要從大海中找到美人魚一樣困難。

4 Beaulieu-sur-Mer，法國濱海阿爾卑斯省尼斯區的一個市鎮。

5 在俄文的女子名當中，索妮亞（Sonya）為索菲亞（Sophia）的暱稱。

的心揪了一下，很熟悉的一句老話，暗示她是個失職的媽媽？）信末，他還丟下一句可怕的話：「我如果愛妳就不會這樣寫了。」

一切都結束了。從巴黎帶著她的伯丁獎和光鮮亮麗的虛名回來，回到對她來講突然變得無足輕重的朋友身邊，回到或許比朋友重要一點的學生身邊——也只有當她換上數學老師的身分時，這些學生對她才有意義；說也奇怪，她還是有辦法在他們面前一展數學的長才。也回到年幼的芙芙身邊，照理說，她是個備受忽視的孩子，卻還是那麼無憂無慮、活潑開朗的樣子。

斯德哥爾摩的一切都令她觸景傷情。

她坐在同一個房間裡。家具是花了一筆天價運費，從波羅的海另一頭運來的。在她面前的是同一張貴妃椅，前不久，這張椅子才英勇地撐起他的重量，也在他熟練地將她攬入懷裡時一併撐起她的重量。別看他體型如此，做起愛來可不笨拙。

同樣的紅色錦緞椅面，同樣來自她失去的老家，尋常的客人或非比尋常的貴賓都坐過。神經質的杜斯妥也夫斯基或許曾經惆悵地坐在上面，痴痴地看著索菲亞的姊姊安妮烏塔。無庸置疑，身為一個令她母親不滿的孩子，索菲亞小時候也曾坐在上面，一如往常地惹媽媽心煩。

同樣的一個老櫥櫃，也是從她在帕里比諾的老家帶來的。櫥櫃上嵌了她祖父母的肖像，肖像畫在瓷片上。

這指的是姓舒伯特的祖父母。看著外公外婆的肖像也不能帶來安慰。他穿著制服，她穿著大禮服，兩人一副自滿的神態。索菲亞心想，他們大概得到了自己想要的吧。對於那些沒那麼精明或沒那麼幸運的人，他們只有輕蔑而已。

「你知道我有德國血統嗎？」她曾問馬克辛。

「當然，否則妳過人的勤奮是哪裡來的？滿腦子謎樣的數字又是哪裡來的？」

我如果愛妳。

芙芙用盤子送上她的果醬，要她陪她玩兒童版的撲克牌。

「少煩我。妳就不能讓我靜一靜嗎？」

後來，她幫這孩子擦掉眼淚，乞求她的原諒。

但索菲亞畢竟不是那種會一蹶不振的人。她吞下她的自尊，打起她的精神，以愉快的筆調回信，一方面輕鬆地提到各種遊山玩水賞心樂事，寫她去溜冰、去騎馬等等的，一方面又關注俄國和法國的政局。如此一來便足以放鬆他的戒備了吧，說不定他還會覺得那句心狠手辣的警告多此一舉呢。她成功爭取到另一次的邀請。課程結束，一放暑假，她就飛去博略了。

愉快的時光。也有她口中所謂的誤會，但她及時化誤會為「對話」。冷戰，分手，瀕臨分手，突然和好。坎坷不平的歐洲之旅，公開以戀人的身分任人議論紛紛。

有時她納悶他有沒有別的女人。她自己倒是考慮過嫁給一個追求她的德國人。但那個德國人太一絲不苟了，而且她懷疑他要的是一個家庭主婦，何況她也沒對他心動。當他用一板一眼的德文談情說愛的時候，她只覺得全身的血愈來愈涼。

馬克辛一聽說有這位可敬的追求者，就說她與其嫁給那個德國人，還不如嫁給他算了，只要她受得了他將帶給她的一切。說這話的時候，他假裝他說的是錢財。忍受他帶來的財富當然是一個笑話。放下主要源自於她的失望，放下多半由她挑起的口角，忍受不冷不熱、相敬如賓的感情可就不是笑話了。

她用取笑他的方式來掩護自己，讓他以為她相信他不急，這件事便沒有下文了。但回到斯德哥爾摩以後，她就覺得自己怎麼那麼蠢。於是，在南下度耶誕之前，她寫信給茱莉雅[6]，說她不知道自己將迎來幸福或是心碎。她指的是她要跟他攤牌，挑明了她很急，問清楚他急不急。她做好了顏面掃地、大失所望的準備。

她保住了她的顏面。馬克辛畢竟是一位紳士，而且他說話算話。他們會在春天完婚。這件事一旦決定好了，他們相處起來就前所未有地自在。索菲亞表現良好，沒擺臭臉，沒鬧脾氣。他期待一定程度的賢慧，但不是家庭主婦的那種賢慧。他不會像一個瑞典丈夫般反對她抽菸，反對她喝茶喝個沒完，反對她沒事就對政治大發議論。當他痛風發作時，他也會跟她一樣任性、煩躁、自憐，而她看他這個樣子也不會不高興。他們畢竟都是普通人。而且，她懷著幾分內疚，暗自厭倦起瑞典人了。放眼全歐洲，只有明理的瑞典人願意聘用一名女性數學家，到他們新成立的大學任教。但他們的城市太整齊、太乾淨了，他們的習慣太制式了，他們的派對太拘謹了。只要決定好某一條路線是正確的，他們就勇往直前、貫徹到底，不像在彼得堡或巴黎，大家還要進行火花四射的激辯，夜復一夜沒完沒了地吵下去，可能還有擦槍走火的危險。

馬克辛不會干涉她真正的工作——這指的是研究，而非教學。他很高興她有自己的事要忙，儘管她懷疑他瞧不起數學這門學問。在他眼裡，數學就算不是可有可無，也沒有多大的用處吧。身為一位法學教授和社會學教授，他又怎能不這麼想呢？

幾天後，他送她去搭火車，尼斯的天氣暖和了點。

「我怎麼走得了呢？我怎麼離得開這裡的好天氣呢？」

「啊，但是妳的書桌和妳的微分方程在等妳。到了春天，妳想走也走不了了。」

「是嗎？你覺得到時候我就走不了了嗎？」

不。他不是在用很迂迴的方式說他春天不想結婚。不是的。她不能這麼想。她已經寫信給茱莉雅了。信中說，到頭來迎接她的畢竟是幸福。畢竟是幸福。幸福。

在車站月台上，一隻黑貓從他們面前斜切過去。她怕貓，尤其是黑貓。但她不動聲色，壓下自己的顫抖。彷彿為了獎勵她的自制，他宣布說他會陪她坐車到坎城，如果她不反對的話。她感

6 此指俄國首位獲得化學博士學位的女性 Julia Lermontova（1846–1919）。

激得說不出話來，內心有種泫然欲泣的衝動。在大庭廣眾之下掉眼淚是他無法忍受的事（私下他也不認為應該要忍受）。

她把眼淚收了回去。抵達坎城的時候，他把她的頭埋在他寬大的衣服裡。那一身剪裁精巧的衣服散發著一股男人味，混合了動物毛皮和昂貴雪茄的味道。他發乎情、止乎禮地親親她，但舌尖輕輕挑了她的嘴唇一下，像是一個私密的暗號。

當然，她沒有提醒他，她研究的是「偏」微分方程的理論，而且早就完成一段時間了。獨行的第一個小時，她就跟往常和他分開後一樣，衡量著他愛她的跡象和他不耐煩的跡象，琢磨著他的冷淡和恰如其分的激情。

她的朋友瑪莉．曼德森[7]曾對她說：「切記當一個男人走出房間，他就把一切都留在房裡了；當一個女人走出房間，她卻把房裡發生的一切都帶走。」

至少，她現在有時間注意到自己喉嚨痛了。如果他染上感冒，她希望他不會懷疑到她身上。身為一個身強體健的單身漢，小小的感冒對他來講都是奇恥大辱，空氣不流通或口氣不清新對他來講都是人身攻擊。他在某些方面真的是很嬌貴。

事實上，不只嬌貴，而且小心眼。不久前，他寫信告訴她，說是因為姓氏上的巧合，開始有人把他的某些文章誤認為是她寫的了。他收到巴黎一位文學經紀人的來信，劈頭就稱他為柯瓦列夫斯基「女士」。

他說，他都忘了她不只是數學家，也是小說家。巴黎人恐怕要失望了，因為他兩者都不是，就只是一位學者，而且還是先生，不是女士。

很棒的笑話。太好笑了。

之二

車廂裡亮燈之前她就睡著了，睡著前最後的念頭並不愉快。她想到維克多・賈克拉德[8]，她死去的姊姊的丈夫。她計畫在巴黎見他一面。事實上，她急著想見的是姊姊的小孩，她的小外甥尤里，但這男孩和他父親住在一起。在她心目中，尤里一直是那個五、六歲的小男孩，一頭天使般的金髮，天真無邪，溫和體貼，但脾氣不怎麼像他母親安妮烏塔。

她陷入混亂的夢境之中。夢裡有安妮烏塔，但此時的安妮烏塔還沒有尤里和賈克拉德。未婚的安妮烏塔，壞脾氣的金髮美女，在帕里比諾的家族莊園，一邊用東正教的神像裝飾她的塔樓房

7 Marie Mendelson（1850-1909），波蘭社運家。

8 Victor Jaclard（1840–1903），法國社運家，出身勞工階級，擁有數學、醫學雙學位，加入國際工人協會和巴黎公社，投入革命運動。

間，一邊抱怨這些宗教藝品不符合中世紀歐洲的時代背景。她讀了普華．李頓[9]的小說，披了一身紗，扮成哈羅德二世的情婦伊迪絲．斯萬內莎。她打算自己寫一部關於伊迪絲的小說，也已經著手寫了幾頁，描述女主人翁從幾個只有她知道的記號，辨認心愛的人體無完膚的遺體。

安妮烏塔不知怎麼上了這班火車，把她寫好的那幾頁念給索菲亞聽。索菲亞開不了口，無法向她說明人世的變遷，無法一一細數那段塔樓歲月以後發生的事。

醒來之後，索菲亞想著夢裡的一切何其真實——安妮烏塔是真的很著迷中世紀史，尤其是英國史。後來有一天，她突然就不迷了，那一身紗等等都彷彿不曾存在。認真的安妮烏塔轉而寫起當代小說，故事中，一名年輕女子在父母的催促下，基於傳統的理由拒絕了一位年輕學者，這位學者死後，她才明白她愛他，所以她別無選擇，只好跟著殉情了。

她偷偷投稿到杜斯妥也夫斯基主編的雜誌，雜誌刊出了這則短篇。

她父親大發雷霆。

「妳現在拿妳的故事去賣，過不久是不是就要拿妳自己去賣？」

在這場騷動中，杜斯妥也夫斯基本人也攪和進來了。他在一場派對上相當失態，但私下致電安撫安妮烏塔的母親，最後還跟安妮烏塔求婚。她父親堅決反對到底，安妮烏塔確實被激得差點答應私奔。但她畢竟喜歡自己出風頭，或許也預感到杜斯妥也夫斯基可能會搶走她的風采，所以她拒絕了他。他將她化為安潔莉雅，寫進《白痴》這部小說裡，並娶了一位年輕的速記員。

索菲亞又盹著了，這回她夢見自己和安妮烏塔都還很年輕，但不像在帕里比諾時那麼年輕。

夢中，兩人一起在巴黎，安妮烏塔的情人賈克拉德也在。他還不是她的丈夫，但他取代了哈羅德二世和小說家杜斯妥也夫斯基，成為她的英雄。賈克拉德也確實是個真正的英雄，儘管他粗鄙不文（他以出身農民自豪），而且打從一開始就對安妮烏塔不忠。他在巴黎以外的某個地方打仗，安妮烏塔很擔心他會陣亡，因為他總是一馬當先。現在，在索菲亞的夢裡，安妮烏塔跑去找他了，但她哭著、喊著、走著的街道不是在巴黎，而是在彼得堡。索菲亞被留在巴黎一間很大的醫院，那裡滿是死亡的士兵和血肉模糊的市民，其中一具屍體是她自己的丈夫拉迪米爾[10]。她從這些傷亡人員身邊跑走。她在找馬克辛。馬克辛安全地待在輝煌飯店，沒有捲入這場戰事。馬克辛會帶她脫離這一切。

她醒來了。外頭在下雨，天很黑，包廂裡不只有她一個人。靠門的座位坐了個模樣邋遢的年輕小女生，手裡抱著一本素描。索菲亞怕自己會不會在睡夢中喊了出來，但她應該沒有，因為那個小女生睡得很安穩。

假設這個小女生醒著，假設索菲亞告訴她：「原諒我，我夢到一八七一年了。當年我就在那裡，在巴黎，我姊姊愛上巴黎公社的一個成員。他被捕了，說不定會被槍決或送去新喀里多尼亞，但我們救走了他。是我先生救他出來的。我先生拉迪米爾根本就不是巴黎公社的人，他只是

9 Bulwer-Lytton（1803-1873），英國作家及政治家。
10 Vladimir Kovalevskij（1842-1883），俄國古生物學家。

想看看巴黎植物園的化石。」

小女生一定會覺得很無聊吧。她可能會保持禮貌，但還是藏不住她的感受。對她來講，這一切太遙遠了，就像亞當和夏娃被逐出伊甸園之前那麼久遠。說不定她根本不是法國人。坐得起二等艙的法國女孩通常不會一個人旅行。是美國人嗎？

說也奇怪，但拉迪米爾還真的在巴黎植物園待了一段時日。不過他沒死，這部分的夢境不符合事實。他唯一的志業就是要當古生物學家，在那段動盪的日子，他正忙著為這份志業打下基礎。安妮烏塔也確實帶索菲亞去過一家專業護理師全體遭到開除的醫院。這些護理師被視為反革命分子，故由巴黎公社的同志和太太們取而代之。民眾大罵這些接替人員，因為他們連怎麼包紮傷口都不知道。傷患就這麼死了，但多數傷患反正都是死路一條。除了戰場上受的傷，他們也有疾病要應付，據說一般人都吃狗肉和老鼠肉。

賈克拉德和他的革命同志並肩作戰了十週。戰敗後，他被關進凡爾賽宮的地牢。有幾個男人被誤認為是他而慘遭射殺，至少傳聞是這麼說的。

此時，安妮烏塔和索菲亞的將軍父親從俄國來到巴黎了。安妮烏塔被帶去海德堡，她在那裡病倒了。索菲亞回到柏林和她的數學研究上，但拉迪米爾留了下來。他拋開他的第三紀哺乳動物，和將軍一起策畫營救賈克拉德，辦法無非就是賄賂和冒險。賈克拉德會在一名士兵的看守下轉送到巴黎的一座監獄，士兵會把他帶到一條滿是看展人潮的街道上。拿了錢的士兵依約往旁邊看，拉迪米爾趁士兵不注意把賈克拉德擄走。賈克拉德在拉迪米爾的指引下鑽過人潮，來到一個房間，房裡有一套平民百姓的服裝在等他，接著他就到火車站，用拉迪米爾的護照逃到瑞士。

潛逃計畫順利完成。

賈克拉德一直沒去把護照寄回來，等到安妮烏塔來跟他會合，她才替他還了護照。錢就不曾還過一分了。

索菲亞從她在巴黎的旅館送了短箋給瑪莉·曼德森和朱爾·龐加萊[11]。瑪莉的女傭回覆說她的女主人在波蘭。索菲亞又送了一封短箋，說她在即將到來的春天可能需要她的朋友協助「挑選適合人生大事的服裝」。她說這件事「在多數人眼裡是一個女人一輩子最重要的一件事」，還括號補充她和時尚界「還不知如何是好」。

龐加萊一大早就來旅館找她了，一來就抱怨數學家魏爾施特拉斯[12]的行為。老魏是索菲亞的恩師，也是瑞典國王新近頒發的數學獎評審之一。這個獎項已經頒給龐加萊了，但老魏顯然認為此時才來宣布得獎作品的錯誤並無不妥。魏爾施特拉斯說主辦方並未給他時間檢查龐加萊的錯誤，他寄了一封詳加註解的信，向瑞典國王提出他的質疑——彷彿瑞典國王之流聽得懂他在說什麼似的。他還斷言未來龐加萊的研究成果會被當成負面教材，而非正面教材。

11 Jules Poincaré（1854-1912），法國數學家。

12 Karl Theodor Wilhelm Weierstrass（1815-1897），德國數學家，有「現代分析之父」的美譽。

索菲亞安慰龐加萊，說她正準備去見魏爾施特拉斯，她會跟他商量這件事。她假裝什麼也沒聽說，儘管她其實已經寫了一封揶揄的信給她年邁的老師。

「我相信國王自從接到消息以來，他尊貴的睡眠就被你擾亂了。想想你何德何能，竟能擾亂截至目前為止都樂得對數學一無所知的國王陛下。你只要小心別讓他後悔他的慷慨……」

她向龐加萊補充：「何況這個獎已經頒給你了，永遠都是你的了。」

龐加萊表示認同，並說他會留名青史，魏爾施特拉斯則會被世人遺忘。

每個人都會被遺忘的。索菲亞暗自心想，但沒有說出口，因為男人對這一點特別敏感，尤其是一個年輕氣盛的男人。

她在中午跟他道別，接著就去看賈克拉德和尤里。他們住在城裡的貧民區，她得穿過一個曬了衣服的院子（雨停了，但天色還是很陰暗），爬上一段很長又有點滑的戶外樓梯。賈克拉德從屋裡喊說門沒拴上，她進門後只見他坐在一個翻過來的箱子上，忙著把一雙靴子擦得黑亮。他沒站起來迎接她。她開始脫大衣的時候，他制止她：「最好別脫。火爐要到夜裡才會點起來。」他示意她去坐唯一的一張扶手椅，那把椅子不只破爛，還很油膩。眼前境況比她想的更惡劣。尤里不在這裡。他沒等著見她。

關於尤里，有兩件事她想知道。一是他有沒有愈來愈像安妮烏塔和俄國這邊的家人，二是他有沒有長高。去年在敖德薩見面時，十五歲的他看起來還不到十二歲。

很快她就發現情況有異，像不像安妮烏塔、有沒有長高之類的問題頓時顯得沒那麼重要了。

「尤里呢？」她問。

「出去了。」

「上學去了？」

「或許吧。我不清楚他的事，而我知道得愈多就愈不想管。」

她心想要先安撫他一下，稍後再談尤里。她問了問他（這指的是賈克拉德）的健康狀況，他說他的肺不好，從一八七一年冬天就沒好過，都怪那時夜裡在外挨餓受凍。索菲亞倒不記得戰士挨過餓——吃飽喝足才能上戰場是他們的責任。但她只是愉快地說起往日時光，說她在火車上才回想起那段日子。她說，如今想來，拉迪米爾和他們的營救都像一齣歌劇裡的劇情，而且還是喜劇。

他說，那才不是什麼歌劇，更不是什麼喜劇。但聊起這個話題，他變得比較有活力了。他聊到被當成是他慘遭射殺的男人，也聊到五月十二日和十三日的苦戰。當他最終被捕時，即審即決的時日已經過去了，但他還是認為自己會在荒謬的審判過後及時遭到處決。只有上帝才曉得他是怎麼逃過一劫的，倒不是說他信上帝——每次他總不忘這麼補充。

每一次。而且，每次他聊起這段往事，拉迪米爾的戲分和將軍花錢的占比都愈來愈少，對護照更是隻字不提。賈克拉德自己的英勇和機智才是重點。但他在侃侃而談的時候，倒是對他這位遠道而來的聽眾表現得比較熱情了。

世人還是記得他的名字。他的故事還是有人傳誦。

接下來是更多的故事，也是她耳熟能詳的故事。他起身從床底下拿出他的藏寶箱，那份珍貴的文件就在這個箱子裡。巴黎公社那段日子過後不久，他和安妮烏塔在彼得堡的時候，收到了這份將他逐出俄國的文件。他非整篇念出來不可。

「康斯坦丁．彼得洛維奇[13]上校鈞鑒：緊急請您注意前巴黎公社成員賈克拉德，該名法國人住在巴黎時與猶太裔的波蘭革命工人黨代表卡爾．曼德森[14]頻繁聯繫，並透過其妻的俄國人脈將曼德森的密函轉往華沙。他與許多赫赫有名的法國激進分子交好。三月一日意圖對付沙皇之後，賈克拉德從彼得堡向巴黎送出關於俄國政局有害、不實的消息，遠超過可以容忍的限度。這就是為什麼首相在我的堅持之下決定將他逐出本帝國。」

念著念著，他的興致高昂起來。索菲亞想起他曾經是多麼愛鬧、愛開玩笑，而她又是多麼榮幸能受到他的注意，甚至連拉迪米爾也覺得很榮幸，即使只是作為一名聽眾。

他說：「啊，太可惜了。可惜信上的消息並不完整。他都沒提到我被國際工人協會[15]里昂分會的馬克思分子選為巴黎代表。」

此時尤里進來了，他父親自顧自地說下去。

「當然，那是祕密。表面上他們委任我為里昂公共安全委員會[16]的委員。」現在，他亢奮地來回踱步，繼續喋喋不休：「我們是在里昂聽說拿破崙三世被抓了，臉被塗得像個妓女一樣花。」

尤里脫掉外套，向他的阿姨點了點頭——顯然他不覺得冷。他坐到箱子上，接過他父親擦靴子的任務。

沒錯。他確實有安妮烏塔的影子，但他像的是晚期的安妮烏塔。愁眉不展，眼皮疲憊地垂下來。嘴唇雖豐滿，勾起的嘴角卻帶有一抹懷疑的味道——在他則是輕蔑的味道。那個渴望冒險犯難、夢想實現正義、猛烈抨擊時局的金髮女子消失得無影無蹤。尤里對於那樣的她沒有記憶。在他的記憶中只有一個纏綿病榻的女人，形容枯槁，喘不過氣，飽受癌症折磨，說她等不及想死了。

賈克拉德一開始或許愛過她，就像他對隨便一個人的愛一樣。他注意到她對他的愛慕。在一封天真無知或狂妄無禮的信中，他向她父親解釋他要娶她的決定。他寫道，拋棄一個這麼離不開他的女人似乎很不公平。打從交往之初，安妮烏塔才剛開始為他神魂顛倒的時候，他都不曾放棄別的女人。整段婚姻從頭到尾當然也是。索菲亞心想，現在的他對女人大概還是很有魅力吧，即使他灰白的鬍子凌亂不堪，講話有時激動到口齒不清。一個昨日的英雄，付出自己的青春，為了自己奮鬥的目標吃盡苦頭——他或許會賦予自己這樣的形象，而這一招很有效，女人就吃這一套。某方面來說，事實也的確如此。他確實驍勇善戰，有理想、有抱負，出身農民，深知被人瞧

---

13 Konstantin Petrovich（1883-1946），俄國軍官。
14 Karl Mendelson（1838-1897），德國歷史學家。
15 The International Workingmen's Association，旨在為勞工階級進行階級鬥爭的工會組織，馬克思為創辦人之一。
16 Lyon Committee of Public Safety，法國大革命中的國民公會時期，雅各賓黨取得革命主導權，實施恐怖統治，此時由公共安全委員會掌權，鎮壓反革命分子。

不起的滋味。

事到如今，她也很瞧不起他。

房間很破，但仔細看就會發現屋裡已經盡量打掃得很乾淨了。牆上的釘子掛著幾個鍋子。冰冷的火爐擦得發亮，那些鍋子的鍋底也擦得發亮。她突然想到，就連現在，他身邊可能都有女人。

他在聊克里孟梭[17]，說他們關係不錯。她以為他會指控克里孟梭拿了英國外交部的錢（儘管她自己認為沒這回事），但現在，他竟準備要吹噓他和這個人的友誼了。

她藉由稱讚這間公寓很乾淨岔開他的話題。

話題突然轉移，他有點訝異地看看四周。接著，他緩緩露出一抹報復的笑容。

「我娶了個人，她照顧我的生活起居。一個法國女人。我很高興她不像俄國人一樣嘮叨又懶惰。她是個有學識的人，當過家庭老師，但因為她的政治傾向被開除了。恐怕我沒辦法把妳介紹給她。她人雖窮但品格高尚，而且她還重視自己的名聲。」

「啊。」索菲亞邊說邊站了起來。「差點忘了告訴你，我也要再婚了。跟一位俄國紳士。」

「我聽說妳帶著馬克辛．馬克西莫維奇到處亮相，倒沒聽說什麼結婚的事。」

坐在那裡受凍這麼久，索菲亞都發起抖來了。她盡可能以愉快的語氣對尤里說：

「願意陪你的老阿姨走到車站嗎？我都還沒機會跟你聊一聊。」

「希望我沒冒犯到妳。」賈克拉德不懷好意地說：「我向來主張實話實說。」

「一點也沒有。」

尤里穿上他的外套。現在，她才注意到那件外套對他來講太大了。可能是從衣料市集買來的吧。他長高了，但還沒索菲亞高。在發育的重要階段，他可能吃得不夠營養吧，不然他母親是很高的，賈克拉德就算老了也還是很高。

雖然他看起來沒有很想陪她去車站，但他們還沒走下樓梯，尤里就跟她聊了起來。而且，她都沒開口，他就立刻幫忙拿她的包包。

「他小氣到甚至不願意為妳燒根柴，那個箱子裡就有木柴，那女的今天早上帶來的。她長得獐頭鼠目，醜死了，所以他才不想讓妳見她。」

「你不該這樣說一個女人。」

「有何不可？如果要男女平等的話。」

「好吧，我應該說『你不該這樣說一個人』才對。但我不想聊她或你父親，我想談的是你。學校的課上得怎麼樣了？」

「我討厭那些課。」

「你不可能每一門課都討厭吧。」

---

17 Clemenceau（1841-1929），曾任兩屆法國總理。

「有何不可？要我全都討厭不難啊。」

「你能跟我說俄語嗎？」

「俄語是一種野蠻的語言。妳為什麼不把法文練好一點呢？他說妳的口音很粗野。他也說我媽的口音很粗野。俄國人是野蠻人。」

「這也是他說的嗎？」

「是我自己想的。」

他們一時沉默不語地走著。

最後，索菲亞打破沉默：「一年當中的這個時節，巴黎有點悶啊。你還記得那年夏天在塞夫勒嗎？我們無話不談。芙芙到現在還會提起你。她記得你有多想過來跟我們一起住。」

「幼稚。當時的我不切實際。」

「那現在呢？你對你的人生有什麼實際的想法嗎？」

「有喔！」

因為他語氣裡的嘲弄與自滿，她沒問是什麼想法，但他反正還是告訴她了。

「我要當公共馬車上負責報站的小弟。耶誕假期間，我逃家的時候就做這個，但他把我抓回去了。等我再大一歲，他就沒有權利抓我回家了。」

「你不會高興報站報一輩子吧。」

「為什麼不會？很有用的工作啊。不可或缺的角色。依我之見，當什麼數學家才沒用。」

她保持沉默。

他說：「要是去當什麼數學教授，我才看不起自己咧。」

他們登上火車月台。

「拿一堆獎、領一堆錢，只是為了做沒人能懂或沒人在乎的沒用研究。」

「謝謝你幫忙拿我的包包。」

她給了他一些錢，其實她本來還想給得更多。他貌似不愉快地撇嘴收下，彷彿在說：妳以為我會愛面子不收妳的錢嗎？收下錢之後，他匆匆謝過她，像是很不情願似的。

她目送他離開，心想這輩子大概不會再見到他了吧。安妮烏塔的孩子。說到底，他是那麼像安妮烏塔。在帕里比諾的老家，幾乎每一餐都用她的高談闊論打斷家人用餐的安妮烏塔。在花園的小徑上來回踱步的安妮烏塔，不滿於現狀，相信命運會帶她去一個嶄新的、公正的、無情的世界。

尤里或許會改變他的人生志向；誰也說不準。或許有一天，他甚至會喜歡起索菲亞這個阿姨來了。雖然有可能要等到他像現在的她一樣老，而那時她早就不在人世了。

之三

火車還沒來，索菲亞早到了半小時。她想喝杯茶，也想吃顆喉糖，但她現在沒辦法面對排隊或說法語的挑戰。無論你在健健康康的時候應付得多好，只要精神一差，或有那麼點生病的跡象，你就只想躲回母語的懷抱。她坐在一張長椅上，垂下頭休息。她可以小睡一下。

不只一下。從車站的時鐘看來，她睡了十五分鐘。現在月台上湧現了人潮，周遭一陣忙亂，行李車推來推去。

急忙去趕她的火車時，她看見一個身穿黑色大衣的男人，戴著一頂像馬克辛戴的貂皮帽。她看不到他的臉。他走得愈來愈遠，但他的寬肩、他那副彬彬有禮但堅決為自己開路的神態，跟馬克辛實在太像了。

一輛貨物堆得很高的推車從他們中間穿過去，那名男子就不見了。

當然不可能是馬克辛。他來巴黎幹麼？又要去趕什麼火車或約會呢？她進入火車車廂，找到靠窗的座位，心臟跳得難受。馬克辛的生活中有別的女人也是很合理的，例如當他拒絕邀索菲亞去博略時，不就有個他不能介紹給她認識的女人？但她相信他不是一個愛亂來的男人。他也不愛女人打翻醋罈子或哭哭啼啼、嘮嘮叨叨。在之前的情況下，他就明白指出她沒有權利，她管不了他。

意思是在現在的情況下，他想必會覺得她有點權利了吧。而且，他會覺得欺騙她是不光彩的事。

何況，她覺得自己好像看到他的時候，她才剛從頭昏腦脹的小睡中醒來。她看到的是幻覺。

火車一如往常發出嗚嗚哀鳴，轟隆轟隆地跑了起來，緩緩從月台的屋簷下開出去。

她曾是多麼愛巴黎。巴黎公社時期，她在這裡聽從安妮烏塔時而慷慨激昂、時而口齒不清的命令。但她愛的不是那個巴黎，而是她後來造訪的巴黎，是她在成年人生的巔峰結識各方數學家和政治思想家的巴黎。她曾說，在巴黎沒有無聊、歧視或欺騙之類的事。

接著巴黎還給了她伯丁獎。他們在燈光燦爛、氣氛優雅的房間吻她的手，獻上恭維和鮮花。但說到給她一份工作，他們卻將她拒之門外。在他們心裡，聘請她就像雇用一隻訓練有素的猩猩。大師級科學家的夫人們寧可不要見到她，不要邀她來家裡作客。

夫人們是瞭望台上的哨兵，是看不見的死敵。對於夫人們下達的禁令，做丈夫的無奈地聳聳肩，但還是予以尊重。腦袋裡忙著破除舊觀念的男人也逃不出這些女人的手掌心，而這些女人的腦袋裡盡是緊身束腰、名片和繚繞著香水味的談話。

她不能再這樣哀怨下去了。斯德哥爾摩的夫人們不就邀她來家裡，參加重要宴會和私人晚餐？她們讚美她、拿她來炫耀，還歡迎她的孩子。就連在斯德哥爾摩，她可能都是個異類，但她是受到她們欣賞的異類，就像一隻能說多種語言的鸚鵡，或像那種不假思索就能說出十四世紀的某一天是星期二的神童。

不，這麼說並不公平。她們尊重她的專業，許多女性也認為應該要有更多女性投入這門學問，並相信有朝一日女性在這個領域會有一片天。那她為什麼有點厭倦她們了呢？為什麼渴望起挑燈夜戰和高談闊論了呢？她又何必介意她們不是穿得像牧師娘、就是穿得像吉普賽人呢？

她整個人還處於震驚的心情中，都是因為賈克拉德、尤里和那位她見不上面的良家婦女。再加上喉嚨痛和身體微微發抖，看來她真的要感冒了。

無論如何，她自己也快成為一位夫人了，而且還是一個有錢、有頭腦、有成就的男人的夫人。

茶點推車來了。喝杯茶對她的喉嚨有幫助，儘管她但願能喝到俄國茶。火車駛離巴黎不久，天上就下起雨來了。現在，雨變成了雪。比起下雨，她還寧可下雪。就跟每個俄國人一樣，比起陰暗潮溼的大地，她更喜歡一片白茫茫的雪地。而且，人在下雪的地方才會意識到冬天來了，也才會認真保暖，把家裡弄得暖和一點。她想著魏爾施特拉斯的房子，今晚她會在那裡過夜。教授和他的兩個妹妹不願讓她去住旅館。

深色的地毯、流蘇邊的厚重窗簾、深陷的扶手椅，他們的房子總是很舒適。在那裡，致力於研究（尤其是數學研究）的生活有一定的規律。怯生生的、普遍穿得很矬的男學生魚貫穿過客廳，一個接一個來到書房。在他們經過時，教授的兩個未婚妹妹會親切地向他們打招呼，但不期待得到回應。她們忙著手邊勾來織去、縫縫補補的針線活。她們知道自己的弟弟有個金頭腦，知道他是一個很厲害的人，但她們也知道他每天都得來點助消化的梅子，因為他那份必須長時間久坐的工作。她們還知道就連品質最好的羊毛料都不能貼身穿在他身上，因為他會起疹子。她們更知道當同儕忘了在公開發表的文章中算他一份功勞時，他的心裡其實很受傷（儘管他裝作若無其事，而且，不管在談話間還是在作品中，他都不忘稱讚那個無視他的人）。

索菲亞第一次踏進客廳走向書房的那一天，克拉拉和伊萊莎這對姊妹花吃了一驚。她們沒教放她進來的傭人篩選客人，因為這屋子裡的人過著深居簡出的生活，也因為上門的學生往往邋遢又無禮，所以多數名門大戶的標準在這裡都不適用。即便如此，在放她進來之前，女傭的聲音裡也有幾分猶豫。只見索菲亞個兒小小的，大半張臉都被頭上的黑帽遮住了，走起路來姿態膽怯，像是一個害羞的化緣僧侶。姊妹花猜不出她的年紀，但在她獲准進入書房之後，她們猜她可能是某位學生的母親，上門來討價還價或乞求降低學費的。

想像力比較豐富的克拉拉說：「天啊，我們心想，天啊，這是誰來了？來了個夏綠蒂．科黛[18]嗎？」

這些都是索菲亞後來才知道的，在她們成為朋友之後。伊萊莎還說了句冷笑話：「幸好老哥沒在泡澡。我們埋在這堆織也織不完的圍巾裡，可沒辦法衝過去幫他擋。」

她們一直在為前線的士兵織圍巾。當時是一八七〇年，索菲亞和拉迪米爾展開他們的巴黎行之前。兩人本來是打算去巴黎求學的。他們沉浸在幾世紀前的另一個時空中，對現世渾然不覺，對當代戰爭不聞不問。

---

18 Charlotte Corday（1768-1793），法國大革命時期刺殺雅各賓黨當權人士的女刺客，被暱稱為暗殺天使。

魏爾施特拉斯就跟他的兩個妹妹一樣，既不知道索菲亞的年紀，也不知道她來的目的。後來，他告訴她，那天他還以為她是什麼找錯了門路的女家庭教師，想借用他的名字，聲稱她有教數學的資格。他心想等等一定要罵一罵女傭和妹妹，怎麼讓她就這樣闖了進來。但他仍是一個有禮又和善的人，所以沒有直接叫她出去，而是解釋他只收已有正規學位的高等生，目前手邊也有太多學生要指導了。接下來，她只是站在他面前發抖，兩手緊抓著肩上的披肩，頭上那頂可笑的帽子遮住了她的臉。老魏見她還是不走，突然想到之前用過一、兩次的辦法，或嚇退不合格學生的妙計。

他說：「這樣吧，我出一份習題給妳。從今天算起的一週之內，妳要解開習題，帶著答案來找我。如果我對妳的答案很滿意，我們再來談談收妳為徒的事。」

一週的時間到了，他早就把她忘得一乾二淨了。當然，他以為再也不會見到她。她走進他的書房時，他沒認出她，或許是因為她脫下了那件遮住她纖細身形的斗篷。這次，她一定是覺得膽子大了點，也或許是天氣變了。兩個妹妹記得那頂帽子，他倒不記得了，但他對女性的配飾本就沒什麼觀察力。但當她從包包裡拿出那份習題，放在他的書桌上時，他就想起來了。他嘆了口氣，戴上眼鏡。

結果令他大吃一驚——後來他也把他當下的心情告訴她了。他看到她不只每一題都解開了，而且有時完全是用她自己原創的方式。但他還是對她抱有懷疑，覺得一定是有人幫她，或許她有個哥哥或情人之類的，這位幕後幫手礙於政治因素躲了起來。

他說：「坐吧。現在，請妳跟我說明每一題的解題步驟。」她身體前傾，開始說明，軟趴趴的帽子滑下來，擋到了她的眼睛，於是她把帽子摘掉，就放在地上。這時，她的一頭鬈髮、她那雙明亮的眼睛、她的青春洋溢和她的興奮之情，全都一覽無遺。

「嗯哼、嗯哼、嗯哼、嗯哼。」他若有所思地沉吟著，盡可能藏起他的訝異，尤其是碰到她精采的解題路數和他截然不同的時候。

在許多方面，她都令他訝異不已。個頭小小的，看起來那麼不起眼，又那麼年輕、那麼熱血。他覺得有必要把她小心翼翼地捧在手心，安撫她激昂的情緒，教她怎麼控制腦袋裡四射的火花。

這輩子——他自己也承認，身為一個不願流露過分熱情的人，要他說出「這輩子」三個字很難，但他這輩子一直在等這樣一個學生走進他的書房。一個有本事挑戰他的學生。一個不只跟得上還能超前他的學生。他得小心不要說出他的真心話，亦即他相信一流數學家的腦袋裡一定有什麼直覺之類的東西，靈光一現、豁然開朗的那種直覺。一流的數學家一定要嚴謹、縝密，但偉大的詩人也一樣。

當他有一天終於對索菲亞說出這番話時，他也說有些人一聽到「詩人」跟數學這門科學連在一起就不高興，但也有些人迫不及待以此來為自己思維的混亂與散漫開脫。

如她所料，火車愈往東行，車窗外的雪也愈來愈濃了。她坐的是二等車，比起從坎城搭上的車，這班列車還滿簡約的。沒有餐車，只有茶點推車上冷掉的麵包可吃，有些麵包包了各式各樣的辣味香腸。她買了一個乳酪內餡的，尺寸有半隻長靴那麼大，雖然擔心自己永遠也吃不完，但她終究還是及時吃完了。接著，她就拿出她的小開本海涅來讀，喚醒一點她對德文的記憶。

每次抬眼望向窗外，天上降下的雪又似乎更濃了點。有時車速緩慢，幾乎像是沒在動。按照這個速度，午夜之前到得了柏林就很幸運了。早知如此，訂個旅館就好了，她但願自己沒被說服去住他們在波茲坦街上的家。

「只要能跟妳在同一個屋簷下待一晚，對可憐的卡爾來講就太好了。在他心目中，妳還是出現在我們家門前的那個小女孩，即使他很肯定妳的成就，也以妳的成功為榮。」

她按電鈴的時候，時間已過午夜。克拉拉穿著睡衣來應門，她已經打發女傭上床睡覺了。她悄聲跟索菲亞說，她老哥被馬車的聲音吵醒了，伊萊莎去哄他入睡，安撫他明天一早就會見到索菲亞。

「哄」這個字聽在索菲亞耳裡很不祥。兩個妹妹在信上只說他很容易累，此外就沒說什麼。老魏自己的信上則沒寫自己的事，整封信寫的都是龐加萊和他（魏爾施特拉斯自己）有責任向瑞典國王說清楚數學的事。

現在，聽到這個老婦人提到她哥哥時語氣一沉，聲音裡透著幾分戒慎或憂懼；現在，聞到這房子裡令人安心的熟悉味道變得有點腐臭、滯悶，索菲亞覺得此時此刻恐怕不適合像以前那樣開玩笑。索菲亞覺得，她不只帶來了新鮮、冷冽的空氣，也帶來了功成名就的喧騰與耀眼的鋒芒，這一切可能令人惶恐不安、備感威脅，儘管她自己渾然不覺。她很習慣她們總是用擁抱和歡聲笑語迎接她（這對姊妹花其中一個令人意外的地方，就是她們可以那麼傳統卻又那麼搞笑），這回她還是被一把抱住，只不過抱她的老手顫抖不已，視茫茫的眼睛裡也噙著淚水。

但在她的房裡仍貼心備有一壺熱水，床邊桌上還有麵包和奶油。

她在脫衣服的時候，樓上隱約傳來焦急的耳語聲，或許是關於她們的哥哥，或許是關於她，也或許是關於麵包和奶油沒有蓋上罩子——克拉拉可能是帶索菲亞到客房時才注意到的。

師從魏爾施特拉斯期間，索菲亞住在一間陰暗的小公寓，多數時間都跟她學化學的朋友茱莉雅在一起。兩人不去看戲或聽演奏會，一方面她們阮囊羞澀，另方面她們全副心思都在自己的研究上。茱莉雅會去一間私人實驗室，對女性來講，這已經是很難得的特權了。索菲亞日復一日伏案解題，有時不到必須點燈的時分不會起身。接著，她會在公寓裡快步走動伸展一下，就從公寓這頭走到公寓那頭而已。走著走著，有時還跑了起來，邊跑邊語無倫次地大聲說話。旁人若是不像茱莉雅這麼了解她，大概會以為她瘋了吧。

現在，魏爾施特拉斯關注的主題也成為她研究的方向。師徒二人一同鑽研橢圓函數、阿貝爾函數，乃至於以函數的無窮級數表現為基礎的解析函數理論。以他為名的定理主張實數的每一個有界數列都有一個收斂子序列。針對這一點，她一開始追隨他，後來又挑戰他，甚至一度超前他。他們的關係也從師生變成同儕，她常常是刺激他反思的催化劑。但這種關係是慢慢才建立起來的，而在星期天的晚餐上，她則像是一個年輕的晚輩和飢渴的學生——週日下午，他的休閒時間都奉獻給她了；到了晚上，他們自然也就邀她留下來用餐。

茱莉雅來的時候也受到了邀請。烤肉、奶油馬鈴薯和清爽可口的布丁顛覆了兩個女孩對德國料理的想像。用餐過後，大夥兒就坐在火爐前聽伊萊莎朗讀。她慷慨激昂、表情豐富地朗讀瑞士作家康拉德．費迪南．邁耶的故事。忙了一星期的針線活，文學是每週一次的犒賞。

聖誕節，他們為索菲亞和茱莉雅準備了一棵耶誕樹，即使魏爾施特拉斯兄妹自己已經好多年懶得布置耶誕樹了。不只有耶誕樹，還有巧克力糖、水果蛋糕和烤蘋果，巧克力糖包在亮晶晶的糖果紙裡。套她們的話說，這是為兩個小朋友準備的。

但不久就來了個令人大吃一驚的消息。

索菲亞給人的印象是一個害羞內向又涉世未深的小姑娘，這個驚天消息就是她竟然有老公了。在茱莉雅到來之前，索菲亞剛開始上課的前幾週，星期天晚上都有個年輕人上門來接她。她沒介紹他給魏爾施特拉斯一家人認識，他們還以為他是傭人。此人其貌不揚，留著稀疏的紅鬍子，長得高高的，鼻子大大的，衣服髒髒的。事實上，若不是魏爾施特拉斯三兄妹過著隱居般的生活，他們應該知道有頭有臉的體面人家（他們知道索菲亞出身權貴）不會有這麼邋遢的傭人，所以他一定是個朋友才對。

接著茱莉雅來了，那個年輕人就不見了。一陣子過後，索菲亞才透露他叫拉迪米爾・柯瓦列夫斯基，他倆結婚了。他目前在維也納和巴黎深造，儘管他已有法律學位，而且在俄國是一名教科書出版商，一直努力要闖出一片天。他比索菲亞年長幾歲。

差不多就跟這個消息一樣驚人的，是索菲亞沒把這件事告訴魏氏姊妹，卻選擇告訴老魏。在魏宅，她倆才是處理日常俗務的人，即便只是管管傭人、讀讀新上市的小說之類的事。但索菲亞向來不討她母親或家庭女教師的歡心，她和將軍商量事情未見得都能成功，但她尊敬他，並認為他或許也尊重她。所以，魏宅的男主人才會是她透露這個重大消息的對象。

她知道老魏一定覺得很難為情——不是在她跟他說這件事的時候，而是當他要把這件事告訴兩個妹妹的時候。因為索菲亞不只結婚了，而且還是假結婚。男女雙方確實是明媒正娶的合法夫妻，但一切都是假的。老魏沒聽過這種事，兩個妹妹也沒聽過。夫妻非但分隔兩地，而且根本就不住在一起。他們互訂終身，但不是基於普世公認的理由結婚，而是永遠沒有實質的婚姻生活，永遠不會——

「不會圓房？」說這話的或許是克拉拉吧。她可能說得很急，甚至很不耐煩，只想趕快結束這尷尬的一刻。

對。而想要出國留學的年輕人（年輕女性）不得不用這種假結婚的方式，因為未婚的俄國女性沒有父母同意不能出國。茱莉雅有一對願意放她遠走高飛的開明父母，索菲亞就不然了。

這是什麼野蠻的規定。

是啊。俄國人就是野蠻。但也有懷抱理想又富有同情心的熱血青年，有些年輕女性就在他們的幫助下解決了難題。或許他們也是反政府分子。誰曉得呢？

是索菲亞的姊姊找到了這麼一個年輕人，她和她的一位朋友約好跟他見上一面。她們或許是為了政治的因素，而不是為了求學。天曉得她們為什麼帶索菲亞一起去——她既不熱衷政治，也不認為自己準備好要投入這樣的冒險了。但這名年輕人看了看兩個年齡較長的女孩——名叫安妮烏塔的姊姊再怎麼正經八百也難掩她的美麗。最後他說，不，兩位小姐很令人敬佩，可惜我不願意跟妳們簽下這份誓約，但我同意跟妳們的妹妹締約。

「或許他覺得年紀比較大的這兩位會給他惹麻煩吧。」說這話的可能是伊萊莎，她根據她遍讀小說的經驗推敲：「尤其漂亮的那位更是紅顏禍水。他愛上了我們的小索菲亞。」

這件事不該扯上什麼愛不愛的——克拉拉說不定潑了這麼一桶冷水。

索菲亞接受了求婚。拉迪米爾登門拜訪，請將軍同意將小女兒嫁給他。將軍保持禮貌，他知道這個年輕人出身良好，儘管還沒闖出一番成績。但他說，索菲亞年紀太小了，她知道終生大事是怎麼回事嗎？

知道，索菲亞說，而且她愛他。

將軍說他們不能衝動行事，兩人應該在帕里比諾相處一段時間，一段充分的時間，一段足以了解彼此的時間（當時他們人在彼得堡）。

事情就這麼擱置了。拉迪米爾反正不會給人什麼好印象。他沒試著掩飾自己激進的觀點，穿衣品味又差，彷彿故意穿得很隨便似的。將軍有信心索菲亞愈是跟這位追求者相處，只會愈不想要嫁給他。

然而，索菲亞自有盤算。

有一天，她的父母辦了一場重要的晚宴，受邀的有外交官、教授和將軍在砲兵學校的同袍，索菲亞趁亂溜走了。

她第一次沒有傭人或姊姊的陪同，一個人跑到彼得堡的街道上。拉迪米爾住在城裡窮學生住的那一帶，索菲亞跑去找他。他立刻為她敞開大門，而她一進到屋內就坐下來，寫了張短箋給她父親。

「我親愛的父親：我來找拉迪米爾了。我會留在他這裡。懇請您別再反對我們的婚事。」

大家都在餐桌前坐好了，才有人注意到索菲亞不在。傭人發現她房裡沒人。大家問安妮烏塔，安妮烏塔紅著臉說她什麼都不知道。為了把臉藏到桌子底下，她還故意弄掉了餐巾。

將軍接到了短箋，表示他要失陪一下便離開了餐廳。不一會兒，索菲亞和拉迪米爾就聽到門外傳來他氣急敗壞的腳步聲。他叫他名譽不保的女兒和那個她願意為他壞了名聲的男人立刻跟他走。三人一語不發地坐在車上一起回家，將軍在晚宴上宣布：「容我為各位介紹我未來的女婿拉迪米爾·柯瓦列夫斯基。」

所以，事情就這麼定了。索菲亞喜不自勝。準確說來，她高興的不是她能嫁給拉迪米爾，而是她為解放俄國婦女使出的這一擊可以討安妮烏塔歡心。他們在帕里比諾辦了隆重、傳統的婚禮，新郎和新娘就到彼得堡住在同一個屋簷下了。

萬事俱備，他們便出國求學，而且再也不繼續住在同一個屋簷下。索菲亞先去了海德堡，接著去了柏林。拉迪米爾則去了慕尼黑。只要可以，他就來海德堡看索菲亞。但在安妮烏塔和她的朋友札娜還有茱莉雅來了以後（理論上，四位女性都在他的保護之下），這裡就再也沒有他容身的空間了。

老魏沒向諸位女士透露他和將軍夫人一直有聯繫。索菲亞從瑞士（其實是巴黎）回來後一副虛弱無力、萎靡不振的模樣，他就寫了封信給將軍夫人，說他擔心她的健康。母親大人回信說是巴黎的緣故，在那些動盪不安的日子裡，是巴黎要為她女兒累成這樣負責。但比起兩個女兒經歷的政亂，她似乎更在意的是一個女兒未婚，卻公然和一個男人同居，而另一個女兒光明正大嫁作人婦，卻沒真的跟她先生一起生活。所以，老魏被迫在當女兒的密友之前先當了母親的密友。他也真的保密到家，直到她母親過世，他才把這件事告訴索菲亞。

但當他最後終於向她坦白時，他也告訴她克拉拉和伊萊莎當時立刻就問這該怎麼辦才好。他說，女人好像就是這樣，總以為非怎麼辦不可。

他當下就斷然回覆姊妹倆：「不用怎麼辦。」

早上，索菲亞從她的行囊裡拿出一件乾淨但皺巴巴的連身裙——她從沒學會如何整齊俐落地打包。把一頭鬈髮整理好，盡量藏起一小撮一小撮的白髮之後，她就走下樓，迎向已經熱鬧起來的居家場景。餐廳裡只剩她用餐的座位還沒收掉。伊萊莎送上咖啡和索菲亞第一次在這屋子裡吃到的德式早餐——冷盤肉片、乳酪和抹了厚厚一層奶油的吐司。她說克拉拉在樓上幫她們的老哥整理儀容，準備見索菲亞。

她說：「一開始，我們請理髮師到家裡，但後來克拉拉就學會怎麼幫他刮鬍子了，而且還刮得滿好的。搞半天她很懂得怎麼照顧人，幸好我們姊妹有一人有當護士的才華。」

即便在她說這件事之前，索菲亞就察覺到他們缺錢花用了。錦緞窗簾和薄紗窗簾都顯得又髒又舊，她用的那副銀製刀叉黯淡無光，看來最近沒特地擦亮過。通往客廳的門是開著的，透過門口可以看到一個樣貌邋遢的年輕女傭在清火爐，掀起了陣陣灰塵。那是魏府目前的女傭。伊萊莎望著她的方向，彷彿在示意她關上門，但接著就自己起身去關門了。她紅著臉垂頭喪氣地回來，索菲亞有點冒失地急忙問道：魏教授生了什麼病呢？

「一是心臟無力，二是去年秋天染上的肺炎一直不見好。還有，他的生殖器長了東西。」伊萊莎壓低聲音，但還是秉持德國婦女的坦率說道。

克拉拉出現在門口。

「他在等妳了。」

索菲亞爬上樓梯，腦中想著的不是教授，而是以他為生活重心的兩姊妹。織圍巾，補破布，做無法放心交給傭人去做的布丁和醃漬品。像她們的哥哥一樣信奉羅馬天主教（在索菲亞心目中冰冷無趣的一個宗教），而且看來不曾有過一刻的抗拒或絲毫的不滿。

她心想，換作是我早就瘋了。

她心想，換作我是教授，我也會瘋掉。學生普遍資質平庸，只學得會一些再明顯不過、再刻板不過的東西。

在認識馬克辛之前，她可不敢承認自己有這種想法。

她滿面春風地踏進臥房，心裡想著她的好運、她即將到手的自由、她就快擁有的夫婿。

「啊，妳終於來了。」虛弱的老魏有點吃力地說：「頑皮的孩子，我們還以為她不要我們了。妳又要去巴黎找樂子了嗎？」

索菲亞說：「我才從巴黎回來的呢！我要回去斯德哥爾摩了。巴黎悶得很，沒什麼樂子可找。」她輪流將兩隻手伸過去讓他親吻。

「那，妳的安妮烏塔病了嗎？」

「她死了，我親愛的教授。」

「死在牢裡了？」

「不是，不是。她坐牢是很久之前的事了。她死的時候，她先生在牢裡，但她不在牢裡。她是得肺炎死的，但她在許多方面都受了很久的罪。」

「喔，肺炎。我也得肺炎了呢。無論如何，妳一定很難過。」

「我的心痛永無平復之日。但我有好消息要告訴你，幸福快樂的消息唷！春天的時候，我要結婚了。」

「妳要跟那位地質學家離婚嗎？這我倒不奇怪，妳早該跟他離一離了。話雖如此，離婚總不是什麼愉快的事。」

「他也死了。而且，他是古生物學家，不是地質學家。古生物學是一門新的學問，很有趣的。他們從化石當中學到東西。」

「啊，我現在想起來了。我聽過古生物學。那他算是英年早逝了。我不希望他礙了妳的前途，但我也真心不希望他死。他病了很久嗎？」

「可以這麼說。你一定記得我是怎麼離開他的，還有你把我推薦給米塔－列夫勒的事？」

「在斯德哥爾摩，對嗎？妳離開他。嗯，那也是沒辦法的事。」

「是啊。但現在一切都過去了，我要嫁給一個同姓的人，但不是近親，而且是截然不同的一個男人。」

「那他是俄國人嗎？他也研究化石嗎？」

「他對化石一竅不通。他是法學教授。很有活力的一個人，個性也很和善，除了心情不好的時候。我會帶他來見你的，到時候你就知道了。」

「我們很樂意招待他。」魏爾施特拉斯遺憾地說：「結婚的話，妳的數學生涯也就結束了。」

「不會的，沒這回事。這不是他要的。但我到時候就不再教書了，我可以自由做我愛做的研究。而且，我會住在氣候宜人的法國南部，健健康康地在那裡做更多的研究。」

「那我們拭目以待囉。」

她說：「親愛的教授，您一定要幸福，一定要為了我幸福。」

他說：「我看起來一定很老很老吧，而且一直過著平淡單調的生活，也不像妳這麼多才多藝。我好訝異妳居然還會寫小說。」

「你不喜歡我跑去寫小說。」

「妳錯了。我喜歡看妳寫的那些往事，讀來很有意思。」

「那本書其實不是小說。我現在寫的這本，你就不會喜歡了。有時就連我自己也不喜歡。故事是關於一個對政治比對愛情更熱衷的女孩子。無所謂，反正你也不會讀到。這書沒機會出版，俄國的審查機構不會通過，而俄國以外的世界不會想要這本書，因為它太俄國了。」

「一般而言，我不怎麼愛看小說。」

「小說是女人在看的？」

「有時我還真忘了妳是個女人。在我心目中，妳是……妳是……」

「是什麼？」

「是天賜的禮物，而且是專門賜給我一人的。」

索菲亞彎身親吻他蒼白的額頭。直到跟他的兩個妹妹道別，離開這棟房子為止，她都忍住了眼淚。

她心想，我再也不會見到他了。

她想著他那張蒼白的臉，白得就像新漿過的枕頭。克拉拉一定是那天早上才把新漿過的枕頭墊在他的頭底下，現在或許已經收走了，他又陷在底下比較軟的舊枕頭裡。或許他立刻就睡著了，跟她說話累了的緣故。他心裡大概在想，這就是他們最後一次見面了。而且，他知道她也有一樣的預感，但他不會知道——她很慚愧自己有這種感覺，但每遠離那棟房子一步，她就暗自更輕鬆了一點。儘管淚流滿面，此刻她只覺得輕鬆了、自由了。

她心想，相較於兩個妹妹的人生，他的人生回顧起來是否圓滿得多？

他的名字會在教科書上和數學界傳頌一段時間，如果他對樹立自己的威名、保持領先的地位更熱衷一點，或許他的大名還能傳頌得更久一點。儘管許多同儕既致力於經營名聲，也致力於研究工作，他卻更在乎後者。

她不該提到她的寫作。對他來講，寫作不是什麼正經事。對於逝去的一切，對於曾經珍惜的人事物和曾經有過的絕望，她懷著緬懷的心情寫下在帕里比諾的人生回憶。她在離家千萬里的地方，寫那個不復存在的家和飄然遠去的姊姊。《虛無主義女孩》[19]則是出於她的愛國情懷，出於

---

19 *Nihilist Girl*，一八九二年於瑞士出版，一九〇六年方於俄國上市。

她對祖國的心痛，也或許是有感於她向來埋首於數學，又忙於自己人生中的跌宕起伏，疏於關注國家大事。

是的，為她的國家心痛。但某方面而言，她寫下這個故事，是為了向安妮烏塔致敬。故事是關於一名年輕女性，為了嫁給一個流放到西伯利亞的政治犯，放棄了過上正常生活的一切想望。她藉由這種寫法確保他的人生輕鬆一點，他受到的懲罰也減輕一些，比方說按照規矩，因為有妻子隨同，所以他去的是西伯利亞南部，而不是北部。有辦法讀到手抄本的俄國流亡人士會對這個故事讚不絕口。索菲亞很清楚，但凡在俄國不准出版的禁書，在政治流亡者之間必能掀起一片好評。但她私心更愛那本回憶錄《拉耶夫斯基姊妹》[20]，儘管它的審查通過了，上市後又被某些書評家評為耽溺於過去之作。

之四

她再一次令魏爾施特拉斯失望了。儘管他不曾提過他的失望，但在她早年剛嶄露頭角時，確實就令他失望過一次。她背棄了他，也徹底背棄了數學；甚至不回他的信。一八七四年夏天，她回到帕里比諾的老家，把她贏得的學位收進絨布匣子，接著又把絨布匣子收進一口大箱子，就這麼月復一月、年復一年忘了它的存在。

乾草田和松樹林的氣息，金色的炎夏，北俄天光大亮的長夜，再再令她流連忘返。那裡不只有野餐、業餘話劇表演、舞會、慶生會、老朋友的熱情歡迎，還有帶著一歲兒子的安妮烏塔幸福洋溢的身影。拉迪米爾也在那裡。而在閒適的夏日氣氛中，在人情與美酒的包圍之下，在酒足飯飽和唱歌跳舞的催化之下，向他屈服也是自然而然的事。在過了這麼久以後，到了此時，她才不只當他是法定的丈夫，也當他是愛人。

倒不是因為她愛上他了。她一直對他心存感激。基於這份感激，她說服自己真實人生不存在「愛」這種感覺，心想只要順著他的意，他倆都可以過得幸福快樂一點，有一段時間也確實如此。

秋天，他們去了彼得堡，以娛樂大事為重的生活繼續下去。晚餐啦，戲劇表演啦，宴會啦，還有一堆要讀的報刊，有輕鬆膚淺的，也有嚴肅深刻的。老魏來信懇求索菲亞不要拋棄數學的世界。在他的關照之下，她的論文登上了數學家夢寐以求的《純數與應數期刊》[21]，但她只隨便看了一眼。他請她花一星期——只要一星期就好——把她關於土星環的論文修一修以便發表，她卻懶得動筆。她太忙了，各式各樣的慶祝活動應接不暇。要慶祝命名日，要慶祝宮廷授予的榮

20 索菲亞的回憶錄《憶兒時》（*A Russian Childhood*），最早在一八八九年以瑞典文偽裝成小說《拉耶夫斯基姊妹》（*The Raevsky Sisters*）出版。

21 *Journal für die reine und angewandte Mathematik*，俗稱 *Crelle's Journal*，一八二六年由德國數學家 August Leopold Crelle 於柏林創辦的期刊。

耀，要慶祝新上演的歌劇和芭蕾舞劇，但說真的，她要慶祝的似乎是活著本身。

在她身邊的許多人好像小時候就知道了，她卻到了這麼晚才學到——人生不必有什麼重大成就，也能過得心滿意足。天底下多的是不必把自己累到骨子裡的職業。只要生活所需一應俱全，日子過得舒舒服服，然後去參與社交活動和大眾娛樂，你就不至於無聊或無所事事。到了一天的尾聲，你也會覺得這一切皆大歡喜，何樂不為？沒有痛苦的必要。

除了苦惱錢要怎麼來以外。

拉迪米爾重啟他的出版事業。他們能借錢的地方都借了。索菲亞的雙親早已過世，她繼承的那份遺產拿去投資一座溫室附屬的公共浴場。他們有雄心勃勃的計畫，還另外投資了一家麵包店和一家蒸氣洗衣店。但彼得堡的天氣剛好變得比平常冷，冷到民眾就連對三溫暖也不心動。建商和其他人騙了他們，市況變得不穩定，他們沒為生活奠定可靠的基礎，反倒在債務堆裡愈陷愈深。

更有甚者，就跟其他已婚夫妻一樣的行為只帶來昂貴的後果。索菲亞生了個女嬰。女嬰依母親的名字命名，一樣也叫索菲亞，但他們都叫她芙芙。芙芙有護理師，有奶媽，還有她專屬的嬰兒套房。一家三口也請了一個廚子和一名女傭。拉迪米爾買時尚新衣送索菲亞，也買上好的禮物送他的女兒。他已從德國耶拿取得學位，並在彼得堡當上副教授，但這是不夠的。出版事業差不多毀了。

沙皇遇刺，政局動盪，拉迪米爾深陷憂鬱，無法工作，無法思考。

魏爾施特拉斯聽說了索菲亞雙親過世的消息。按照他的說法，「為了稍稍緩解她的喪親之痛」，他把他新近對於積分的精采研究寄給她。但她沒受到吸引重回數學的懷抱，反倒為報刊寫起劇評和科普文章來了。比起數學，把她的才華用在這方面比較有市場，而且對別人來講不那麼頭痛，對她自己來講也不那麼傷神。

柯瓦列夫斯基一家三口搬到莫斯科，盼能一改運勢。

拉迪米爾重新振作，但他覺得無法返回教職。他找到一門新的投機生意，一家煉油公司給了他一份工作。這家公司開採石油泉，煉製石腦油，公司老闆是拉格森兄弟，他們在窩瓦河畔擁有一間煉油廠和一座現代化的城堡。給他工作的條件是拉迪米爾要投資一筆錢，而他也借到了這筆錢。

但這回索菲亞預感到會出事。拉格森兄弟不喜歡她，她也看他們不順眼。拉迪米爾愈來愈受他們的擺布。他說，這些人是業界新星，他們知道自己在做什麼。他變得冷淡疏遠，擺出一副盛氣凌人的姿態。他說，妳倒是說出一個真正有分量的女性來聽聽，除了用誘惑和殺害男人的手段以外，有哪個女人對這世界真有什麼影響？女人天生就是自我中心的落後生物，她們要是冒出什麼主意、有了什麼目標，也只會變得歇斯底里、妄自尊大，壞了好事。

索菲亞說，這一定是拉格森兄弟說的話。

這時，她和老魏重拾聯絡，並動身前往德國，把芙芙留給她的老友茱莉雅照顧。她也寫信給拉迪米爾的哥哥亞歷山大，說拉迪米爾隨隨便便就上了拉格森兄弟的鉤，彷彿在挑釁命運之神，非為自己迎來再一次的重擊不可。儘管如此，她還是寫了一封信給她丈夫，提出要回到他身邊，但他沒有給予正面的回覆。

他們在巴黎再見過一面。她在那裡過著清貧的生活，而老魏在設法幫她找工作。不只她再度被數字問題淹沒，她認識的人也一樣。拉迪米爾懷疑起拉格森兄弟來了，但他已陷得太深，無法脫身。他提到要去美國，也真的去了，但又回來了。

一八八二年秋，拉迪米爾寫信給哥哥，說他終於明白自己是個徹頭徹尾的廢物。十一月，他來信說拉格森兄弟破產了，他擔心他們的某些違法勾當可能會牽連上他。聖誕節，他見了芙芙。芙芙這時在敖德薩，和他哥哥一家人在一起。他很高興她還記得他，也很高興她健康活潑又聰明伶俐。在那之後，他就準備了給茱莉雅、他哥哥和某幾位朋友的訣別信，但沒有寫給索菲亞的。他也留了一封遺書給法院，解釋他和拉格森兄弟一案的關聯。

他又拖了一陣子。直到四月，他才往自己頭上綁了個袋子，吸氯仿自盡了。

人在巴黎的索菲亞拒絕進食，也不肯走出她的房間。她把全副心思都用在絕食上，如此，她就不必去感受那份悲痛了。

最後，她被強迫餵食，飯後睡了一覺。醒來之後，她深深為自己的表現慚愧起來。她要了一張紙和一枝筆，以便繼續解一道數學題。

她身無分文了。老魏寫信請她過來住在他家，就像他的第三個妹妹一樣。但他還是繼續幫忙牽線，最後終於透過他以前的學生兼朋友米塔-列夫勒，成功在瑞典幫索菲亞謀得教職。新成立的斯德哥爾摩大學願意成為歐洲第一所聘用女性數學教授的大學。

索菲亞到敖德薩接了女兒，暫時送她去跟茱莉雅住。她很氣拉格森兄弟。在寫給亞歷山大的信中，她罵他們是「狡猾、歹毒的小人」。她極力說服聽審的法官宣判所有證據都顯示拉迪米爾只是個很好騙的老實人。

接著，她再次從莫斯科搭火車到彼得堡，迎向她在瑞典廣為人知（無疑也飽受抨擊）的新教職。她從彼得堡搭船到瑞典。船隻航向絢爛的夕陽。她心想，一切的愚行到此為止，從現在開始，我要好好過日子。

那時她還不認識馬克辛，也還沒贏得伯丁獎。

之五

正午剛過，依依不捨卻也如釋重負地跟老魏道別後不久，她就離開柏林了。老舊的火車開得很慢，但就像任何一輛德國火車該有的樣子，車內整理得乾乾淨淨，暖氣也很溫暖。

半路上，對面的男乘客打開報紙，並提議分她想看的版面給她。

她向他道謝，婉拒了他。

他朝窗外紛飛的細雪點點頭。

「雪季就是要下雪呢。」他說。

「是啊。」索菲亞說。

「妳會坐過羅斯托克那一站嗎？」

他或許從口音發現她不是德國人了。她不介意他跟她攀談的結果是得出這種結論。他比她年輕許多，穿著體面，態度恭敬。她感覺對方是她曾經遇過或見過的人，不過，人在旅途中本就常有這種感覺。

「我會坐到哥本哈根，接著再去斯德哥爾摩。在我的旅途中，雪只會愈來愈濃。」她說。

「我會在羅斯托克跟妳分道揚鑣。」他這麼說或許是想讓她放心，暗示她不必陪他聊得太久。「那妳喜歡斯德哥爾摩嗎？」

「我痛恨這個時節的斯德哥爾摩。恨透了。」

她自己都對自己很訝異；但他愉快地笑了笑，還跟她說起俄語來了。

他說：「不好意思。我猜對了。現在換我用外語跟妳說話。我曾經負笈俄國，在彼得堡留學過。」

「你從口音就能聽出我是俄國人？」

「本來還不確定，直到妳說妳痛恨斯德哥爾摩。」

「俄國人都痛恨斯德哥爾摩嗎？」

「不，不是的。但他們嘴巴上說恨，實際上又愛又恨。」
「我不該說這種話的。瑞典人對我很好。瑞典人教我很多東西。」
聽到這裡，他搖搖頭笑了出來。
她說：「真的，他們教我溜冰……」
「我相信是真的。妳在俄國沒學過溜冰？」
「俄國人不像瑞典人那麼……那麼堅持要把你教會。」
他說：「波恩霍姆島的人也是。我現在住在丹麥的波恩霍姆島，丹麥人也沒那麼……『堅持』。沒錯，就是『堅持』。但當然了，波恩霍姆島的人甚至不是丹麥人，至少我們說自己不是。」
他在波恩霍姆島是個醫生。她心想，請他幫她看看喉嚨不知道會不會太唐突。現在，她的喉嚨已經很痛了。最後，她決定還是不要那麼冒昧好了。
他說，等他們過了丹麥國界，他還要搭很久的船，航程不只漫長，也可能很顛簸。
他說，波恩霍姆島的人不把自己當丹麥人，因為他們覺得自己是十六世紀時被漢薩同盟征服的維京人。漢薩同盟有一段殘忍的歷史，他們亂抓俘虜。她聽過邪惡的博思威爾伯爵嗎？有些人說他死在波恩霍姆島，儘管西蘭島的人說他死在西蘭島。
「他殺了蘇格蘭女王的丈夫，自己娶了蘇格蘭女王。但他死在牢裡，死的時候人都瘋了。」
她說：「蘇格蘭女王瑪麗一世，我聽過她的故事。」她當然聽過了，因為蘇格蘭女王是安妮烏塔早年的偶像之一。

「喔，原諒我的多話。」

索菲亞說：「原諒你？我要原諒你什麼呢？」

他臉紅說道：「我知道妳是誰。」

他說他打從一開始就知道了，但等到她說俄語才敢確定。

「妳是那位女教授。我在一本期刊讀到妳的報導了，上頭還有一張照片。不過，妳的照片看起來比本人老了許多。很抱歉打擾妳，但我實在忍不住。」

「拍照的時候，我刻意擺出一副老氣橫秋的樣子。因為我覺得我如果笑了，大家就不會把我當一回事了。」索菲亞問道：「醫生不也是這樣嗎？」

「或許吧。我不常拍照。」

現在，氣氛有點僵了，如何打破僵局就看她的了。之前的氣氛比較好。她回到波恩霍姆島的話題上。他說，島上地勢險峻又崎嶇，不像丹麥地勢平坦、一望無際。大家為了風景和清新的空氣來到島上。如果她有意造訪，他很樂意當她的嚮導。

他說：「島上有一種被稱為『藍珠』的藍色岩石，世間罕有，經過切割、研磨，做成女士們戴的項鍊。如果妳想擁有一條……」

她看得出來，他語無倫次地說著傻話，是因為他有話想說但不能說。

火車快到羅斯托克了，他顯得愈來愈焦躁。她怕他會拿出隨身攜帶的一張紙或一本書請她簽名。很少有人這麼做，但每次碰到總是令她莫名難過，說不上來為什麼。

結果他說：「請妳聽我的。有件不該說的事，我一定要告訴妳。拜託，在妳去瑞典的路上，請不要經過哥本哈根。別怕，我的頭腦很正常。」

「我沒怕。」她嘴上說不怕，但心裡其實有點發毛。

「妳要從另一邊走，從丹麥的外島那一邊。到車站去改妳的車票。」

「我可以問一下為什麼嗎？哥本哈根被施了咒之類的？」

她突然很確定他會向她透露一個陰謀，一個炸彈攻擊之類的陰謀。

所以，他是反政府分子嗎？

「哥本哈根爆發天花疫情了。許多人都已逃出城去，但官方試圖封鎖消息。他們怕民眾恐慌，或怕有些人會跑去放火燒政府大樓。問題出在芬蘭人。據說是芬蘭人把病毒帶進來的。官方不希望民眾站出來反抗芬蘭難民，或反抗讓難民進來的政府。」

火車停了，索菲亞站起來檢查她的包包。

「答應我。請不要沒答應我就走。」

索菲亞說：「沒問題，我答應你。」

「妳會搭渡輪到法爾斯特島的格塞。我得繼續坐到呂根，不然我就跟妳一起去改車票。」

「我答應你。」

他是讓她想起拉迪米爾來了嗎？早年的拉迪米爾。不是他的容貌，而是他對她懇切的關懷。

他持續不斷的、卑微的、固執的、苦苦哀求的關懷。

他伸出手，她也伸出手和他握手，但握手不是他唯一的目的。他趁機放了一小片藥錠到她掌心，說：「舟車勞頓，如果妳覺得很累，吃這個就能得到一點休息。」

她暗自決定：我得找個負責人問清楚天花疫情的事。

但她問都沒問。換票手續複雜，幫她換票的票務員已經很不耐煩了。她要是改變主意不換了，他還會更氣。一開始，他跟其他乘客都說丹麥語，好像他只會說丹麥語的樣子。但幫她換好車票之後，他就用德語問她明不明白接下來的旅途要花更久的時間。這時，她才意識到他們還在德國，而他可能根本不知道哥本哈根的狀況——她到底在想什麼呢？

他悻悻然地補充說島上在下雪。

開往格塞的德國小渡輪有暖氣，雖然乘客得坐在木板座位上。她本想吞下那片藥錠，心想他所謂的舟車勞頓指的可能就是這種座椅。但她又決定先省下那片藥錠，萬一暈船再說。

她搭上的區間車有一般的二等艙座椅，儘管老舊了點。車內很冷，車尾有一座狂冒煙但沒有用的火爐。

乘務員比稍早那位票務員來得親切，而且不趕時間的樣子。她知道他們其實是在丹麥領土上，便用瑞典話問他哥本哈根是不是真有疫情——她心想，瑞典話總比德語更接近丹麥語吧。他卻答非所問地說不是的，這班火車沒有要去哥本哈根。

「火車」和「哥本哈根」似乎是他唯二聽得懂的瑞典話了。

區間車當然沒有包廂，只有兩截車廂，座椅是木頭長椅。有些乘客自己帶了軟墊，也帶了毯子和披風來把自己裹住。他們看都不看索菲亞一眼，遑論試著跟她攀談。就算他們跟她攀談，又能怎樣呢？她反正聽不懂，聽懂了也回不了話。

區間車也沒有茶點推車。乘客紛紛打開包裹食物的油紙，拿出冷掉的三明治來吃。厚片吐司，嗆鼻的乳酪，冷掉的熟培根。某處還飄來醃鯡魚的味道。有個女人拿出包在布裡的叉子，就著罐子吃起酸菜來了。看到這一幕，索菲亞不禁想起在俄國的家。

但這些乘客不是俄國的村夫野老。沒有一個人喝醉、喧譁或大笑。他們僵得像木頭，就連那些胖子身上的脂肪也是僵硬、自重、守規矩的脂肪。她對他們一無所知。

但話說回來，她對俄國的村夫野老又知道些什麼呢？在階級較高的人面前，他們的表現都是裝出來的。

只有一次例外。在那個星期天，所有的奴隸和他們的主人都得到教堂去聽解放農奴宣言。事後，索菲亞的母親徹底崩潰了，她哀號道：「這下我們怎麼辦？我可憐的孩子們怎麼辦？」將軍帶她到書房安慰她。安妮烏塔只是坐下來看她的書，她們的小弟費爾多則在一旁玩他的積木。索菲亞到處亂晃，晃進了廚房。家中的僕役在廚房裡吃煎餅慶祝，就連許多農奴也來了，但他們態度莊重，像是在慶祝一個神聖的日子。其中有個老頭唯一的工作就是打掃院子，這老頭笑著叫她千金大小姐：「瞧我們的千金大小姐來祝賀我們了。」有些人聽了為她歡呼起來。她心想，他們人真好，儘管她明白他們的歡呼是某種玩笑。

家庭女教師很快就臉色鐵青地出現在廚房，把她帶走了。

後來日子還是照過，跟以前沒什麼兩樣。

賈克拉德當著安妮烏塔的面，說她永遠不會是一個真正的革命家，她只會從她萬惡的父母那裡拿錢而已，至於索菲亞和拉迪米爾（把他從警方手裡救出來的拉迪米爾），他們只是裝模作樣的寄生蟲，成天埋首於一文不值的研究中。

酸菜和醃鯡魚的味道聞得她有點想吐了。

火車再往前開一點就停了下來，乘務員叫大家下車——至少，從他的吼聲和不情願但順從起身的乘客看來，她覺得應該是這樣。眾人一下車就陷進及膝的積雪中，前不著村、後不著店，視線所及都沒有月台的蹤影，周圍只有平緩的白色山丘，在輕飄飄的細雪中若隱若現。車頭前方一群工人在剷除軌道上的積雪。索菲亞走來走去，免得雙腳凍僵。她只穿了雙輕薄的靴子，雖然足以應付市區的街道，但在這裡就不夠保暖了。其他乘客一動不動地站著，也沒人聊眼前的狀況。

過了半小時，也或許只過了十五分鐘，雪堆清除了，乘客拖著沉重的腳步回到火車上。包括索菲亞在內，所有人一定都不懂一開始為什麼要叫他們下車，坐在車上等就好了啊，但當然沒人抱怨。車子穿過黑夜，繼續往前開。除了雪撲在車窗上的聲音，她的耳邊還傳來刺耳的刮擦聲。

是凍雨。

接著是一座村落微弱的燈光，有些乘客起身，有條不紊地穿好外套、拿好大包小包的行李，舉步維艱地走下火車，消失在黑夜之中。旅途繼續，但不久大家又被趕下車了。這回不是因為雪堆擋路。乘客被趕上一艘船，是另一艘小型渡輪，渡輪載著他們行過漆黑的水面。現在，索菲亞的喉嚨已經痛到說不出話來了。

她不知道渡水渡了多久。靠岸之後，大家得走進一個棚子裡，這棚子只有三面，沒什麼遮風擋雨的效果，棚內也沒有椅子可坐。等了不知多久，一輛火車來了。火車出現時，索菲亞都不知有多感激，儘管車內沒有比較溫暖，座椅也跟前一班車一樣是木頭長椅。看來，一個人對一點點舒適的感激，取決於得到這份舒適之前嘗過多少艱辛——她默默想跟旁人說，這話豈不是老生常談的說教嗎？

過了一會兒，火車在一座較大的城市停下，車站裡有餐飲處，但她累到沒力氣下車走過去。有些乘客去了，捧著一杯杯熱氣蒸騰的咖啡回來。吃酸菜的那個女人卻一人帶了兩杯，原來有一杯是要給索菲亞的。索菲亞笑了笑，竭盡所能表達了她的感激。那女人點點頭，彷彿她不必謝她，甚至不該謝她。但她一直站著不走，直到索菲亞拿出票務員找給她的丹麥硬幣。女人發出嗯哼一聲，從索菲亞戴著潮溼手套的手裡拿了兩枚硬幣。可能是咖啡的價錢吧。至於她替她跑腿的貼心，就不跟她收取服務費了。該多少算多少。那女人接著便一語不發返回了她的座位。

車上多了一些新的乘客。有個女人帶著一個四歲左右的孩子。孩子的一邊臉纏了繃帶，一隻手臂吊了吊帶。一場意外。一趟鄉村醫院之旅。繃帶留了個洞，露出憂傷的黑色眼瞳。孩子沒受傷的半邊臉靠在母親的腿上，她拉下一部分的披肩蓋在他身上，那動作像是無意識的，不帶感情的。出了點意外，她得多照顧他一下，如此而已。家裡還有其他孩子在等，她的肚子裡或許也有一個孩子。

多慘啊。索菲亞心想。女人的命運多慘啊。如果索菲亞跟她聊新女性的奮鬥——爭投票權、爭大專院校的教職等等的，這位太太會說什麼呢？她或許會說：但這違反上帝的旨意啊。如果索菲亞慫恿她擺脫這位上帝，學會獨立思考，她會不會堅守她的想法，憐憫地看著索菲亞，疲憊地說：沒有上帝，我們要如何熬過這一生？

他們再次穿越黑漆漆的水面，這次是從一座很長的橋上穿過去。過橋之後，火車就在另一座村落停下，女人帶著孩子下車了。索菲亞對他們失去了興趣，沒注意看是不是有人來接這對母子。火車的燈光照亮了站外的時鐘，她設法看了一眼。時間才剛過十點，她還以為快要午夜了。

她想著馬克辛。馬克辛這輩子會搭上這種等級的火車嗎？她想像自己把頭舒服地倚在他寬闊的肩膀上，儘管他其實並不喜歡在大庭廣眾之下表現親密。他那昂貴、高級的大衣，衣料舒服的質地和金錢的氣息。就算身為一個不受祖國歡迎的自由黨分子，他也堅信自己有權要求並有義務保持良好的品味。他是那麼有把握，就像她的父親。當妳小鳥依人地窩在他們懷裡，便能感受到那份自信與篤定。妳不禁想一輩子窩著。如果他們愛妳，那當然又更幸福了，但就算只是因為他們許下了古老的、高尚的誓言，就算只是因為他們簽署了一份保障妳終身幸福的契約，就算他們讓妳依靠只是基於責任而非熱情，那也夠幸福的了。

要是有人說他們順從，他們肯定不高興，然而從某種角度來說，他們確實是很順從的。他們屈服於男子漢應有的行為規範之下。他們屈服於所謂的男子氣概，去冒身為男人該冒的險，表現出身為男人該有的殘酷，負起身為男人的複雜責任，也從事身為男人的精心欺騙。就某些方面而言，身為一個女人，妳可以從男人的規矩中得到好處，但也有某些方面，妳沒有好處可言。

現在，她的腦海浮現他的身影——不是護著她的馬克辛，而是在巴黎的火車站，就像一個私生活不為人知的男人般，大步穿過月台的馬克辛。

他那威風凜凜的貂皮帽，他那客氣有禮但一往直前的姿態。

沒這回事。那不是馬克辛。肯定不是。

拉迪米爾不是懦夫，瞧他是怎麼營救賈克拉德的，但他沒有那份堂堂男子漢的篤定。這就是為什麼他能給她其他人不能給的平等，這也是為什麼他從來不能給她那份無邊的溫暖與安全。到了最後，他還受到拉格森兄弟的影響，整個人性情大變。他急於翻身，又以為模仿別人或許救得了自己。就這樣，他在她面前變成一個靠不住的人，甚至用荒唐可笑的傲慢態度對待她。這時的拉迪米爾給了索菲亞鄙視他的理由，但或許她一直以來就看不上他。不管他是尊敬她，還是羞辱她，她反正都不可能愛上他。

像安妮烏塔愛賈克拉德那樣愛。自私、殘忍又不忠的賈克拉德。就算到了由愛生恨的地步，她也還是愛著他。

人若是不管一管自己的思緒，什麼雜七雜八的煩人念頭都會冒出來。

閉上眼睛的時候，她恍惚覺得看到他了。她覺得她看到拉迪米爾坐在對面的椅子上，但那不是拉迪米爾，而是來自波恩霍姆島的醫生。她看到的只是她對那位醫生的記憶。那位波恩霍姆島的醫生，堅持不懈、擔憂不已，以他那怪異、卑微的方式，逼她接受他的好意。

想必已近午夜了吧，他們告別這班火車的時候到了。火車來到丹麥邊界赫爾辛格——至少是陸地上的邊界，她猜想真正的邊界應該在卡特加特海峽的某處。

接著是最後一艘渡輪，在港邊等著他們。很大的一艘船，亮著滿船的燈光，看起來賞心悅目。一名行李員過來把她的包包拎上船，她用丹麥幣給了小費，行李員謝過她便匆匆離開了。她把票亮給船上的檢票員，他跟她說瑞典話，向她保證這艘船會銜接上另一頭開往斯德哥爾摩的火車，她不用在候車室裡過夜。

她對他說：「感覺我終於回到文明了。」他有點疑惑地打量她。咖啡緩和了喉嚨的疼痛，但她還是聲音沙啞。她心想，這只是因為他是瑞典人。瑞典人之間沒有微笑寒暄的必要。沒有這些也能保持文明。

航程有點顛簸，但她沒有暈船。她記得那片藥錠，不過她不需要。船上一定有暖氣，因為有些人脫去了外層的冬衣，但她還是冷得直打顫。或許顫抖是有必要的。在橫越丹麥的旅途中，她的體內蓄積了太多的寒冷。現在，她得把積在體內的寒冷抖掉。

如檢票員所言，開往斯德哥爾摩的火車已在赫爾辛堡繁忙的港口等著了。比起海峽對岸名稱類似的赫爾辛格，赫爾辛堡大得多，也熱鬧得多。瑞典人或許不苟言笑，但他們給你的資訊一定是正確的。一名行李員伸手過來拿她的包包，然後就提著包包站在那裡，等她從錢包裡找出一些硬幣來。她抓了一大把硬幣，塞到他手裡，心想這些都是丹麥幣，她用不到了。

這些是丹麥幣。他把錢幣還給她，用瑞典話說：「丹麥幣不行。」

「可是我身上只有丹麥幣。」她哀號道。說話時，她明白到兩件事。一是她的喉嚨比較好了，二是她身上真的沒有瑞典幣。

他放下她的包包就走了。

法國幣，德國幣，丹麥幣。她忘記準備瑞典幣了。

火車冒出蒸氣，乘客紛紛上車，她還手足無措地站在那裡。她拿不動這些包包。但她如果不自己拿，就只能把她的行李落下了。

她抓起大包小包拔腿就跑，跑得歪歪倒倒、氣喘吁吁，胸口和腋下都在痛，包包撞在她腿上。有樓梯要爬。她要是停下來喘氣就來不及了。她爬上樓梯，眼裡噙著自憐的淚水，心裡懇求火車不要走。

火車沒走。乘務員從車門探身出來，一把抓住她的手臂，又不知怎麼抓住了她的行李，連人帶包都上車了，火車才走。

得救之後，她咳了起來。她想把胸腔裡的東西咳出來。胸腔裡的疼痛。喉嚨裡的疼痛和緊繃。但她得跟上乘務員的腳步，先到她的包廂。她為了自己的勝利邊咳邊笑。乘務員看了看一間已經坐了一些人的包廂，接著帶她到空無一人的包廂去。

她笑容滿面地說：「你這麼做就對了。把我安排到……安排到不會打擾別人的包廂。我沒錢。沒瑞典錢。別種都有，就是沒有瑞典的。我得用跑的。我從沒想過我能……」

他叫她坐下，別再說了。他走了開，很快就帶了杯水回來。喝水的時候，她想起那片藥錠，便配著最後一口水把藥錠吞下肚。咳嗽緩和了。

他說：「別再跑來跑去的了，妳的胸脯上上下下，起伏得厲害。」

瑞典人守時、不苟言笑，而且說話很坦白。

「等等。」她叫住他。

還有一件事要確定，否則這班車就無法把她載到正確的地方似的。

「稍等一下。你有沒有……你聽說過哥本哈根有天花疫情嗎？」

「沒聽說有這回事。」他嚴肅但有禮地點點頭，離開了她的包廂。

「謝謝。謝謝你喔！」她在他身後喊道。

索菲亞這輩子不曾喝醉過。至於吃了會導致腦袋昏昏沉沉的藥物，她服用後都是直接睡著，還來不及有醉酒之類的感受。所以，此刻在她全身蕩漾開來的感覺，那種非比尋常的感覺，那種知覺感受的改變，她沒有過往的經驗可供參照。一開始或許只是覺得如釋重負，說來很傻，但她真的有種福星高照、備受恩寵的感覺，因為她竟然有辦法拎著大包小包，跑上樓梯，趕上火車。接下來，她還挺過一陣狂咳和心臟緊縮壓迫的不適，甚至可以無視於她的喉嚨了。

但還不只如此，她的心臟像是能無限擴張下去，不只重回正常的狀態，回歸正常之後還繼續變得更輕、更新，心頭的罣礙噗一聲俏皮地化為烏有。現在，就連哥本哈根的疫情都顯得虛無飄渺，像是存在於古老傳說中的黑死病。她自己的人生也是，這一生的起起伏伏、喜怒哀樂，都化為海市蜃樓的幻覺。像是隔著一片變形的玻璃，透過大徹大悟的眼光去看，每一起事件、每一個想法都有了新的形狀。

她想起人生中倒是有一次類似的經驗。那是她十二歲時第一次邂逅三角函數的事。帕里比諾的老家有個鄰居叫托爾塔夫教授，這位教授把他新寫的課本送來給她的將軍父親，心想精通彈道計算的將軍或許有興趣。她在書房看到那本課本，隨手翻到光學那一章就讀了起來。她研究著那些圖表，相信自己很快就能搞懂了。她從沒聽過正弦和餘弦，但只要用一個圓弧的弦來代替正弦，在小小的角當中，這兩者又剛好幾乎吻合，如此推敲下來，她就能破解這種新奇有趣的語言了。

當下她雖覺欣喜若狂，但並不十分意外。

諸如此類的發現對她來講自然而然。數學是自然的恩賜，就像北極光，沒有跟這世上其他雜七雜八的東西混在一起，沒有跟論文、獎項、同儕和文憑等等的混在一起。

火車就快抵達斯德哥爾摩的時候，乘務員叫醒了她。她問：「今天是星期幾？」

「星期五。」

「很好，很好，這樣就來得及趕去講課了。」

「保重身體，女士。」

兩點整，她準時站上講台，敏捷、流暢地講起課，沒有咳嗽，沒有一點疼痛。暈陶陶的感覺像是通電般傳遍她全身，但並未影響她說話的聲音，而她的喉嚨像是自己乖乖好了。演講完畢，她回家換了禮服，搭上載客馬車，赴她受邀參加的宴會。宴會辦在古登夫婦家。她在宴會上精神很好，與賓客暢談她對義大利和南法的印象，儘管沒去談她返回瑞典的那段旅途。接著，她沒向眾人告辭就走出房間來到屋外。她滿腦子的奇思異想，沒辦法再跟人說話了。

天色已黑，雪花飄落，沒有風，街燈膨脹得像聖誕雪景球。她四處張望都找不到載客馬車。一輛公共馬車[22]經過，她揮手攔下車。車伕告訴她這裡不是停靠站。

「可是你停下來了啊。」她不假思索地說。

她不熟悉斯德哥爾摩的街道，所以過了一會兒才發現方向不對。她向車伕解釋時都忍不住笑了出來。車伕放她下車。她穿著參加宴會的禮服，披著一件薄大衣，腳踩淑女鞋，迎著飄雪走回家。人行道上很白也很靜。她得走個一英里左右，但她發現自己畢竟還是認識路的，心裡就覺得很欣慰。儘管雙腳都溼了，她卻不覺得冷。她心想，可能是因為沒有風吧。也可能是因為她體內和腦中的那股魔力，以前從未意識到這股力量的存在，但從今而後想必可以靠它過關斬將。這樣說可能很老套，但這座城市就像在童話故事裡一樣。

第二天，她臥床不起，送了張短箋給她的同儕米塔－列夫勒，請他找他的醫生過來，因為她自己沒有醫生。米塔－列夫勒也來了，他待了很久，她興奮地跟他聊到一個新的數學研究計畫。比起她截至目前為止做過的所有研究，這個計畫更有野心、更重要，也更美。

醫生認為問題出在她的腎臟，並留了些藥給她。

他走了之後，索菲亞說：「我忘記問他了。」

「問他什麼？」米塔－列夫勒問道。

「哥本哈根那裡是不是有疫情？」

---

22 十九世紀時，大眾運輸工具分單人座或雙人座的載客馬車（cab）和多人乘坐的公共馬車（omnibus），相當於現今的計程車和公車。

米塔－列夫勒溫和地說：「妳一定是做夢了。誰跟妳說的？」

「一個盲人。」她說完又改口道：「不對不對，我想說的是一個好人。」她比手畫腳一通，像是想表達得更貼切一點。「我的瑞典話真是說得一團糟。」

「等妳好一點再說吧。」

她笑了笑，旋即又一臉哀傷，以強調的語氣說道：「我丈夫。」

「妳未婚夫？啊，他還不是妳的丈夫呢。開玩笑的。妳想叫他過來嗎？」

但她搖搖頭說：「不是他。我是說博思威爾。」

她又急忙改口道：「不對，不對，不對。是另一個。」

「妳該休息了。」

泰瑞莎．古登和她的女兒艾爾莎來了，艾倫．凱伊[23]也來了。三人輪流照顧她。米塔－列夫勒離開後，她睡了一會兒。醒來時又變得很多話，但這次沒提到什麼丈夫，而是談起她的小說。她還提到那本記述帕里比諾青春歲月的回憶錄。她說，現在她可以寫得更好，並描述起她對一部新作品的構想。她描述得不清不楚，連自己都困惑得笑了出來。她說，有生命的脈動，來來回回的脈動。她希望透過這件作品挖掘發生的事，藏在背後的事。虛構的，但不是捏造的。

她到底在說什麼呢？她笑了出來。

她說她有滿滿的點子，這些絕妙的點子有著全新的深度與廣度，卻又那麼渾然天成、不言而喻，她忍不住要笑出來。

星期天，她的病情更惡化了，幾乎說不出話來，卻堅持要看芙芙穿她參加一場兒童派對要穿的服裝。

那是一套吉普賽服裝，芙芙在母親床前，穿著那套服裝跳舞給她看。

星期一，索菲亞請泰瑞莎・古登照顧芙芙。

當晚，她覺得好了點，一位護理師來照顧她，讓泰瑞莎和艾倫可以休息一下。

凌晨，索菲亞醒了過來。泰瑞莎和艾倫從睡夢中被叫醒，她們接著去把芙芙叫醒，讓這孩子見她母親最後一面。索菲亞只能勉強說一點話。

泰瑞莎依稀聽到她說了句：「太多幸福。」

她在四點左右斷氣。驗屍結果顯示肺部已被肺炎徹底摧毀，心臟則顯示出多年前的老毛病。至於她的腦部，一如眾人所料，腦部異常腫大。

---

23 Ellen Key（1849-1926），瑞典作家。

波恩霍姆島的醫生從報上讀到她的死訊並不訝異。他偶爾會有專業上的預感，令人不安但不一定可靠。他本來以為避開哥本哈根或能保她一命。他心想，不知道她有沒有服下他給的藥？他自己有需要時吃一顆就會好過一點，她若吃了，不知也有沒有好過些？

在一個天氣依舊寒冷的下午，弔唁者和旁觀者呼出來的氣息在冰涼的空氣中結成團團霧氣，索菲亞・柯瓦列夫斯基於午後三點在斯德哥爾摩下葬，葬在當時稱之為新墓園的墳場。

魏爾施特拉斯送來了一個桂冠花環。他跟兩個妹妹說過他知道自己再也見不到她了。後來他又多活了六年。

米塔－列夫勒在她死前就捎了電報給馬克辛，馬克辛從博略趕來了，及時趕在葬禮上用法語致詞。致詞中，他把索菲亞說得像是一位他認識的教授——他代表俄國感謝瑞典給她機會以數學家的身分謀生（將她寶貴的知識學以致用，他說）。

馬克辛沒結婚。一段時間過後，他獲准回到祖國，在彼得堡任教。他在俄國創了民主改革黨，極力主張君主立憲。帝制的擁護者覺得他太自由了，然而，列寧又譴責他太保守了。

芙芙在蘇聯行醫，二十世紀五〇年代中期逝於蘇聯。按照她的說法，她對數學沒有興趣。

後世以索菲亞的姓氏為月球上的一座環形山[24]命名。

24 此指柯瓦列夫斯卡亞環形山，索菲亞原姓柯瓦列夫斯卡亞（Kovalevskaya），夫姓柯瓦列夫斯基（Kovalevsky）。

謝詞

〈太多幸福〉的索菲亞・柯瓦列夫斯基，我是某天在翻《大英百科全書》查閱其他資料時發現的。小說家和數學家的結合立刻引起我的興趣，我開始讀遍所有關於她的資料，只要我找得到。有一本書最是令我入迷，所以我一定要向《小麻雀：索菲亞・柯瓦列夫斯基傳》（*Little Sparrow: A Portrait of Sophia Kovalevsky*, Ohio University Press, Athens, Ohio, 1983）的作者唐・H・甘迺迪（Don H. Kennedy）和他的太太妮娜（Nina）致上莫大的敬意與感激。妮娜本身是與索菲亞同宗的後代，她提供了大量譯自俄文的文本，包括索菲亞的日記、書信和許許多多她親筆寫下的文字。

我將我的故事局限在索菲亞過世前幾天，並融入她早前的人生片段，但我極力推薦有興趣的讀者閱讀甘迺迪夫婦的大作，書中有豐富的史料和精采的數學知識。

艾莉絲・孟若

二〇〇九年六月

寫於加拿大安大略省克林頓鎮

國家圖書館出版品預行編目

太多幸福 / 艾莉絲 . 孟若 (Alice Munro) 作 ; 祁怡瑋譯 . -- 二版 .
-- 新北市 : 木馬文化事業股份有限公司出版 : 遠足文化事業股份有限公司發行 , 2023.2
面 ; 14.8X21 公分 . -- (木馬文學 ; 75)
譯自 : Too much happiness
ISBN 978-626-314-061-5(平裝)

885.357 110016896

木馬文學75

太多幸福

Too Much Happiness

作者 艾莉絲・孟若 (Alice Munro)
譯者 祁怡瑋
副社長 陳瀅如
總編輯 戴偉傑
責任編輯 丁維瑀
行銷企畫 陳雅雯、趙鴻祐
封面設計 鄭婷之
排版 宸遠彩藝工作室

出版 木馬文化事業股份有限公司
發行 遠足文化事業股份有限公司（讀書共和國出版集團）
地址 231 新北市新店區民權路 108-3 號 8 樓
電話 (02) 2218-1417
傳真 (02) 2218-0727
E-mail service@bookrep.com.tw
郵撥帳號 19588272 木馬文化事業股份有限公司
客服專線 0800-221-029
法律顧問 華陽法律事務所　蘇文生 律師
印刷 前進彩藝有限公司
初版 2013 年 12 月
二版一刷 2023 年 02 月
二版二刷 2024 年 06 月
定價 380 元
ISBN 978-626-314-061-5
EISBN 9786263143753（EPUB）、9786263143746（PDF）